新潮文庫

伴連れ

安東能明著

新潮社版

10502

目次

伴連れ

掏《す》られた刑事

1

「いったい、何時間かかるの」

ショートカットが揺れた。

眉《まゆ》を険しく吊《つ》り上げ、綾瀬《あやせ》署署長の坂元真紀《さかもとまき》が時計を見やる。

ファンデーションはいつもより薄目だ。土曜日で非番のきょうは、マリンブルーのブラウスに、ツイードのスカートを合わせている。

「連絡とれたんだよな？」

応接セットに並んで座る助川《すけがわ》副署長が、不機嫌そうに刑事課長の浅井《あさい》に声をかける。

ワイシャツにスラックス。ノータイ。柴崎《しばざき》と似たスタイルだ。

「携帯に二回電話を入れたんですが」

対面にいる浅井が、怒りを抑えきれないでいるふたりに平身低頭の姿勢で答える。

浅井はスーツ姿だ。ネクタイまで律儀《りちぎ》に締めている。

その浅井にひじで突かれ、小声で訊《き》かれた。「代理、ブンヤはいたか？」

「駅から歩いてきましたが、それらしい姿はありませんでした」

柴崎自身の緊張感も高まっている。北綾瀬駅からここまで、十分足らずのあいだに、新聞記者の姿や張り込んでいるらしきクルマはなかった。

綾瀬署に近い署長公舎の応接室に幹部が顔を揃《そろ》えている。

「副署長」恐る恐る柴崎は切り出した。「矢野《やの》からは、なにかありましたか？」

「だから、ブンヤなんかほっとけよ」

助川が気色ばんだので、柴崎は口を噤《つぐ》んだ。

「記者なんかより、問題はうちの体制でしょ」坂元が怒気の混じった声で続ける。

「どういう躾《しつ》けをしてるんですか？」

「はあ……それは」

青息吐息の浅井は先を続けられない。

ソファを並べただけのフローリングの部屋の温度がぐっと下がったような気がする。

矢野は大手新聞社の記者だ。綾瀬署を担当している。

その矢野から、警察手帳を掏《す》り取られた刑事がいると聞いたが本当か、という当たりが助川に入ったのが、今朝八時過ぎ。助川は署長に連絡をすませ、奇妙な問い合わせの裏をとるため、五人の課長に順繰りに電話を入れたのだ。

その結果、思い当たる者がひとりいるという返事をしたのが浅井だった。高野《たかの》朋美《ともみ》巡査二十六歳。刑事課盗犯第二係所属の女性刑事だ。

ここ二、三日、課内でそのようなうわさが何度か出ていたのだという。本人からの申告はなく、たちの悪い冗談かと思って浅井は取り合わなかったらしい。

警察手帳の紛失を新聞記者から照会されるというだけでも大失態なのに、上司の刑事課長がうすうす勘づいていたことまで知らされた署長と副署長には、怒りの持って行き場がない。

十月五日土曜日。善後策を講じるために、警務課課長代理の柴崎も経堂《きょうどう》の自宅から急遽《きゅうきょ》呼び上げられたのだ。

「もう一度、電話してみて下さい」

そう言って坂元が浅井をにらんだとき、チャイムが鳴った。

柴崎が玄関に出向くと、ドア越しに姓名を告げる若い女の声が聞こえた。ロックをはずし、細めにドアを開ける。

アイシャドウを入れた目が柴崎を訝《いぶか》しげに覗《のぞ》きこんでいた。ベージュのVネックニットだ。首元に銀色の宝冠のような形のペンダント。小声で挨拶《あいさつ》をしたかと思うと、肉づきのいい体がさっと目の前をすり抜けた。

言葉をかける間もない。

小花柄のスカートをなびかせ、勝手知ったる様子で応接間に入っていく。

玄関に脱ぎ捨てられたショートブーツをそろえて向きを変え、あとを追いかけた。

「お待たせしましたー」

軽い調子で言いながら、浅井の横にちょこんと腰かけた高野の表情を見て、まずいと柴崎は思った。

「あなた、ここに来るのに何時間かかったの？」

坂元が怒りを押し殺して声をかけた。

「別件があって、片づけてから来ました」

悪びれる様子もなく、高野は肩にかけた革製の黒いトートバッグを床に置く。

署長から呼び出しを受けてから一時間半。江東区の大島《おおじま》在住だから、電車を乗り継いでも一時間以内に着けるはずだ。

柴崎は音をたてないようにパイプ椅子《いす》を広げ、一同を見わたせる場所についた。

「署長の呼び出しより大事な用事があるのか？」

助川が脅しに近いような口調で訊いた。

ただならぬ空気をようやく感じ取ったらしく、高野は気後れした感じで、

「いえ、どうしても外せない用事だったものですから」

と答えた。

オレンジ系の口紅をつけた大きめの唇。話すとコットンパールのイヤリングが揺れる。ふっくらした顔付きで、短めのボブが似合っている。

切迫感を全身から放ちつつ浅井は咳払《せきばら》いをして、がっしりした体を高野に向けた。

「きょう呼ばれた理由……わかるな？」

自分にも非があると考えているからか、努めて穏やかな言い方だ。

きょとんとした顔で、高野はマスカラを念入りに重ねた目を署長と副署長に流した。

坂元が足を組み、両手を膝《ひざ》に持っていった。「あなたの警察手帳についてです」

それを受けるように助川が口を開く。「あるところから、警察手帳を掏られた刑事がいるという話が舞い込んできた」

高野はあっと声を洩《も》らした。胸元に右手をあてがう。「その件ですか」

半分は認めているような口ぶりだが、根っからの明るい表情は消えない。

「持ってるならここで見せろ」

ふたたび助川が訊問《じんもん》口調で言った。

「持っていません」

答えたものの、表情は明るいままだ。

その態度に業《ごう》を煮やした坂元が身を乗り出した。「あなた、ほんとうに掏られたの？」

「はい、三日前に」

ようやく真剣な顔つきになった。

坂元の顔が怒りでみるみる赤くなっていくのを柴崎は見つめた。

「どうして報告しなかったんですか」

坂元がたまっていた憤怒《ふんぬ》を爆発させた。

助川も額に青筋を立て、ソファに置いた拳《こぶし》を握りしめている。「この三日間、手帳なしで過ごしたのか？」

「あ、はい」

非難の矛先が自分にも向いていると気づいた浅井が、

「申し訳ありません。点検していなかったものですから」

と割りこむ。

署長と副署長が同時に息を呑《の》んだので、柴崎は場を取りなすように、高野に語りかけた。

「警察手帳、どこで掏られた？」

高野は正面のふたりに遠慮しながら、「たぶん電車で」と口にした。

「地下鉄か？」

と浅井が横から問いただす。

「はい、地下鉄だと思います」

「地下鉄だけじゃ、わからんだろ」

助川が怒気をはらんだ声で加わる。

「あの……通勤の帰りに」

高野は親に買い与えられた江東区の大島のマンションでひとり住まいだ。届け出ている通勤ルートは、大島駅から都営地下鉄と営団地下鉄を乗り継ぎ北綾瀬駅まで。

「三日前の水曜日」柴崎が諭すように続ける。「家にはまっすぐ帰ったのか？」

高野が柴崎に顔を向ける。「秋葉原で買い物をしました。なくなっているのに気がついたのは、家に着いてからです」

「買い物はどこでしたんだ？」

任せておけないといった様子で、助川が問いただす。

高野は駅前の大型家電量販店で、プリンターのインクカートリッジとスマホ用のジャケットを購入したという。

「店内は混んでいなかったのか？」

「水曜日の夕方はセールになるので、そこそこ混んでいましたけど、駅ほどじゃありませんでした」

「どういうルートで帰った？」

「綾瀬駅で千代田線、北千住《きたせんじゅ》で日比谷線に乗り換えて秋葉原で降りました。帰りは岩本町駅から都営新宿線に乗ったんです。家に着いたのは、八時半ごろだったと思います」

「日比谷線か都営線の中で掏られたというのか？」

北綾瀬駅から綾瀬駅は一駅しかないのだ。

「どちらかだと思います」

この期《ご》に及んで他人事《ひとごと》のような口ぶりで語っているのが信じられない。

署長の坂元は目を尖《とが》らせたまま、ふたりのやりとりを見つめている。

状況にもよるが、警察手帳を掏られたなら、ほぼ間違いなく懲戒処分の対象だ。きのうきょう、サッカンになったわけでもないのだから、そのあたりのことはわかっているだろうに。

「高野さん」坂元がむっとした顔つきで口を開いた。「手帳はどこにしまっていたんですか？」

おもむろにトートバッグを持ち上げたので、不安がよぎった。

イタリア製のブランドものだ。取っ手が丸い竹でできている凝った代物《しろもの》。ショルダーストラップも付属している。

警視庁の警察官は、二十四時間、警察手帳を携帯することと定められている。持ち歩く場合は必ず体に結着しておかなければならない。ほとんどの警官は、丈夫な紐《ひも》をズボンのポケットの内側に縫い込み、それにナスカンと呼ばれる金具のついた長めのストラップを使って警察手帳を結び付けている。

バッグ内に単独で警察手帳を入れることは禁止されているのだ。

車内で掏り取られたのなら、ナスカンから紐を切り離して持っていたか、ナスカンのついたストラップを手帳に巻きつけてバッグの中に入れていたかのどちらかだ。

「このバッグの中に入れていました」

さらりと高野は言ってのけた。

結着していなかったというのか。

驚きのあまり一同から言葉が出てこない。

浅井が高野から目をそらし、助川は唇を嚙《か》んだように見えた。

予感が当たった。最悪の答えだ。それだけは、言ってほしくなかった。

坂元の顔がみるみる赤みを帯びてくる。こみ上げてくるものを抑えきれない様子で、身を乗り出す。

「手帳をナスカンから切り離して入れていたの？」

と声を荒らげた。

「いえ、ナスカンとストラップを巻きつけて入れていましたけど」

言い訳めいた口調が怒りを増幅させる。

「そんなこと言ってるんじゃありません」坂元が怒りをぶちまけた。「あなた、警官の自覚はあるの！」

見えない手で顔をはたかれたように、高野の背筋がピンと伸びた。目をしばたたいて肩をすぼませる。両膝をぴったりと合わせた。

「……それは」

「それは、もへったくれもない」

ぴしゃりと助川に言われると、高野は首をすくめ、

「申し訳ありません」

と小声で謝罪した。

しばらく、その場は沈黙に支配された。

柴崎は遠慮しながら、「バッグのどのあたりに入れてあった?」ともう一度高野に問いかけた。

「はい、いつもこの横あたりに入れておくんですけど」

と高野はバッグの中身をこちらに向けた。

「見せなさい」

坂元は自分に向けさせると、バッグに手を突っ込んで改めだした。

柴崎の位置からは中に入っているものが見えない。

しばらくすると、坂元がバッグの口を三人に向けて開いた。

小ぶりなバッグインバッグと大きめのタオルハンカチに文庫本が一冊。水色のペンケースやスマホ、名刺入れといった品々も見える。

坂元が用意していた自分の警察手帳をその中に入れた。ペンケースの横のあたりだ。

「このあたりに入れてあったの?」

腹立たしげにそう問いただすと高野は身を縮こませるようにうなずいた。上から覗けば、誰にでも警察手帳が見える。手を差し込めば、簡単に抜き取ることができるところだ。

「はい、ええと……そのあたりです。当日も、だいたい同じものを入れていました」

署長に命じられると、高野は中身を取り出して机上に置いた。

ティッシュや手鏡やキーホルダーといった品々が並んだ。手錠も入っている。

「あなた、手錠も持ち歩くの？」

坂元が詰問《きつもん》口調のまま訊いた。

「はい、たまたま乗っていた電車で、痴漢被害に遭遇したものですから」

「もう一度訊くが、日比谷線と都営新宿線に乗ったんだな？　どっちで掏られたかはわからないのか？」

助川はイライラと足を小刻みに動かしている。

「たぶん都営新宿線のほうだと思います。日比谷線より混んでいましたから」

身じろぎもせず答える前で坂元がせわしなくスマホを使い出した。路線を検索しているようだ。

「北千住駅から秋葉原駅までは六駅。岩本町駅から大島駅までは七駅。どちらも十分強ね」坂元が言った。「都営新宿線では立ちっぱなしだったの?」

「はい、扉近くで」

「どちらの路線にせよ、掏られたのに、間違いないんだな」浅井が押し殺した声で訊いた。「この三日間、なぜ申告しなかった?」

高野はとまどいを浮かべ、刑事課長の顔を見た。「じきに出てくるだろうと思っていまして」

柴崎は耳をそばだてた。

いま、なんと言った?

「じきに出てくるって、どういうことだ?」

助川が訊いた。

高野がさっと副署長の方を向く。「どのような形にしても、返ってくると思っていました」

「ちょっと待ってくれ」柴崎が口をはさんだ。「スリが警察手帳を返してくれると思っていたのか?」

高野はうなずいた。「駅か署に届け出があると思って」

言葉尻《ことばじり》がすっと細くなる。

まじまじとその顔を見つめた。この女は正気で言っているのか？

「どうして、そんなふうに思うの」

坂元が訊き直すと、高野の顔がさらに曇った。

「……ただ、そんな風に思ってしまって」

「あなたって」怒りを通り越して、呆《あき》れたように坂元は言った。「いったい、どこまで……」

「考えが甘いにもほどがある」

助川が教師のような口調で断じる。

「もうけっこうです」坂元は突き放すように言った。「高野さん、本日はこれで帰宅してください。追って連絡します」

「あ、はい」

喉《のど》がつまったような声を発しながら、そそくさと机の上に広げた小物をバッグにしまうと、立ち上がり、その場で深々と頭を下げた。

「あのぅ……ほんとうに申し訳ありませんでした」

と消え入るような声で謝った。

あとずさりしながら、最後は軽く会釈《えしやく》すると、少しほっとしたような様子で部屋から出ていった。玄関から出ていく音が聞こえると、坂元は大きく息を吐きだしこちらに向き直った。「事態の重大性をわかっているのかしら」

「監督不行届、深くお詫《わ》びします」

浅井が代わって頭を下げる。

坂元はみずから興奮をしずめるように二度ほど軽くうなずいた。

「本人は掏られていると思い込んでいるけど、どう思います？」

「どこかに置き忘れたという可能性は低いでしょう」助川が苦しげに続ける。「掏られたと見て間違いないと思いますよ」

浅井も同様に答え、柴崎もうなずいた。

「どうしてそこまで確信を持って言えるんですか？」

坂元は依然として納得がいかない様子だ。

「スリは警察手帳をよく知ってますから」浅井が恐る恐る続ける。「中を覗きこんでパッと目についたから、咄嗟《とっさ》に抜き取ったのかもしれません」

「それはあるな」

助川が同調する。

理解しがたいという表情で坂元が小さく溜《た》め息をつく。

ナスカンのついたストラップが巻かれた黒革のケースを見る者が見れば、それが警察手帳と判別できる。

バンドにストラップを通して、ポケットに警察手帳を収めておく警官もいるが、そちらも禁止行為に近い。外からナスカンが丸見えになってしまうからだ。

「本人がじきに出てくると言ったのが気になります。心当たりは？」

坂元が席を立ち、窓際《まどぎわ》に寄りながら、質問を発する。

浅井が助川の顔を見た。互いに首を横にふる。

坂元は気を取り直すように、副署長に声をかけた。「とりあえず、監察に一報を入れておいてください」

「承知しました」助川がかしこまって答えた。「問題はそのあとだぞ、浅井」

「はっ」

「検索態勢を組んで下さい」

坂元がセオリー通りの言葉を口にした。

職員の不祥事案が生じた場合は、第一義的に所属する署がその処理に当たらなくてはならない。今回の場合は紛失した警察手帳を見つける義務が生じる。

そのために、あらゆる方向から調べを尽くす必要がある。

助川がさっとうなずいた。「まずスリの動向だな。浅井、鉄道警察隊に連絡して、高野が乗った時間帯でスリが出没していたかどうか問い合わせろ」

浅井が、承知しましたと答える。

「それらしい容疑者がいたら、どうするつもりですか？」

坂元が尋ねた。

「別件で引っぱって家宅捜索するまでだな、なあ、浅井」

別件逮捕など当然だと言わんばかりの口調で助川は浅井に水を向けた。

うなずく浅井を見ながら、悠長すぎないかと思わざるを得なかった。警察手帳の紛失は重大事だ。悪用されれば、甚大《じんだい》な被害が出る恐れがあるからだ。かりに見つからなかった場合、懲戒処分は免れない。そして、事由とともに、紛失者の官姓名が警察内部で公表される。日本全国の警察署の隅々までその失態が知れ渡るのだ。

「このようなケースでは、特別な班を設けて検索に当たるのが筋ですが」

柴崎が腰を浮かせながら言うと、助川がふりかえった。

「おまえ、ことを荒立てる気か？」

「いえ、そのつもりは――」

坂元が口を開いた。「どうですか？　浅井課長」

「辰沼《たつぬま》の件で手一杯でして」

辰沼の中学校付近の路上において強制わいせつ事件が発生し、その捜査で大人数が駆り出されているのだ。

「組対《そたい》あたりから、若干名出せませんか？」

暴力団に対応する組織犯罪対策各係は、盗犯係と同じ刑事課にある。

「はい、やってみます」

「お願いしますね」

坂元が念を押した。

「それはよしとして、どうしましょうか」助川も席を立ちながら口を開いた。「際限なく続けるわけにもいかないし。一週間っていうところか、な、浅井？」

「それくらいでお願いできれば」

浅井が助かったという声を出す。

「了解しました」坂元は反対しなかった。「一週間後の十月十二日土曜日まで検索態勢をとり、それでも警察手帳が発見できなかったら監察に託します」

助川と浅井が了解しましたと声を揃える。

「高野本人については、明日から自宅待機ということでよろしいですね？」

助川が坂元に確認した。

「それでけっこうです」

ソファに背を預けながら坂元は答えた。

ふだんは女性警察官側に立つ坂元だが、今度ばかりは違う。監督不行届で自身が処分を食らう可能性もあるからだろう。もっとも、そのような事態に陥らないようにするのが柴崎の務めだが。

坂元真紀警視はこの二月に着任したキャリア警察官だ。前任は在ドイツ日本大使館一等書記官。語学に堪能《たんのう》で正義感は人一倍強いが、まだまだ第一線の警察業務には不慣れである。先月の末、柴崎の助力があって、五年越しの殺人事件を解決して以降は、原理原則を旨《むね》とする厳しい態度が影を潜めていたものの、きょうを境に元に復するかもしれない。

「副署長」改まった口調で坂元が言った。「当ててきた新聞記者の扱いはおまかせしていいですね？」

「おまかせください。白黒つくまで、記事は止めますから」

事実が判明した段階でその記者に知らせることで、花を持たせる気だろう。

「それにしても、ブンヤにタレ込んだのは、どこの野郎だろうな」

助川がため息まじりに言った。

「それはまあ……」

浅井が口を濁した。

高野朋美は刑事課の中でも浮いた存在だと耳にしている。課の誰かに警察手帳を掏られたかもしれないとつい口を滑らせたのだろう。それを聞いた係員が面白半分に……。

それから先は想像したくないが、同じ署員がタレ込んだと見るのが常識的な線だ。特別な検索態勢を組んだとしても、密告した人間が炙《あぶ》り出される可能性は低い。

自業自得と言えば言える。

それにしても、あの態度。なんとかならないか……。

ぼんやり考えていると坂元から声をかけられた。「ついては代理、彼女が手帳を紛失したときの状況を実地検証しておいてください」

刑事課長を差し置いてわたしがですか？　そう口に出しそうになったのをこらえた。

柴崎は、総勢四百人を抱える署の人事や福利厚生などを受け持つ総務的な役割を担《にな》っている。署員の不祥事が発生するたび、処理を任せられているが、本来の仕事ではない。

去年の六月までは、霞《かすみ》が関《せき》にある警視庁本部の筆頭課にあたる総務部企画課に籍を置いていた。エリートコースに位置付けられている企画係長として。部下の拳銃《けんじゅう》自殺の責めをひとり背負わされ、綾瀬署に左遷《させん》されてきたのだ。そして現在は、全国でも珍しい女性キャリアを上司として頂くという、難しいポジションにある。

「手がかりが出るかもしれません。検索班とは連携を密にするよう、くれぐれもお願いします」

ていねいな口調で言われては、了解しましたと答えるしかなかった。

「副署長、週明け早々に全署員の警察手帳の一斉点検をしてください」

「心得ました」

助川が神妙な口調で応《こた》えた。

2

松戸市在住の浅井はクルマで来ていた。駅まで送ってほしいという口実を作って、柴崎は渋っていた浅井のクルマにむりやり乗り込んだ。少し早いが、昼食をどこかで食べていきますかと誘いをかけてみたがこちらは断られた。

「高野の態度には引っ掛かるものがあります」

柴崎が言うと、エンジンキーにかけた手を止めた。

「手帳が返ってくると思ったとかいう、あれか?」

不愉快そうに答える。

「根拠もなく主張してるようには見えなかったんです。課長に心当たりはありませんか?」

「前々から聞いていたが厄介な女だ。まさか、うちに来るとは思いもしなかった」

もともと苦手としていたようだ。

「仕事熱心とは聞いていますけどね」

「それとこれとは別だろ。おれたちの仕事はチームワークなんだし」

高野朋美の父親は連続五期当選の東京都議会議員だ。警察消防委員会委員長を長く務めている。娘が籍を置く警察署の署長を何かにつけて会食に呼び出し、娘をよろしく頼むと、口添えしてきたらしい。

中堅私立大学の文学部を卒業し、警察学校をそこそこ優秀な成績で卒業。入庁してから四年、本人の希望通り、前任署で刑事講習を受けて刑事課配属になった。綾瀬署に配属されたのは今年の春だ。

勝気で物怖《ものお》じしない性格で知られていた。ともするとそれが甘えにつながり、うぬぼれに変わる。巡査部長試験に合格しないのは、その態度に由来するというのがもっぱらのうわさだ。

「つきあっている男がいると聞きましたけど」

「ちっちゃな建設会社の三代目だと」

「なるほど」同じ警察官を恋人に持つタイプではないだろう。「盗犯第二係ではうまくいっていないのですね？」

刑事課盗犯第二係は警備畑出身の古橋喜信《ふるはしよしのぶ》警部補と中堅の松本功《まつもといさお》巡査部長、それに高野朋美巡査の三名という小所帯だ。古橋と松本は四十代、それぞれ真面目《まじめ》な勤務ぶりで人当たりも悪くない。

「勝手が過ぎて、押さえるのに苦労するって古橋がいつも洩らしている。そのくせ、ウラを取るのはおろそかになるそうだ」

現場百回。ドロ刑がよく使う言葉だ。確実なウラ取りのためには地道に現場に足を運ぶしかないが、それが苦手なのだろう。

「古橋係長は本人に注意しているのですか？」

「松本がそれなりにフォローしているから、第二係はそこそこ回っているんだが……

どうも波多野《はたの》がな」

「第一係長が？」

波多野は五十五歳になる盗犯第一係の係長だ。盗犯捜査一筋二十五年のベテラン中のベテラン。ノビ（忍び込み）捜査では警視庁で右に出る者はおらず、後輩の指導に当たる技能指導官にも任じられている。

「結構きつく当たっているようだな」

他係の仕事に口をはさむのは御法度《ごはっと》のはずだが。

「タレ込んだのは、まさか……」

柴崎はそれから先の言葉を呑み込んだ。

彼女を懲《こ》らしめるために波多野がチクった？

「高野がすぐに見つかるようなことを言っていたのは、ひょっとして波多野係長が背後にいることをわかっていての発言なんですか？」

浅井はなにも答えず、口をへの字に曲げてエンジンをかけた。

ベテランの波多野には多くのスリ、元スリの知り合いがいる。そのうちのひとりに声をかけて、気にくわない女性警官の警察手帳を掏らせた。その可能性が高いと判断した上で、高野は「手帳が出てくる」などと洩らしたのではないか。

しかし、いくら気にいらないからと言って、スリを使うことなどあり得るだろうか。とんでもないことを思いついた自分にあきれた。

いずれにせよ、高野については、明日にでも自宅を訪ね、紛失に至る経緯を細かく聞き出しておかねばならない。

3

月曜日。北千住駅日比谷線のホーム。

中目黒行き電車が入線してきた。先週の水曜日、高野朋美が乗った電車だ。柴崎は先頭車両の後ろ寄りの扉から乗り込んだ。彼女が言った通り、空《す》いている。進行方向左手の真ん中あたりに腰掛ける。高野が座ったという位置だ。左右に人はいない。左側に二人、右側にひとり。対面にもほぼ同じ数の乗客がいる。立っている者はいなかった。扉が閉まり滑らかに動き出した。十九時二十三分ちょうど。定刻通りだ。

南千住、三ノ輪《みわ》、入谷《いりや》と各駅に停車していく。上野駅でかなりの人間が乗ってきた。ほぼ満席になり、吊り革を摑《つか》む者も出てきた。

十九時三十四分、秋葉原着。

席を立つ。かなりの乗客が席を離れた。電車の扉あたりでは、肩が触れあうほどだった。入れ替わりに倍近い人間が乗った。

降りたところから乗降客を見やる。最後の客が降りると扉が閉まり、かなり混んだ状態で電車は発車した。

そこからまた乗降客のいるホームに目をやった。柴崎のいる位置は先端だ。客たちは少し先にある階段口に向かって歩いていく。その最後尾についた。通勤客がほとんどだ。男女の割合は半々。

長い階段を上り、改札につづく通路に着いた。全員が左手にある改札口に入っていく。背後に人はいない。改札前で通路に立ち止まり、あたりの様子を眺めた。最後の客に続き、ＩＣカードをタッチして改札を出る。

ほとんどの者は地上階をめざして、まっすぐ歩いてゆく。数人がすぐ左手にある地上階乗り換え用の通路に足を向けた。都営新宿線岩本町駅に向かうルートだ。ふと、柴崎は背中に強い視線を感じてふりむいた。改札近くにふたりの客がいた。どちらも通路の側を向いている。ほかに客はいない。改札口が四つしかない小さな改札だ。事務所はなく、通ってきた改札の横にあるインフォメーションカウンターに駅員がひとりいるだけだ。

思い過ごしだったのだろうか。しかし、はっきり、それらしい気配を感じた。思わずズボンの右ポケットに手を突っ込んだ。収めていた警察手帳をつかむ。

スリがこの自分に気づいた……？

柴崎は自嘲《じちよう》気味に笑った。刑事志望ではなかったので、尾行や張り込みの訓練は受けていない。所轄署《しよかつしよ》で二年間、交番勤務をしただけだ。スリはおろか、盗犯捜査についてもまったくの門外漢だ。

気を取り直して地上階に出た。高野から聞いた通りのルートを通って、駅前の家電量販店に入り、そこから地下鉄の岩本町駅まで歩く。通りにも店内にもそこそこの人が出ていたが、体が触れあうことはなかった。

二十時十六分。本八幡《もとやわた》行きの各駅停車が入線した。五号車の前寄りで扉が開くのを待つ。そこに集まる人間を確認してから、最後に乗車する。

新宿方面からの下り電車だけあって混み合っていた。空席はない。車内中ほどまでが立った乗客で埋められ、扉近辺にはとくに人が集中している。

扉のガラス窓に背中を張りつけ、あたりを窺《うかが》う。通勤客と見える者が大半だ。学生はほとんどいない。思い思いのバッグを提げスマホをいじっている。

走り出すとすぐに減速した。馬喰横山《ばくろよこやま》駅に着く。ホームには大勢の乗客が待っていた。柴崎は扉の横に身を寄せる。降りる客はおらず、十人ほどが乗り込んできた。扉付近は混み合ってきていて、ほとんど身動きが取れなくなった。

男性客のほうが少し多いだろうか。女性客はバッグを体に密着させている。浜町《はまちょう》駅、森下駅と停まってゆく。降りる客が多くなった。五つ目の住吉《すみよし》駅では、車内の四割ほどが降り、ほぼ同数の客が乗り込んできた。それでも馬喰横山駅ほどの混み具合ではなかった。大島駅に着く。二十時二十八分だった。

ホームに降りて、最後の乗客のあとをついて改札を出る。A６番出口から階段を使って地上に出た。ここから高野のマンションまでは徒歩五分。広い歩道を進んでゆけば自宅に着く。これから先の調べは不要だろう。

柴崎は駅に戻り、帰路に就いた。

検索班から報告が上がったのは、火曜日の午後三時過ぎだった。署長室では、副署長と浅井が待ちかまえていた。

ソファに座って待っていると、仕事に一区切りつけた坂元が席に着いた。

まず柴崎から実際のルートをたどった感想を述べる。

「スリだとしたら、やっぱり都営新宿線か？」

助川が切り出した。

「だと思います。馬喰横山駅からはかなり混んできました。秋葉原の家電量販店の店内は、さほどではありませんでしたし」

「タロウはいたか？」

「は？」

「カモだよ、カモ」浅井があいだに入った。「手提げバッグから、ちらっと赤い財布を覗《のぞ》かせているようなやつ」

「ああ、それなら……見ませんでした」

柴崎は答えた。

「まぁ、スリがその気になれば、どんな状況でもやれるからなあ」

助川がのんびり言う。

「たいていはチームを組んでいるんじゃありませんか？」

坂元が質問を発した。高級ボールペンで几帳面《きちようめん》にノートにメモを取っている。

「プロのスリはそうですね。ただ、近ごろは単独犯も多いみたいですから」

助川が言った。

坂元が浅井に、鉄道警察隊の報告をお願いしますと言ったので、浅井が顔を上げた。

「岩本町駅から大島駅は上野の第三中隊の管轄です。検索班が出向いて聞いてきました。それによると、スリが最も出没するのは案の定、ラッシュアワーのときだそうです」

「高野が乗った時間帯は？」

助川が訊《き》いた。

「ラッシュアワーに準じる時間帯ですね。ちなみに、各駅ごとのスリ被害の届け出件数がこちらです」

と浅井はエクセルで作成された一枚の表をテーブルに置いた。

先月のものだ。馬喰横山駅が五件で一番多い。次が岩本町駅の三件。ほかは二件から一件。菊川駅での届け出はない。

「岩本町駅で乗り込んでから、馬喰横山駅までのあいだにやられたのかな」

助川が表を見ながらつぶやく。

「――の可能性が高いですかね」

浅井が答える。

「この路線専門のスリがいるのですか？」

坂元が尋ねた。

「ひところは中国系でそのようなグループがいたということです。現在は特別報告されてはいないようです。最近は、さっき副署長が仰《おつしや》ったような単独犯が増えていると聞いています。捕まえるとたいていサラリーマンだそうです」

「常習犯？」

「いえ、バッグから覗いた財布を見た瞬間、〝できる〟と思って、ぱっとやっちゃうみたいです。先月馬喰横山駅で捕まえたのも、住宅のローンを抱えていて土日は解体業のアルバイトをしていたサラリーマンだったと報告を受けています」

「素人《トーシロ》かよ」

助川はため息交じりに言うと、背を伸ばした。「しかし、ほんとうにスリにやられたのかな」

柴崎以外のふたりも、助川の吐いた言葉の意味に気づいている様子だった。

——掏《す》られたのではなく抜き取られた。なおかつ、この署内で。

検索班はその方向でも調べを進めているはずである。

「最近、プロは減ってるって、鉄警の特務の連中は言っているようです」

浅井が付け足すように言った。

鉄道警察隊の特務係は、背広などの私服姿でスリや痴漢を取り締まっている。

「義理はすたれたか」助川が坂元に顔を向ける。「プロのスリは、その日稼いだ金の一割をプールして、残りは平等に分けるんですよ。万が一仲間が捕まったときは、プールした金から弁護士費用を出したりして」

「その話は聞いたことあるわ」

坂元が同調する。

「ひとつ気になることを聞いてきたらしくて」浅井が眉《まゆ》をひそめる。「大館《おおだて》グループの一員を、最近ちょくちょく見かけるようになったとか」

「大館？　誰だっけ」

助川が訊く。

「中央線によく出没していたスリ集団ですよ」

「ああ、寝込んだ客を狙《ねら》って、ごっそりかっさらっていくという奴《やつ》らだな。そいつらがこっちに移ってきたのか？」

「そうではなくて、連中のヤサがどうも、この沿線沿いにあるらしくて」

「主犯の名前はわかりますか？」

坂元が浅井に訊いた。

「榎本重久《えのもとしげひさ》という前科四犯の常習犯です。七年前、こいつをパクったのが当時新宿署にいた波多野でした」

「ほう……そいつの写真はあるか？」

助川が浅井に訊くと、浅井はプリントしたての紙を置いた。

逮捕時のカラー写真だ。眉毛が薄く貧相な顔をしている。

助川は写真をつまみ上げ、柴崎の前に放り出した。「見せに行ってこいよ」

その意味がわかるまでつかの間かかった。

「高野にですか？」

柴崎が訊くと、助川がうなずいた。「乗りかかった船じゃねえか。検索班はほかに仕事があるんだしな」

「心得、ました」

一昨日訪ねた署員をまた訪ねねばならないとは何の因果か。いっそのこと、呼び上げたらどうですかと口に出しかけた。

そんな柴崎になど見向きもせず、助川と浅井があわただしく部屋を出てゆく。

「女は警察官に向かないのかしら」

とり残された坂元がノートを閉じながら自問するように言った。

「高野ですか？」

柴崎は訊いた。

「女性にだって男性に負けない能力がある。そう思って、この八カ月、女性が働きやすい職場づくりを目指してきたつもりなのに……」

行き場のない無念さをにじませて坂元は言う。

交番業務や刑事部門でも、女性を思いきって登用したのだ。

「間違いだったのかしら」

高野朋美の態度を見て、自信がゆらぎはじめているようだった。

「そんなことはありませんよ。性犯罪にしろストーカーにしろ、増えるばかりじゃありませんか。女性警官を投入すべき場面は増える一方で、減ることなどありえませんから」

「そうね、その通り。まだまだ、がんばらないと」

坂元は胸の前で両手を合わせ、自らを励ますように言うとソファを離れた。

4

夕刻、前日に引き続いて柴崎は大島駅に降り立った。待ち合わせたファストフード店に入ると、高野が待っていた。奥まった席でまわりに人はいない。Vネックのニットと薄手のスキニーデニム。部屋着同然だ。化粧も薄い。

「まだ出てこないんですね」

コーヒーを買い求めて席に着くと、じれったそうな口調でいきなり口にした。彼女の前には、半分ほどかじったハンバーガーとフライドポテト、それにシェイクが置かれている。

「おまえ、本気で見つかると思ってるのか」

「だって、財布は残っていたんですから」

少女っぽさを残した口調で高野は言う。

スリならば財布を狙うはずだという理屈だ。署長公舎で見せたしおらしい態度はすっかり消え失《う》せている。

高野は続ける。「掏り取った犯人は、警察手帳だと気づけばビビると思いますし」

甘すぎる。ここで相手のペースに乗ってはならないと柴崎は肝に銘じた。

コーヒーをひとくち含んでから、君と同じルートをたどってみたと話した。

ご面倒をおかけしましたのひと言もない。ありがたくも何ともない顔をしている。

「掏られたと君は主張しているが、ほんとうにそうなのか?」

改めて訊くと、高野はむっとした顔付きで、

「じゃあ、わたしがどこかでなくしたって言うんですか？」

ときつい調子で反論してくる。

高野は失望を隠せない表情で肩を落とした。「代理までそんなことを思っているんですか。嫌になっちゃう」

「なにがそんなことだ？」

「なくすって、どういう意味かなと思って」

「べつにそうと決まったわけじゃないが……高野、なにか職場に不満でもあるのか？」

「いえ、係長にはいつもフォローしてもらってますし、松本さんだって、やさしいですから」

「隣の波多野さんはどうだ？」

「第一係長ですか？」高野の顔が一瞬曇った。「そうですね。ちょっと……」

「まさか、パワハラとか受けてないよな」

「あの人がパワハラ？　するわけないじゃないですか。技能指導員なんだし」

「では、なにがちょっとだ？」

「わたしにだけ冷たいんです」

「君にだけ……思い過ごしだろう」

「そうかなあ。いつも高そうなスーツ着てて、いい時計はめて、ツンとしてるんですよ」

そこまで言うと、フライドポテトをひとつ口に放り込む。まずそうに咀嚼《そしやく》しながら、

「それよりわたしの処分は決まったんですか？」

と軽い調子で訊いてくる。

「まだこれからだが、警察手帳が出てこなければ、それなりの処分が出る可能性はある」

手帳を体に結着せず、カバンの中の外から見える場所に入れていたという状況は大いに不利になる。

「懲戒ですか？」

その二文字が出て、柴崎はとまどった。

懲戒処分は地方公務員法に基づいて下される。内規による訓告や所属長注意などとは比べものにならぬほど重い処分だ。状況から見て、そうなる可能性が高い。懲戒のカテゴリー内で最も軽い処分は戒告《かいこく》だが、今回はへたをすれば、その上の減給処分に

処されかねないケースだ。そうなれば本部への異動の目はなくなるし、昇任にも影響を与える。

親の威光はもはや通用しないだろう。

「減給とかになったらどうしようかな」

不安そうに言った。

一度減給処分を受ければ、退職までそれはついて回る。退職金は少なくなるし、年金も同様。外部からは軽そうに思われがちだが、実際は厳しい処分だ。

「そう先を読むなよ」

元気づけるように言ったものの、高野はそれほど深刻には受けとめていないようだ。

苦々しい感情がこみ上げてくるのを抑えて、柴崎は榎本重久の写真をテーブルに滑らせた。

「誰ですかこれ？」

柴崎は最近、都営新宿線で出没しているスリだと答えた。

「こいつを見なかったかということですね？」高野は真剣な目で覗きこんだ。たちまちその瞳《ひとみ》から熱が消えると、ため息をつきながら柴崎に向き直る。「見たことないですね」

「よく見ろよ」

「何度見たって同じですから」

そう言うと、写真をぞんざいに返した。

せっかくここまで調べてやったのに、なんだこの態度は。

溢《あふ》れそうになる言葉をかろうじて呑み込んだ。

親身になったところで得るものはなにもない。

虚《むな》しさを感じながら帰り支度をする。

ふと、こんな場所にいる自分について考えた。

霞が関の警視庁総務部企画課に籍を置いていた一昨年がよみがえる。

本部にいれば、こうして警察手帳を紛失した女の世話などに時間を費やすことなどなかったはずだ。治安維持と犯罪の抑止、効率的な組織や人員の配置など、警視庁全体の方向性について思考を巡らせ、警視総監をはじめとする上層部の人間たちと膝《ひざ》を詰めて仕事をする充実した日々を送っていたに違いない。何よりもそれを望み、努力を怠らず職務に邁進《まいしん》してきたのだ。しかし、当時の上司の策略にはまり、一介の所轄署の警務課課長代理などという半端《はんぱ》なポストにまで落とされた。この先、自分はどのように長い警察人生を過ごせばよいのか……。

店を出たところで高野と別れ、駅に向かう。

改札の手前で懐《ふところ》のスマートホンが鳴った。取り出して見ると、登録していない携帯の電話番号が映っていた。訝《いぶか》しみながら、オンボタンを押して耳に当てる。

「……柴崎くんだな？」

聞き覚えのある声だが、思い出せなかった。

そうですがと返事をする。

「わたしだよ、今枝《いまえだ》」

はっとした。

そうだ、この声は今枝聡《さとし》に間違いない。

九年前、柴崎が本部の総務部給与課に籍を置いていた当時の係長だ。警部以上の人事を扱う人事第一課管理官という重要ポストを摑《つか》んでいる。偉ぶることのない、どちらかといえば飄々《ひょうひょう》とした人柄だが、出世のツボを押さえている油断のならない人物だ。

何かご用ですかと口にする前に、今枝が切り出した。

「女署長をうまく操ってるらしいじゃないか。さすがに企画課のエースと言われただけのことはあるな」

「いえ、坂元署長は優秀な方ですから」

と当たり障《さわ》りのない答えをする。

「近いうち一杯やらないか？　毎日毎日、高いところに閉じこもっていると息が抜けないんだよ」

心にもないことを、と柴崎は思った。

人事第一課は企画課と同じ警視庁本部の十一階にある。警視総監室をはじめとして、総務部長室や警務部長室など、限られた人間だけがいることを許される特別な階だ。

しかし、いまになってこの自分に何用があるのだろう。

昔懐《なつ》かしさで単純に声をかけてきたのではない。人事第一課には監察室がある。ひょっとして、高野の件で探りを入れてきたのかとも思ったが、一巡査の警察手帳の紛失ごときで早々に監察が動くはずもない。とりあえずここは誘いに乗るか。

「差し支えなければ、昼食でもご一緒にお願いできませんか？」柴崎は言った。「現在若干こみいった事案を抱えていまして」

「いいよ、明後日《あさって》はどうだ？」

「けっこうです」

時間と場所の打ち合わせをして、丁寧に挨拶《あいさつ》し電話を切った。

翌水曜日の午後五時半、当直態勢に入った警務課の席に各課からやってきた担当係員が就いた。

十名弱のその中に、盗犯第一係長の波多野澄雄《すみお》がいた。単独で座っている柴崎から一番近い席だ。日誌を見たり、ノートパソコンを叩《たた》いたりしている係員たちの中にあって、何もせずひっそりと座っている。細身で半白髪。型崩れしていないグレーのスーツを身にまとい、銀縁フレームのメガネをかけた眉根に、細かい縦皺《たてじわ》を寄せている。

五分もしないうちに五反野《ごたんの》で変死体発見の報が入ると、にわかにあわただしくなった。当直責任者である波多野が席を立ち、てきぱきと指示を出しはじめる。刑事課強行犯捜査係所属の手塚《てづか》巡査部長を頭として、臨場することになった。あっという間に半分ほどが席を立ち、静けさが戻る。

その場に残っていた波多野に歩み寄った。耳元で、「高野をどう思います?」と囁《ささや》きかけた。

薄い頬のあたりが、針を当てられたように一瞬引きつった。

「どうって何が?」

柴崎は自分のズボンのポケットを上から叩いた。

ようやくわかったとばかり、大仰にうなずくと、波多野は舌打ちした。

「小娘が」

それだけ言うと、脱力したように両腕を机の上に放り出す。ワイシャツからはみ出た左手首に、銀色の腕時計が光っていた。黒い文字盤に三つのクロノグラフが見える。リューズをはじめとして、三つの突起がある。

ロレックスのデイトナ。

一介の刑事が身につけられる代物《しろもの》ではない。

高野が言っていたのはこれか……。

手もちぶさたそうに波多野は、未決箱から稟議《りんぎ》書類をとりだして開く。

かまわず続ける。「電車で掏られたと言ってますが」

思いがけない顔で波多野はふりかえった。「警察手帳を掏るやつがどこにいる？

ドロ刑を三十年やっているが、聞いたこともない」

「ほかに合理的な説明がつかないようなんですよ」

「あんた、あの小娘が言うのを真に受けちゃねえか？　泥棒のドの字も知らねえ女だぜ」

「まだ新米ですから」

「スリ八年って聞いたことあるだろ。スリは泥棒の中でも一番難しいんだ。一人前のスリ刑事になるには、それだけ時間がかかる。いったい、どの面《ツラ》下げて、スリに狙われたなんてほざきやがるんだ」

「いや、でも……」

反論したいのは山やまだったが、言葉がうまく出てこなかった。

5

翌日の午前十時、宿直明けの波多野が帰宅したのを見計らって、刑事課のドアを開けた。刑事がふたりいるだけで、ほかは空席だ。浅井に用件を話してから、同じ階にある別室で待機する。

昼には、久しぶりに本部の人間と会うのが頭にあって、どことなく落ち着かない。署長と副署長にはその旨伝えて、了解を取ってある。

十分ほどして、両手にファイルの入った段ボール箱を抱えた若い刑事が入って来た。居残っていた組織犯罪対策係の塩原《しおばら》巡査部長だ。警察手帳検索班に組み込まれている。

「こちらでよろしいですか？」

塩原が持ってきたファイルは、今年に入ってからの盗犯第一、第二係の捜査報告書の綴《つづ》りだ。謝意を伝え、見終わったらすぐに返しに行くと言って、さっそくファイルを開いた。

昨夜見かけたロレックスが気になっていた。

盗犯捜査関係の報告書は、どれもかなり厚い。一件あたりの余罪が多いからだ。家冬場は空き巣が目立つ。春休みは学校荒らしが立て続けに三件発生している。家人がいるにもかかわらず、人がいるにもかかわらず、家に入り込んで盗みを働く〝居空き〟も発生しており、波多野の第一係が解決に導いていた。報告書はぜんぶで五十件近くある。

勢いよくめくりつつ、盗品の一覧表だけを拾っていった。四つあるファイルを見終えたときには小一時間が過ぎていた。

やはり思い過ごしだろうか。そう思って残っていた一冊を取り上げた。

背に補足資料とある。

むだだろうと思いつつもパラパラとめくってみた。中ほどに至ったとき、盗品一覧表の中でその文字を見つけた。

ロレックス　デイトナ

今年の七月、中川の民家から盗まれた被害一覧の中にそう記されている。犯人は未逮捕で、盗まれたデイトナが池袋の質屋に売られていたとする報告書が付されている。この報告書だけが補足資料であるのに、一件分全体をファイルに綴《と》じ込んでいるのも気になった。

この腕時計について突っこんだ調べが要るかもしれない。きょうの午後、立ち寄ってみようと思い、時計の型番と質屋の住所をノートにメモした。

御徒町《おかちまち》駅の北口を出たのは十二時半だった。その寿司《すし》屋は昭和通りを渡り、少し進んだ左手の雑居ビル地下一階にあった。L字のカウンターは人で埋まっている。小上《こあ》がりの座敷の襖《ふすま》を開けると、こちら向きに座っている細面のとがった顎《あご》の男が腰を浮かせて招き入れた。遅れましたと言いながら、その前に腰を落ち着ける。

「おう、久しぶり」

コップを持たされ、すでに半分ほど空いている瓶ビールを注がれる。

形だけ乾杯して、一口喉《のど》に通す。

「握りを頼んであるからじきに来る」

と今枝は黒いカフスボタンをはめたドレスシャツの手を伸ばし、お通しのオクラとささ身の小鉢を突《つつ》く。

今年で五十五歳になるはずだが、贅肉《ぜいにく》はなく締まった体つきをしている。やや長めの髪をワックスでオールバックふうに整えていた。ゴルフはシングルの腕前で、そうそうたるキャリアたちを弟子に持っている。

柔和そうな細い目で見つめられると、本当に息抜きのため、かつての部下と食事をともにしているように思えてくる。

しかし、それだけのことで、人事第一課の管理官が、隠れ家のようなこの店を指定したとは思えない。

今枝は警視庁に入庁して以来、ずっと管理部門を歩いてきた。公安部公安総務課に籍を置いていた時代もあり、警察庁経由で総理府へ出向した経歴も有している。ノンキャリアだが、エリート中のエリートと言ってもいい。

ほどなく、女将《おかみ》が寿司下駄《げた》に乗せられた江戸前寿司を運んできた。中くらいの大きさの握りが十二カンあり、けっこうなボリュームがある。

小皿に醤油《しょうゆ》を注ぎ、まずイカから手をつけた。

微妙な甘酸《あまず》っぱさが残る飯だが、ネタはそこそこ新鮮で旨《うま》い。

女房と買い物がてらに、よく来るんだと今枝は言った。月島のマンション住まいで、当時中学生の一人娘がいたが、その後どうしているだろう。それについて尋ねてみると、

「今年四大を卒業して銀行に入ってくれたよ」

と今枝は言い、メガバンクのひとつを口にした。

「そうですか、さすがに係長……すみません、管理官の娘さんですね」

「なーに、不出来、不出来。ほら、ちょっと横から突《つつ》いてさ」

わかるだろうと、片目を二度ほど閉じたり開けたりした。入行を口添えできる関係者がいたのだろう。簡単に入れるような会社ではない。

「ずいぶん忙しそうじゃないか」

「いえ、それほどでもありません」

それ以上訊いてこなかったので、高野の件で呼び出されたのではないと察した。女性署長として全国的に注目されている坂元についてや署員の有給休暇の消化状況などについての当たり障《さわ》りのない会話をしばらく続ける。

今枝は柴崎が企画課を追い出された経緯については触れるつもりはないようだ。会う前からわかってはいた。過去に起きた出来事について、あれこれと詮索《せんさく》するような

ものを言いをするような人間ではないと知っていたからだ。

赤身を口に放り込んだところで、今枝が箸《はし》を置いて柴崎の顔を覗き込んだ。

「五年前のコールドケース、なかなかの働きっぷりだったそうじゃないか」

「奥多摩の死体遺棄ですか？」

「おう、夏の盛りの」

五年前、綾瀬署管内に住んでいた衣料販売員の女性が行方不明になった。刑事でもないのに、ふとしたきっかけで事件と関わるようになり、結果的に犯人を割り出したという事案だ。

「いや、偶然が重なっただけですから」

「でもないんじゃないか？　そっちの署長から上がっているみたいだけど、本部の刑事部長あたりの口からも、おまえの名前が出ているぞ」

「珍しいからだと思います」

総務部企画課で出世の階段を一気に駆け上がろうとしていた人間が、いきなり所轄署の警務課長代理に飛ばされ、それでもめげずに職務に精励し、畑違いの刑事事件に首を突っ込んで解決に導いた。一部の人間には受けるのかもしれない。

それしきの話を伝えるために、わざわざ席を設けたとは考えにくい。

「広聴係のポストが空きそうなんだ」

茶碗蒸しを木匙《きさじ》ですすりながら、つぶやくように今枝が言った。

ようやく合点がいった。同時に、心の底で安堵感《あんどかん》がさざ波のように広がった。

広聴係は広報課の一係である。本部の九階に在しており、管理部門としては上位にランクされる部署だ。その広聴係におまえを充当してもいいか、と打診してきているのだ。

しばらく信じがたい思いの中で過ごした。かつての上司のみならず、すべての幹部に見捨てられたとばかり思っていたのは間違っていたようだ。見る人は見てくれている。それがはっきりした形となった。

しかし、口にしたのは自分でも思いもしない言葉だった。

「広聴係ですか……」

今枝の顔が曇る。

地に落ちたおまえだが、本部に返り咲かせ、ふたたび出世の階段を歩ませてやろうという働きかけにもかかわらず、用意されたポジションについて物足りないというような感想を洩らしてしまったのだ。

かつて籍を置いていた企画課と比較してしまったのかもしれない。

警視庁本体の組織を動かすダイナミックな仕事とは異なり、広報マンの仕事は退屈だという思いが頭をよぎったのはたしかだった。広聴係は警察に対する苦情を一手に引き受ける役目も帯びている。企画課を経験した自分にとって、物足りない仕事と感じてしまったのだ。

そうは言っても、管理部門にあこがれる人間にとって、広報課は花形部署に外ならない。それを拒否するような答えをしてしまったことには冷や汗をかかずにはいられなかった。

「なかなか、これといったポストがなくてな」

ご馳走《ちそう》を目の前にして、なかなか箸をつけようとしない子どもに対するような口調で今枝は言った。

「とんでもありません」

そう口にしたものの、本音はすでに伝わってしまっていて、後戻りはできそうもない。

店名の焼き印の入った卵焼きをかじる。

「それでも、なるべく早い時期に帰ってこないとな」

本部から忘れられてしまうぞと言いたいのだ。よくわかっていた。昇任人事で所轄署に出るならともかく、その真逆の状況で追いやられた警官がふたたび警視庁本部に舞い戻るのはほぼ不可能なのだ。

お茶をすすり、今枝に頭を下げて店をあとにする。

店に入ってから出るまで、一時間もかかっていないのに気づいた。

自分は重大な選択を誤ってしまったのではないか。しきりとそう考えながら、駅に足を向けた。

6

午後二時、柴崎は池袋駅に着いた。サンシャインシティにほど近い一画に〝質買取り〟の立て看板を見つけた。

ここだ、市村《いちむら》質店。

曇りガラスのドアを開けると薄暗い店内の奥で、カウンターだけが蛍光灯に照らされていた。そこに座っている、痩《や》せた顔付きの男と目が合った。

視線を外し、ショーケースに並べられた腕時計を眺めた。

ロレックス、オメガ、ブルガリ――ざっと見ても二十種類以上のブランド物が陳列されている。

ひとつひとつ観察してから、柴崎はカウンターの前に立った。

「ご主人ですね？」

警察手帳を見せながら訊いた。

男は、じっと手帳に目をやってから、こっくりとうなずき、

「市村と申しますがどのようなご用件でしょうか？」

と訊き返した。

「ロレックスのデイトナを捜しているんですよ」

「デイトナは最近、なかなか出てきませんからね」市村は二、三度うなずきながら続ける。四十代前半だろうか。硬そうな髪を真ん中で分けている。「お仕事の関係ですか？」

「仕事と言えば仕事になりますか」

「ちょっと前まで置いてあったんですけどね。ちなみに型番は？」

「黒い文字盤で、たしか一一六五番台だったと思いますけど」

ようやく来訪の意味がわかったという表情で、

「そいつなら、八月のお盆まで置いてありましたよ」

と答えた。

「買い取られていきました？」

「ええ、まあ。何か気になられることでもありますか？」

柴崎は頭をかきながら、

「いわく付きの商品だったようですからね」

「はい。綾瀬のほうで盗まれたと伺っています」市村は上目遣いに柴崎を見た。「逮捕されて何よりです」

犯人が見つかった？

しばらく間を置いてから、

「そうですね。その節はうちの者がお世話になりました」

と返してみた。

「いえいえ、こちらこそ」市村があわててカウンターから出てきた。しきりと頭を下げながら、「波多野さんにはお世話になりっぱなしで。何とぞ、よろしくお伝えください」とつけ足す。波多野とは仲間内のような口ぶりだ。

当惑しつつも、やはりその名前が出てくるかと思った。

「承知しました」ふと思い出したような顔付きを装《よそお》った。「ちなみにデイトナはいくらで買い取られました？」

詫《わ》びるような顔で右手の人差し指を立てた。

百万円か。

盗んだ泥棒の、ほくそ笑む顔が浮かぶ。

柴崎は淀《よど》みなく続ける。「一一六五の買い戻しには、うちの波多野がひとりで伺ったわけですよね？」

「おひとりでした。持ち主の方はお見えになりませんでした」

「金も波多野が置いていった？」

「はい、被害者の方から受けとったということで、四十五万ほどいただきました。それがどうかしましたか？」

「いえ、こちらこそ、損をさせてしまって申し訳ありませんでした」

市村は妙になれなれしい感じで、

「よろしかったら、もう一度ご覧になりませんか」

と陳列棚の上で手を広げる。

どれでもいい、安く譲りますからというジェスチャーにみえた。

丁重に礼を述べ、少し怪訝《けげん》そうな表情を浮かべた市村の視線を背中に受けながら店をあとにした。

午後四時、柴崎が署長室で坂元とともに待機していると、助川と刑事課長の浅井が入ってきた。坂元の横に座るなり助川に質問をぶつけられる。

「グニ屋（質屋）はどうだった？」

「やはり波多野係長が単独で買い取りに出向いています」柴崎は拳《こぶし》を軽く握りしめた。

「被害者の杉山《すぎやま》さんは来店していません」

「そうか。で、波多野は幾らで買いとった？」

「四十五万円だとよ」

浅井が重たげに口を開く。「杉山さんに当ててみたのか？」

「三十分ほど前に。盗品が質入れされていたのもご存じないようでした」

浅井がまじまじとこちらを見つめた。「ほんとうか？」

ロレックス・デイトナの還付請書を机に開げた。盗まれた品を被害者に返還したとする内容だ。波多野によって記入されている。

後ろめたそうなふたりに代わって、坂元が厳しい視線を柴崎に向けた。「管内で盗まれた腕時計を犯人が質に入れ、それを波多野係長が見つけた。波多野係長は、その事実を被害者には伝えずに、その時計を安く買い取ったということになりますか？」

深くうなずいた。「そう見るのが筋だと思います」

浅井は頭を抱えて、うつむいた。

助川は腕を組み、押し黙っている。

うそ寒い沈黙の中、坂元が浅井に向き直る。「犯人は見つかっていないんですか？」

「いえ、まだ……」

「目星もついていない？」

「おりません」

「ちなみに波多野さんは、この質屋の十年来の顔だそうです」

柴崎は努めて冷静な口調で付け足した。

汚物をつかむような手つきで坂元が還付請書をつまみ上げる。「では、この還付請書は偽物《にせもの》？」

浅井は一瞥《いちべつ》しただけで、顔をそむけた。

偽造だと認めているのだ。

捜査報告書をはじめとする関係書類を机に並べた。

波多野は宿直明けで午前中に署をあとにしている。それからすぐに浅井に状況を伝え、波多野が担当した事件関係書類を調べたいと伝えた。デイトナの型番についてもだ。

「浅井」助川がしぶしぶ口を開いた。「デイトナの相場は見たか?」

浅井は踏ん切りをつけるような顔で、

「調べました。質流れ品で、百万から百五十万です」

「市村が買いとった額は常識的なラインか……」

「はい」

質入れされた品がのちに盗品と判明しても被害者にはそのまま返還されない。商行為の一環として買い取られたからだ。そのため、被害者が買い戻す形を取る。その相場は質屋が買い取った額の半分と決まっている。半分は損害を被《こうむ》る形だ。今回、市村が出費した百万円のうち、四十五万円が戻ってきて、残りの五十五万円は、市村自身が損を被《かぶ》った計算になる。

「四十五万円は係長のポケットマネー?」

やんわりと坂元が訊いた。

「おそらくそうでしょう」

助川が深刻そうに答える。

当の被害者に話を通さず、捜査員が勝手に所有物にしたのだ。

「そんなに手に入れたかったのかしら」

「正規に買えば、二百万近くになるでしょうからね」

「それはそうでしょうけど」坂元が足を組み、理解しがたいという表情で訊く。「犯人は絶対に見つからないという自信があった」

「あれほどのベテランです。このヤマは解けるはずがないという確信があったのかもしれません」

浅井は苦りきった様子で答えた。

杉山家に入った泥棒は、指紋はおろか下足痕《ゲソこん》ひとつ残していかなかった。家人が留守をした半日間の犯行。新聞受けに家人が鍵《かぎ》を入れておく習慣があり、それを使って中に入ったのだ。預金通帳は手つかずで、現金と貴金属類や腕時計のような金目のものだけを盗み取った。犯人像の推測は困難をきわめ、かりに別件で逮捕されたところで、本件の自供はしないだろうというのが波多野の読みだったはずである。

「とんだやぶ蛇だったわけか」呆《あき》れたように坂元が言った。「それにしても、違う係の高野巡査がよく気づきましたね」

「質屋の件までは気づいていないかもしれません」柴崎は言った。「ただ、ロレックスのデイトナが盗まれた事実は頭の隅にあったはずです」

「それで、おととい、彼女の口から出たわけね」坂元は言い、ソファを離れて署長席に戻った。三人の視線を意識しながら、言葉を継ぐ。「波多野係長の前で口を滑らせたのかもしれない。『ロレックスのデイトナって、ついこの前、盗まれたのと同じですよね』とか」

柴崎も立ち上がり、署長席を見下ろすように言った。「そのときの反応を見て、ピンと来たのかもしれません。なにやら裏で怪しい操作をしているのではないかと。一方の波多野係長は、関係書類を高野の目の届かないところに置いた。それを今回、浅井刑事課長が発見したわけです」

柴崎の言葉に浅井は決まり悪そうな顔で小さくうなずいた。

「疑惑を抱《いだ》かれた程度だったにもかかわらず、波多野係長は見過ごせなかったわけね？」

坂元が柴崎と視線を合わせて訊いた。

「その可能性は高いと思います。悪事を見破られたと勘違いしたのかもしれません」

「そのため、高野さんを排除しなければならなくなった」坂元が続ける。「日頃から彼女のことはよく思っていない。生意気な女刑事を懲《こ》らしめるために技術を持った者を使い、手帳を掏らせた」

「あのお嬢さん気質なら、何らかの処分が出た段階で、自分から警察を辞めると言い出すだろうと見込んでのことだろうな」助川が席を立ち、敵地に足を踏み入れたような険しい顔でつけ加える。「どっちにしても、もうひとつ厄介ごとが増えたわけだ。浅井、詰めの調べをやれよ」

浅井も同様に立ち上がり、深々と頭を下げると、「承知しました」と低い声で言った。

質屋で不正を働いた波多野の調べは刑事課が自ら担当する。警察手帳の一件の調査も連動して行われるだろう。後味の悪い結果になりそうだが、ほぼカタはついたと柴崎は思った。

「質屋の件はそれでいいとして、柴崎、あとは頼んだぞ」

部屋を出る間際《まぎわ》、唐突に助川に声をかけられた。

「警察手帳の件ですか？　それは、いま……」

「いまもヘチマもないだろう。どうやって波多野がスリを動かしたか。それを見極めるのがおまえの仕事だろ」

そう断じられて、柴崎は言葉を失った。

7

夕刻。滑り込んできた電車に乗った。先頭車両はきょうも空《す》いている。月曜日と同じ時刻の電車だ。理不尽ではあっても、上司の命令には逆らえない。解決の最短ルートは波多野に直接当たることだが現段階では禁じられている。高野から警察手帳を掏り取った犯人を見つけ出す。それ以上でも以下でもなかった。

とはいっても、藁《わら》の山から針を一本見つけるに等しい。明日時間をやりくりして、上野の鉄道警察隊に足を運ぶしかなさそうだ。その前にもう一度、高野が乗った電車に乗ってみるくらいしか思いつかなかったのだ。

現場百回。刑事たちがよく口にする手法を進んで行うことになるとは夢にも思わなかった。

ビジネスバッグに忍ばせた榎本重久の顔写真をもう一度、頭に呼び起こす。貧相だが、これといった特徴はない。もし電車内で出くわしても、やりすごしてしまうかもしれない。

月曜日と同様、上野駅で相当の人数が乗って来た。男性客の顔をひとりひとり覗き込む。当然ながら、不審の目を返してくる者もいる。満席の状態で秋葉原駅に着いた。ゆっくりと席を離れ、最後尾についてホームに降り立った。混み合うホームの端に寄り、乗降客を眺める。榎本と似た男は見当たらない。階段口に回って、長い階段を上った。改札階に至る。大勢の人間が左手の改札口に吸い込まれていく。前後を確認しながら、その流れの後ろについた。ICカードをタッチして改札を出るとき、すぐ左側にあるインフォメーションカウンターで起きているちょっとした異変に気付いた。中年の女性客がカウンター内にいる駅員に向かって、なにやら声を上げているのだ。

改札を通り抜け、また人の流れに従い、しばらくまっすぐ歩いた。そのあたりで自然と歩みを停めた。月曜日、背中に視線を感じたあたりだ。

ふりむくと、先ほどの女性客が、まだインフォメーションカウンターに張りついていた。

少しばかり気になり、柱の陰から様子を見守った。しばらくして女性客がこちらに歩いてきた。横に並んだときに声をかけると、いぶかしげな顔でこちらを見た。強めのパーマをかけた五十歳前後の女だ。丸っこい頬にソバカスの痕《あと》が残っている。

警察手帳を見せると、女ははっとして、何でしょうかと言った。

柴崎は「インフォメーションカウンターで、何を話されていたのですか」と訊《き》いてみた。

すると女は、肩から斜めに提げたポシェットの中から定期入れを取りだし、その中に入っていたＩＣカードを見せた。無記名のものだ。

「パスモの具合が悪くて相談していたんですよ」

困惑した様子で言った。

「改札をうまく通れないとか？」

「ええ」

力が抜けた。それしきの話か。

かなりの困りごとのように見えたのだが。

たとえば、財布を掏り取られたとか。

足止めして申し訳なかったと謝ると浮かない顔のまま離れていこうとした。胸騒ぎがして、柴崎は女を呼び止めた。「失礼ですけど、ほかに困りごとがおありじゃないですか？」

女はどことなく解《げ》せないという顔のまま、

「残額が少ないんですよ」

とつぶやいた。

「……どういうことですか？」

またカードを掲げた。「あの駅員さんにこれを調べてもらったあと改札を通ったら、少なくなってる気がして」

はじめは、改札の内側で相談をかけたようだ。

「どこかで買い物をされて、それをお忘れになったんじゃありませんか？」

ＩＣカードは電車の利用以外に小売店で現金代わりに使えるのだ。

「買い物になんて、絶対に使いません」

女はきっぱりと言った。

「ちなみに、どれくらい足りなかったんですか？」

「二千円くらい」

大した額ではない。やはり勘違いをしているのだろう。

「どちらから、ご乗車なさったんですか？」

「南千住から。市川まで帰るんです」

この駅で総武線に乗り換えるのだ。

柴崎は改めて不審な表情を示している女の顔に見入った。

「駅員さんは何と言ったんですか？」

柴崎は訊いた。

「刑事さんがいま仰《おつしや》ったのと同じですけど」女は続ける。「でも、絶対におかしい」

柱の陰から顔を出して改札を見やった。

インフォメーションカウンターの中に、赤ら顔の若い駅員がいる。

ここ数日、カードの調子が悪く、いましがた改札を通る前にあの駅員にチェックしてもらった。カードは異常ありませんからと返されて、改札を通り抜けたとき、残額が減っているのに気がついたという。

その話しぶりから使用していたのを忘れているようには思えなくなり、柴崎は女のカードを手にとって調べた。使い込まれているが、折れたり反り返ったりはしていない。カード内のアンテナとＩＣチップの接触が悪くなって、読み取れなくなるケースも多いと聞いたことがあるが、そのたぐいだろう。うまくいかなければ、新しいものに替えてもらえばいいのに。だが、念のため、女から詳しい話を聞くことにした。

8

月曜日、午後二時半。

ドアが開くと制服を着た若い男が上司に連れられて部屋に入ってきた。

上司は軽く頭を下げると、男を残して部屋から出てゆく。

背の低い、髪の毛の強《こわ》そうな赤ら顔の男が残された。盗犯第二係の古橋係長と係員の松本が、すっとその横に張りつき、柴崎が座るテーブルにつくように促した。目の前に座った男の体は、先週の木曜日に見たときより、全体に縮んだように見える。

「急に呼び出したりして迷惑ではなかったかな。喜多《きた》翔馬《しょうま》くん」

柴崎は穏やかに切り出した。

秋葉原駅の駅事務所内にある小会議室だ。

自分を含めた三人の姓名と身分を告げる。

「……はぁ」

男は、八の字に眉《まゆ》を下げ、尻《しり》すぼみな返事をした。

「さっそくだけど時間がないんだ。要点だけ話そう。呼ばれた理由はわかっているかな?」

喜多はかたそうな髪に手をやり、

「全然」

と迷惑げに言った。

「いろいろと苦情が出ていて」柴崎は続ける。「パスモのことだけどさ。わかるな」

傷だらけのカードを彼の目の前に置いた。

喜多は答えず首を亀《かめ》のように伸ばすと、触れることなく上から覗き込んでいる。

柴崎は続ける。「先週の木曜、あなたがこの駅のインフォメーションカウンターで応対した小山《こやま》さんという女性のパスモだよ。無記名だし、見分けはつかないかもしれないが。そのときに出た苦情を覚えているな?」

「あのときの」

喉がからんだような声で返答すると、それから先を呑《の》み込んだ。

「苦情の内容は覚えていない?」

「あの日は……たくさん受けたものですから」

「でもいま、きみはあのときと言ったじゃないか」

それなりに優しい言葉をかけてやったつもりだが、この男に好意は通じないようだ。

ここは押してゆくしかないだろう。

「木曜日、小山さんはパスモがうまく改札に反応しないので困ると訴えて、改札の内側からきみに相談を持ちかけた。きみはパスモをチェックしてから、『異常はありません』と言って返却した。彼女は無事に改札を通り抜けることができたものの、表示された残額を見て二千円ほど足りなくなっているのに気づいた。それで、改めて、きみに苦情を申し立てた。どうだ、思い出したろう？」

喜多は考え込むふりをしてから、

「ああ、そうか。あのときのおばさんか」

とぞんざいに口にした。

「何と答えた？」

「思いすごしのお客様が多いものですから、と丁重にお答えしたはずですが」

「思いすごしでなかったら、どうなんだ」

強い口調で言った。

「どうって……」

喜多は努めて平静を装いながら呟《つぶや》いた。

「先週末、この駅と沿線沿いの駅を十カ所ほど調べた。すると似たような苦情が何件か出てきてね。どれも、きみがいるこの駅の改札を通ってから、カードの残額が足りなくなったという内容だ。そのうちの三件は、苦情を申し立てた本人の思い違いだということがわかった。残り四件については、すべてきみが担当するインフォメーションカウンターで処理をしてもらったというんだ。全《すべ》て無記名のカードだよ。苦情を申し立てたのは、べつの駅だったけどね。どうだ、思い出したろ?」

「さあ」

柴崎は別のカードを差し出した。「これを持っていた人は、間違って下車してしまって、きみに再入場の処理をしてもらった。これ以外に改札の機械がうまく読み取ってくれないという相談を持ちかけたのが一件。それから、きみが強制退出処理をかけたカードが二件ある。どうだね、きみのほうから我々に話すべきことがあるんじゃないか」

口元が歪《ゆが》み、口惜《くや》しそうな表情になった。「話すことなんてありませんよ」

「苦情の中身に違いがあるにせよ」柴崎は声を荒らげた。「共通しているのは、きみに相談を持ちかけた直後、カードの残額が減っていたということだ」

「あの……意味わかんないんですけど」

つっけんどんに言い返す。

「昨晩、終電のあと、きみがいたインフォメーションカウンターに捜査員を向かわせた。その結果、こんなことがわかったよ。まず、苦情を申し立ててきた客からカードを預かる。その場で、端末に差し込むふりをしながら、あらかじめ用意してあった残額の少ないカードとすり替えて渡す。低レベルの手品だよな。デポジットが返ってくることを知らない人が、残額の少ないカードを捨ててしまうケースがあるそうじゃないか。そんなことがきみのまわりにもたくさんあっただろう」

じっと聞き入っている喜多の額に脂汗《あぶらあせ》がにじんでいた。

もう一押しだ。

「味をしめたな」

言うと柴崎はビニール袋に収められたオートチャージ機能付きカードを男の前に滑らせた。こちらは無記名ではなく、裏に男性名が書き込まれている。

「こいつは一時間ほど前、きみのロッカーの中から見つけた」駅事務所の家宅捜索は駅長立ち会いのもとで、すでにすませてあるのだ。「今月の三日、きみがあらかじめ用意してあった無記名のカードとすり替えた客のカードだ。これを使って、きみはチャージを繰り返し、回数券を四万八千円分購入した。そのあと……払い戻して現金化したんだよな？」

喜多の目が大きく見開かれていた。指先が震えている。

「カードを落とした男性が気づかないと思ってやったことなんだろうが」

男性は五日前、最寄りの駅に紛失届を出している。捜査の過程でそれを見つけて本人から事情を聞いた。

オートチャージ機能付きICカードは、チャージをするごとに、クレジットカードからその額が引き落とされる。男性の話をもとに、土曜日にカード会社で調べたところ、この事実が判明したのだ。

「そんなこと……やるわけねえじゃん」

ぶつぶつと文句を言うように青ざめた顔で言った。

まだシラを切るつもりか。

柴崎はスーツ姿の女性が写っている写真を懐《ふところ》からとりだし、顔の前に持っていった。

二秒ほど見つめたのち、喜多の頬にさっと赤いものが射《さ》した。

「この女性に見覚えはあるな？」

目をそむけた。しかし知っているのは明らかだった。みるみる凍りついていく表情がそれを物語っている。

写真に人さし指で触れると、身を乗り出した。「彼女の職業を言ってみろ」

「さあ——」

「五月の終わりだ。おまえの勤務の日にこの路線で痴漢騒動があった。そのとき、たまたま乗り合わせていた女性が警官だと名乗り出て犯人をつかまえ、駅事務所に連行した。一部始終を喜多、おまえは見ていた。この写真の女性だろ」

「そ、そんな」

ぎこちなく首を動かしながら、言葉にならない声を発する。目の前を羽虫の群れが横切っているみたいに顔をしかめた。

「よく聞け、大事なのはここからだ。たまたま彼女は先月、職務のため、この駅で張り込んでいた。ある事件の容疑者を追っていたんだ。おまえがいたインフォメーションカウンターの近くでだ。それに気づいていたな」

柴崎が確認すると、「知るかよ」と吐き捨てるように返した。

「三日連続で張り込んでいたからな」柴崎はたたみかける。「おまえ……自分が監視されていると思い込んだんだな」

驚愕《きょうがく》の表情を浮かべたのち、喜多は歯を食いしばりながら、柴崎をにらみつけた。

「何を言ってるんだか、わかんねえって言ってんだよ」

柴崎は肩を怒らせるように張ると持参したモバイルＰＣのスイッチを入れ、ＤＶＤの映像を喜多に見せた。

駅ホームの防犯カメラの録画だ。

電車に乗り込む乗客の姿がくっきりと映っている。中ほどにスーツ姿のすらりとした女がいる。高野朋美だ。それからふたり置いたうしろから黒っぽいビジネススーツを着た男が乗り込んでいった。クセのあるかたそうな髪だ。横顔から、はっきりとそれが眼前の男であることがわかる。

喜多が乗り込むと電車はホームを発車していった。

柴崎は映像に映り込んだ両者について説明してから、「喜多」と声をかけた。「どこの駅かわかるな?」

喜多はふっと横を向いた。

「すぐ隣にある都営新宿線の岩本町駅だ。先々週の水曜日、本八幡行き二十時十六分発。おまえが降りた駅の映像も持っている。見てみるか?」

もうたくさんだとばかり、喜多は首を横にふると、勝手にパソコンを閉じた。

「この電車に乗って何をした?」

語りかけるように訊いた。

喜多の心中で様々な想《おも》いが激しく交錯しているように感じ取れた。

黙って相手の様子を窺《うかが》った。

二分ほど過ぎ、次にかけるべき言葉を口にしようとしたとき、柴崎のスーツの胸ポケットにある携帯が震えた。とりだして耳に押しつける。

「……代理?」

そうだと答える。

「たったいま見つかりました」

その言葉を聞いて、凝り固まっていた肩のこわばりがすっと抜けた。

「ありがとう。そのまま続けてくれ」

「了解」

そっと携帯を切り、元に戻した。

喜多翔馬に向き合い、これで最後だぞと呼びかける。

力なくにらみつけてきた顔に向かって、柴崎は言葉を吐きかけた。「占有離脱物横領容疑ならびに窃盗容疑で、行徳《ぎょうとく》にあるおまえのひとり住まいのマンションを家宅捜索している。たったいま、綾瀬署刑事課盗犯第二係所属、高野朋美巡査名義の警察手帳が見つかった」

虚を突かれたように、喜多の上半身がぐらっと揺れた。

顔の筋肉がひとりでに動き、大きく歪んだ。

「おまえは彼女さえどうにかすれば、横領行為を隠しおおせると考えた。そのためには警察を辞めさせればいいとな。警察手帳を掏《す》り取れば万事うまく収まる。そう結論を下し、そして実行した。念を入れて新聞社に警察手帳を盗まれた刑事がいるとタレ込んだ。……あさはかだったな」

喜多は呆然《ぼうぜん》と口を開き、天井を見上げている。

古橋係長が席を離れ、彼の横に立った。逮捕状を見せながら重々しく正式な罪状を告げる。喜多は自分の腕に手錠をかけられるのを信じられないという面持ちで見守っていた。

9

翌朝午前八時ちょうど。署の一階にある小会議室で待っていると、グレーのスーツ姿の高野朋美が現れた。手には小ぶりなハンドバッグ。

席に着くなり、柴崎は懐から警察手帳を取り出して机に置いた。

「ありがとうございます！」

これまでになく弾んだ様子で言うと、さっそく、ぐるぐる巻きされたストラップをほどき、手帳を開いて中身を調べ出した。

「変な仕掛けはしてないから安心しろよ」

「でも、おかしなやつの手元にあったわけだし」

珍しい玩具《おもちゃ》を与えられたように、目を細めて手帳をめくり、外革を手で擦《こす》ってたしかめる。

「捨てられていなかっただけでも、ありがたく思え」

「ですよね」

納得した表情でパンツの右ポケットに縫い付けられた紐《ひも》の輪をつまみ、ストラップの先のナスカンを引っかけて手帳を結着させた。ようやく落ち着いたとばかり、手帳をポケットにしまいながら柴崎と目を合わせる。

「落ちましたか？」

「落ちた。あれだけ証拠をそろえたんだから認めないわけにはいかん」

「カードすりかえの動機については？」

「借金がかなりあった。小遣い銭欲しさにやったそうだ」

「どっか抜けていますよね」

おまえも同じだろうと柴崎は思った。

「高野、心配事があったよな？」

柴崎は念押しするように訊いてみた。

「処分ですか？」

少し意地悪な顔でうなずいた。「残念ながら、おまえの予想ははずれたよ」

高野はふいにまじめな顔になり、

「減給よりもっと上か……」

と心配げにつぶやく。

「安心しろよ。懲戒処分にはならない」

顔の筋肉をほころばせると、満面の笑みを浮かべた。

おそらく所属長注意ですむだろう。もっとも軽い処罰だ。

異動や昇進にも影響は出ない。そう伝えた。

「助かりました」

柴崎は続けて、波多野係長の一件について説明した。

一転して表情を強張らせると、黙って聞いていた高野は、

「そっちは懲戒処分ですよね」

と見得を切るように言った。

「何言ってるんだ。その前に公文書偽造容疑で逮捕されたぞ」
二、三秒考えてから、
「あ、そうだ、そうですよね」

と言い、舌を出す。

「不正行為を知っていたのか？」

「ロレックスの買い取りですよね。気付きませんでした」

当然とばかり、けろりと言い放った。

「でも、係長のはめていたのと同じ時計が管内で盗まれていた件は知っていたよな？」

「もちろん。わたしたちが担当したんですから」ちょんと口を尖《とが》らせ、澄まし顔で続ける。「あれはもう完璧《かんぺき》な仕事だって古橋係長がおっしゃっていたし。なにか関係しているかもって冗談半分に言ったりはしましたけど」

少しばかり、むかっ腹が立ってきた。「その無節操さがだめなんだ。警官人生の中で必ず災いをなすぞ」

大げさに目を開けて、驚いたふりをしながら、

「えー。脅す気ですか？」

と言った。ふと、中学生になる息子と話しているような思いにとらわれた。これ以上言っても説教臭くなるばかりだ。きょうのところは、このへんでやめておこう。

「ひとつ訊いておきたいことがあるんだが、いいか？」

柴崎は改まった口調で言った。

上目遣いでうなずく。

「警察手帳が見つからなかったら、高野、どうする気だった？」

高野はうつむき加減に目をそらし、肩をすくめた。「どうって……」

「全国の警察署におまえの名前が知れわたる寸前だったんだぞ」

「べつにいいんですよ」ポツリと言った。

柴崎は思わず机の下で拳《こぶし》を握り締めた。

……警察《ここ》が世界のすべてじゃないし。

そう言いたいのは明らかだった。

墜《お》ちた者

1

「もう、ここに住んでいる人はいないのですね？」

深刻そうな顔で写真を見ながら坂元署長が訊《き》いた。

「何年も、住民はおりません」

刑事課長の浅井が重々しい声で答える。

写真には灰色のコンクリート壁のアパートが写っている。五階建てだ。老朽化が激しい。各戸にある鉄製のベランダは錆《さ》びつき、人の気配のない黒々とした窓が壁に張り付いている。

「しかし、ひどいなぁ。これは」

並べられた写真の一枚を取り上げた助川が言う。

アパートの階段は朽ち果て、踊り場の床が抜けているのだ。

「夜に上がろうとしたら、落っこちて死んでしまいますね」坂元がつけ加える。「五階まで登ったとしたら、池谷《いけたに》はこの建物についてよく知ってたのかもしれない」

「友人の二、三人くらいはいたかもしれませんが、特定できるでしょうか」

柴崎はそう言って、浅井の顔を見た。

この際、それは関係ないという表情だ。

「転落死は間違いないと思いますけど、血液検査で薬物の反応が出てしまって」

浅井が披露した鑑定書を柴崎も覗《のぞ》き込んだ。科捜研が坂元署長の要請を受けて、大至急鑑定した結果だ。見慣れない成分がカタカナ表記でずらりと並んでいる。

「大麻に含まれる成分に近いようですが、それ以外に禁止されている薬物も多くて。一昔前の脱法ハーブと同じようなものです」

いま現在は危険ドラッグと呼ばれている代物《しろもの》だ。報告書にもトリプタミン系の成分や合成カンナビノイド系統のくくりで、ふたつの成分が上がっている。

「興奮作用があるのですね？」

鑑定書をめくりながら、坂元が確認する。

「はい」

「これを吸ってハイになったあげくに転落した可能性は？」

「なくはないと思いますが」

浅井がぶすりと答える。

その横にいる生活安全課長の八木《やぎ》は地図に目を落としたまま、口をつぐんでいる。

都営東栗原アパートの東にあるコーポ堀口前の路上で、池谷遥人《はると》の死体が見つかったのは、一昨日の午前二時半。近所の住民がタクシーで帰宅途中に出くわした。

転落してコーポ堀口を取り囲むコンクリートの塀にぶつかり、全身を強く打ったのが死因とされている。五階の501号室に、複数の人間がいた形跡があり、そこから転落したものと思われた。

死亡推定時刻前後に、コーポ堀口から奇声が聞こえたと証言する住民もいる。奇声を上げたのが池谷であるかどうかはわかっていない。

「複数の人間がコーポ堀口に出入りしたのは当日ですか?」

柴崎が訊いた。

「八時間ほど前の十四日の夕刻。コーポ堀口の西側にある都営アパート沿いの道を固まって歩く数名の若い男がいたという目撃情報があるが」

501号室の室内からは二種類の男性の靴跡が見つかっている。ひとつは池谷遥人のものだが、もうひとつは特定できていない。二種類の同じ靴跡は、階段や通路からも見つかっており、十月十四日の夜、ふたりの男が501号室に入り込んだとみられている。

「近所のガキが危険ドラッグのパーティーでもやりに、こそこそ集まってきたのかな」

助川がひとりごちるように言う。

池谷遥人は十七歳。中学卒業後、自動車修理工場で働いているという。

「もうひとりの男も同年代じゃないですか」

柴崎があいだに入った。「片方が、多量摂取により幻覚症状をきたし飛び降りたとか？」

「個人差があるので一概には言えませんが、たぶんそうではないかと思います」浅井が坂元の顔を見て答える。「遺体からは転落したときにできた傷以外は見つかっていませんし」

「決闘するために、わざわざあんな廃屋に上るような奴《やつ》はいないだろうからな」

助川が話を継ぐ。

「危険ドラッグを吸っていたとして、購入ルートは追えませんか？」

坂元が訊く。

浅井は首筋をかきながら、

「そのあたりは、まだなんとも」

坂元が身を乗りだした。「半年前、池袋で少年が危険ドラッグを吸ったあげくに、ビルから転落して死亡した事案がありましたね？　それと同じ危険ドラッグの可能性は？」

「池袋署に照会しました。まったく違う製品でした」

「成分が同じであれば購入ルートから追えるかもしれないのに。とにかく、こんな危険なものは、一日も早く元から絶たなければなりません」

店を摘発し閉店に追い込むまで安心できないと言いたいのだろう。

「それより署長、人がひとり死んでいます」柴崎は口を開いた。「一緒にいた男をつきとめるのが先決です。場合によっては殺人未遂も視野に入れなければ」

坂元は緊張した表情でうなずき、浅井をふりかえった。「池谷遥人の交友関係を洗えばすぐに判明しますよね？」

浅井は顔をしかめ、

「家族から話を聞きましたが、さっぱり……」

「母親とふたり暮らしだったな？」

助川が訊いた。

「竹の塚の伊興《いこう》アパート住まいです。母親は西新井の居酒屋で働いていて、帰宅は毎日午前様ですよ。遥人がまだ小さいときに離婚していて、父親のほうは、行方知れずということで」

「自動車修理工場で働いていると聞きましたが」

「ふた月前に勤めだしたばかりです」浅井がきっぱりした調子で言う。「半年前に川口から、母親の仕事の関係で現住所に越してきました。川口では、建設会社でトビの見習いをしていたようです。前科前歴はありません」

「修理工場に知り合いはいるんじゃありませんか？」

柴崎が割り込んだ。

「無断欠勤を何度もしたりしていて評判は悪いですね。親しくつきあっていた従業員はいません。母親から何人か名前を聞きましたが、どれも川口にいたときの友人らしくて。そっちの聞き込みはこれからです」

「困りましたね」坂元は言った。「コーポ堀口の近所に防犯カメラはないの？」

浅井が地図を広げて答える。「ご覧の通り、西側に都営東栗原アパートが建ち並んでいますが、築五十年経過していて、高齢者が多いですし、コーポのまわりも一戸建て住宅ばかりで、商店もありません」

三百メートル四方に十四棟の都営アパートが連なり、公園や広い駐車場が目立つ。全棟の建て替えも決まり、入居者の立ち退きが順次行われて空室が増えている。最寄り駅はつくばエクスプレス六町駅だが、駅からは少し距離がある。

「地元のヤンキーあたりから追うしかなさそうね」坂元は言いながら生活安全課長の八木に目をやった。「管内にも、薬物で検挙した少年は多いと思いますが、どうですか?」

それまで話のなりゆきを見守っていた八木が、

「本年度は薬物乱用で検挙、補導した少年はおりません」

と気まずそうに答える。

「そんなことはわかっている」助川が言った。「シンナーにしろ大麻にしろ、何かしら手を出した連中はいるんだろ?」

「シンナーやトルエンで引っぱったのはそこそこいます」

「常習者もいますよね?」

柴崎が質問した。

「小さいころシンナーから入って、高校あたりで覚せい剤や大麻に手を出した者もいるにはいましたが」

柴崎は続ける。「飛び降りたアパートの近所に該当者はいますか？」

八木は手にした資料をめくりながら、自信なさげに言った。

「数名おるかと思います。ただ、最近はどうでしょうか」

「まず近場から当たってみてください」

坂元が鑑定書をおいて引き取った。

「心得ました」

「署長、もう少し捜査範囲を広げていただけませんか」浅井が食い下がる。「うちの管内はもちろん、竹の塚署や西新井署管内の不良少年まで調べる必要があると思います。近所の聞き込みや薬物の入手ルートから追うのは困難だと思われますので」

「なるほど」坂元が答える。「やはり、非行少年の線から追うしかないかもしれません。生活安全課からも捜査員を出して頂けますね？」

八木は頭に手をやりながら、

「はあ、第三係に手伝わせますので」

とあくまで外様《とざま》の口ぶりだった。

それを聞いた浅井の顔色が変わった。「中道《なかみち》の係を？　八木さん、冗談よしてくれよ。へたしたら殺しの帳場が立とうっていうときに、一休《いっきゅう》はねえだろうよ」

八木は心外だという顔つきで、

「だって、地域の実情は彼が一番詳しいよ。ほかにいないじゃない」

と受けて立つ構えを見せた。

「だめだめ、一休じゃだめだ。エースを出してくれよ」

「尾山《おやま》？」

少年第二係の係長で、二年前に本部から昇任異動で着任してきた男だ。

その活躍は生活安全課の中でぬきんでている。浅井の指名ももっともだ。

「尾山んところは、先週からデートクラブの一件に着手したばかりだ。そんな暇はないぞ」

八木が珍しく強く出たのには理由がある。綾瀬駅近くの風俗店で、少女に売春をさせているという情報がもたらされたため、早期解決に向けた捜査態勢に入っているのだ。

「福祉を目の色変えて追うのが生安《せいあん》じゃねえだろ」

浅井は引く様子を見せない。

「大人の勝手で子どもをひでえ目に遭わせてる悪質事案じゃねえか」八木が言葉を荒

らげる。「放っておいて、どうする」

「そうかね？」浅井は小馬鹿《こばか》にした感じで続ける。「少年係は福祉事案を挙げてなんぼって昔から言うじゃないか。実際、あんたのとこも、ご多分に漏れず、優秀な捜査員を全部そっちに回している。地元の悪ガキなんて、はなから相手にしていない」

子ども同士の単純な事件より、大人の損得勘定の入った少年福祉犯罪の検挙のほうが警察内では高く評価されるのだ。

言われた八木は気色ばむ。「だからって、尾山にやらせる道理にはならない」

「何遍言わせりゃわかるんだよ。殺しかもしれないんだぜ。こんなときこそ、お互い、一番頭が回るやつを差し出すもんだろ」

たしかに、わいせつ行為や売春の強要などは、少年の心身に甚大《じんだい》な被害を与える悪質な犯罪だし、警察の積極的な関与がなくては解決しない。福祉犯罪と呼ばれるこうした事案が、生活安全課における少年事件の中では重要視される。これに対して、万引きやひったくりといった街頭犯罪の類《たぐ》いは、受け身の捜査ともなり、部内では恐ろしく軽く見られているのだ。

綾瀬署では、そうした初発型の少年犯罪事案は、一休こと中道昭雄《あきお》警部補が係長を務める少年第三係が一手に引き受けている。

珍しく言い争いをするふたりに、坂元は口出しできないようだ。柴崎も同様である。

「熱心なのは結構だが時間がない」助川が割り込んだ。「八木の気持ちもわからないではないが、目星がつくまで第二係を張りつけさせたらどうだ」

八木はまだ言い足りなさそうだったが、自分に注がれた署長の視線が気になるようで、それ以上の反論はせず、とりあえずは尾山のいる第二係四名の応援を得る線で決着した。

「それから、浅井さん、科捜研にはもう一度、これと同じ危険ドラッグが摘発されていないかどうか確認するように伝えてください」

坂元が命じると、浅井が警戒する目つきで応じた。「要請はいたしますが、なにぶん向こうも持ち込まれる試料が多いですから、いつもうちだけ特別扱いしてもらうのは難しいかもしれません」

「改めて一から分析してくれと言うのではなくて」柴崎が付け足した。「危険ドラッグに関するデータベースを作っていると聞いています。そちらと照合してもらえればすむと思いますが」

浅井はそれ以上抵抗できず、わかりましたと坂元に応じた。

「少年係といえば、防犯協会から〝ジャンプの会〟に差し入れがあったそうですね」

坂元が柴崎に向けて思い出したように口にする。

「署長のお口添えによって交付されたようです。ありがとうございました」

軽く頭を下げた。

ジャンプの会は、非行少年の更生をサポートする地域団体だ。同会が野球好きの少年たちに野球道具を購入してくれたのだ。

「ボランティアたちが本腰を入れてきたからですよ」助川が言う。「バレーボール教室もやってるんだろ？」

「週に一度。木曜日の夜に」

中学校の体育館で行われている。きょうがその日だ。

「そっちにも差し入れしなくていいのか？」

助川に訊かれた。

「ボールを購入してもらっているはずですから」

柴崎が答える。

「夏に話が出ていた自助グループの件はどうなっているのかしら？」

坂元が質問する。

「あちらは完全な民間活動ですから、警察が口をはさむまでもないと思います」

八木が言った。

少年院を出た少年少女たちが集まって親睦《しんぼく》を深めつつ、ふたたび道を踏み外さないようにするための交流活動だ。

「それでもミーティングの会場を借り上げたり、お金がかかるんでしょ?」

坂元は細かいところまでゆるがせにしない。

足立区には低所得階層が多い。荒《すさ》んだ家庭もあり、残念ながら、少年犯罪が少なくない地域だ。このため、署長としては少年犯罪の抑止にひときわ力を入れざるを得ない。

「柴崎、訊いてこいよ」助川が言った。「そっちも一休がやっているんだろ」

気になってはいたのだ。来週は防犯協会の集いがある。

「わかりました。今晩行ってみましょう」

「お願いしますね」

坂元が言うと、八木もつられるように「頼むぞ」と口にした。

2

バレーボールの準備をする若者の声が弾んでいた。体育館には、ジャージや短パン、思い思いの格好の若い男女が散らばり、じゃれあっている。三十人ほどいるだろうか。少年というより、ほとんど二十歳《はたち》前後の男女だ。女性は三割ほどだろうか。

「また、やりやがって」

とTシャツを着た丸刈りの男が少年のあとを追いかける。あきらめたようにすぐにやめて、大学生ボランティアの吉沢《よしざわ》とともにネットを張る作業に戻った。少年第三係の中道係長だ。後頭部に青い塗料が付着している。逃げた少年がいたずらしたようだ。

柴崎が声をかけると頭に手をやったが、よくあることだと意に介さない。サイドバンドの取り付けをしながら、

「野球道具、ありがとうね」

と語りかけてきた。

「とんでもない。中道さんの熱意があったからこそです」

言いながら柴崎も取り付けを手伝う。ジャージを着てきたから、すぐに溶け込めた。

「いまんところ野球好きがそろってるけど、あとはどうなるかなぁ」

「そのときはそのときですよ」

「そう言ってくれるのはうれしいけどさ」

自助グループの話に移そうとしたとき、またべつの少年が近づいてきた。中道の腹に手をまわして抱き上げる。今年五十歳になる中道は小柄だ。坊主頭《ぼうずあたま》にめがねをかけている顔も年齢の割にあどけない。袈裟《けさ》を着せれば、寺の小僧と見まがうほどだ。早くに結婚しているが子どもには恵まれなかった。

「やめろって」

笑いながら抵抗すると、少年は中道を下ろして駆け出していった。

少年たちは何カ所かで四、五人ずつ輪になり、パスの練習をはじめている。うまく続くグループもあれば、すぐボールを落とす者もある。声をかけながら、中道は何度もボールを拾って彼らに返した。

コーポ堀口から墜落死した少年の話を持ち出すと、その話を耳にしたので、昨晩、近くに住む数人の少年に聞いてみたと答えた。

「逃げた人間に行き着くような証言はありましたか？」

さらに訊いた。

「いや」

「薬物をやっていた少年がいるはずですが」

「一昔前、兄貴の影響で大麻をやっていたのがひとりいたが、とっくに引っ越したしさ。シンナー好きなのが何人かいるが、危険ドラッグまではいっていないな」

予備のボールを取りに行ってもらえないかと中道に頼まれ、用具室に向かった。五つほど抱えてコートに戻る。

トスとスパイクの練習をしていた三人の少年たちの後ろを通るとき、「けーさんとこに行くと、ごっつい儲《もう》かるらしいぜ」と言うのが耳に入ってきた。

気になってネットを張り終えた中道に当ててみた。

「けーさん？　そう言ってたの？」

「そのように聞こえましたけどね」

ふーんと生返事をしたかと思うと、中道はその三人の元に駆け寄り、

「何だ、何だ、何の話をしてるんだあ」

とがなりだした。

意外に大きな声だったので、柴崎は驚いた。

三人の少年はボールを高く打ち上げると、さっと散ってゆく。

怪訝《けげん》そうな顔で戻ってきた中道に、「けーさんって誰ですか？」と訊いてみると、「菊池《きくち》だよ」と中道は言った。「去年、西新井で工務店をはじめた元ヤンキー。今年三十になったはずだけどさ」

「人を雇っているんですか？」

「十人ぐらいじゃないかな。地元中心に声をかけているんで、連中の耳にも入ったんだろう……。おーい、町田《まちだ》はいるか？」

べつのグループに中道が大声で呼びかけたので、話が中断された。

「知らねえ」

「もう、来ねえよ」

などといった声があちこちで上がる。

「最近、出席率悪いぞー」中道が声を張り上げる。「誰か呼びに行けよ」

そう言うそばから、何人かがスマホを使いだした。

町田という少年を呼び出しているのだろう。

そのうちのひとりが通話をやめて、ふりかえった。「だめだめー、忙しいって」

「しょうがないな」

不機嫌そうな中道に訊いてみると、町田は十八歳でオートバイ盗の常習犯だという。

昼間は寝ており、夜になるとバイクを盗んではガソリンがなくなるまで乗り回す。ヘルメットをきちんとかぶり、スピード違反もしないので、なかなか警察には捕まらない。盗難がばれて交番に連れていかれても、「きょうがはじめてです」と神妙な様子で言い逃れ、やがて迎えに来た親とともに返される。

ある晩、一時停止を無視したのをＰＣ（パトカー）に見つかった。いつものように、反省した態度を見せればよかったのに、そのときはつい逃げてしまった。逃走の末、ひどく暴れて逮捕され、ついに勾留《こうりゅう》された。二十件近いオートバイ盗を自白したのち、身柄付きで家裁へ送られ、少年鑑別所でひと月あまり過ごしたのち、元の生活に戻ったという。

トスとレシーブの練習がはじまり、離れた場所から中道は声がけするようになった。柴崎は合間に、少年院を出た者の自助グループの活動補助について尋ねてみた。中道は、首にＩＤカードを下げた大学生ボランティアを指さすと、

「吉沢くんが仲間に声をかけてくれてるんだけど、なかなか立ち上げのメンバーが集まらなくてさ」

と答えた。

坂元署長が気にかけていると伝えると、それより不登校スクールに入れる話はどう

ですかねと逆に訊かれた。この春から、中道は民間の不登校者向けのスクールに不良少年たちを通わせたらどうかという提案をしているのだ。

「受け入れてくれそうな学校は見つかったんですか？」

柴崎が訊くと、ばつの悪そうな顔をした。

「それが、なかなか見つからなくてさ」

「スクールに通わせている親御さんたちから、猛烈な反対意見が出るみたいですからね」

「そうなんだよ」

九九さえろくにできない子が多い。そういう子たちをマンツーマンで指導してくれる場が欲しいと中道は常々発言している。

中道は不良少年たちの家庭に立ち入るのをいとわない。

父親から暴力を受けていた少女が家出したとき、その家を訪ねて、警官だと名乗り出た。

「警察が何の用だ」

と怒鳴られたが、

「暴力で娘さんの問題を解決できますか」

とすぐさま切り返したと聞いている。

丸一晩かかって説得し、娘をよろしくお願いしますと父親に頼まれるまでになった。

「子どもは、おれたちがどこまで踏み込んでくれるか、試してるんだよ」中道はしんみりした口調で言う。「それで信用してもらえるかどうかが決まるんだ」

柴崎は「わかります」とつぶやいた。

試合がはじまるまでの一時間、ふたりで少年たちに交じって汗を流した。

3

科捜研からその情報がもたらされたのは、週明け月曜日の午後だった。

ずっと気にしていたらしく、その報告を電話で受けた坂元は助川と柴崎に声をかけて、自ら二階の刑事課に上がった。

大森の雑居ビルに振り込め詐欺《さぎ》グループのアジトがあることが判明し、本部捜査二課と大森署の合同捜査本部が三カ月あまりの内偵の末、打ち込みに入った。九月中頃だ。張り込みに気づいたメンバーがいて、急遽《きゅうきょ》、家宅捜索に踏み切ったのだ。頭は取り逃がしたものの、五名の被疑者を検挙した。彼らは全員、電話をかける

〝掛け子〟で、カモにする者のリストも残されていた。アジトにはビニール袋におさまった葉片があり、危険ドラッグと判定された。その成分が、池谷遥人の血液に混じっていた薬物と一致したのだ。

「完全に同じものですね」

坂元は鑑識員から渡されたふたつの鑑定書を見比べながら言った。

合成カンナビノイド系統とトリプタミン系の成分が等しく記されている。

生活安全課長の八木も来ていた。

助川が鑑識係の空いた席に腰を落ちつける。

刑事課は人が出払っていて、全体にがらんとしている。

「そのふたつのドラッグは九十九パーセント同じものだと科捜研では言っています」

坂元の横から浅井がつけ加える。「ただし、市販されているドラッグとは異なるそうです」

「もぐりの店が販売しているんですか？」

「新しいドラッグが次から次へと出てくる現状ですから、販売店から追うのは困難かと思います」

「製造元はどうですか？」

立ったまま坂元が訊く。

「中国産、国内産が入り乱れています。こちらの摘発はまったく進んでいません。店と比べてさらに難しいと思います」

「……ドラッグからは追えないということですね」坂元が無念そうに続ける。「でも、振り込め詐欺のアジトから見つかったものと同じドラッグを池谷が使っていたのはほぼ間違いない……どう見ればいいんでしょう？」

助川が口を開いた。「まぁ同じ店から買ったんだろうと思いますよ」

「その線が強いとは思いますが」坂元はそこまで言うと、改めて浅井をふりかえった。

「池谷がその振り込め詐欺グループに籍を置いていた可能性はありませんか？」

唐突な質問に、浅井は苦しげな表情を浮かべ、

「可能性がないと言い切れないとは思いますが……」

とだけ言うと押し黙った。

「五人の掛け子の中に、このドラッグを使っている者はいましたか？」

ふたたび坂元に問われて、浅井は机をはさんで正面にいるぽってりした体つきの男をうながした。同じ刑事課の銃器薬物対策係の野呂《のろ》照久《てるひさ》係長だ。野呂は今回の事案を統括している。

「尿検査で、ドラッグの陽性反応を示した者はおりません」

と野呂は少し緊張気味に答えた。薄い前髪が汗で湿っている。

坂元は振り込め詐欺摘発の捜査報告書をめくり続けた。容疑者一覧のところで手をとめ、

「二十歳《はたち》の男がいますね。江東区出身だわ」

とつぶやいた。

「このところ、振り込め詐欺は低年齢化していますからね」

腰を浮かせ、それを覗き込みながら助川が口にする。

柴崎も坂元の横から書類を見た。

「おっしゃる通りですが、池谷がこの振り込め詐欺グループのメンバーだったというのは、ちょっと無理があるような気がします」

浅井がつけ足す。

「トップは捕まらなかったのですよね？」柴崎は気になっていたことを確認する。

浅井がふたたび野呂の顔を見やった。

「捕まっていません」野呂が太い体を縮こませるように答える。「アジトの責任者は把握していたようですが、そいつに気づかれて上の人間たちも一斉に雲隠れしまし

た」

「下っ端《ぱ》はそのままだったわけですね？」

「逃げるための時間稼ぎに使われたようです」

「詳しく書いてないけど手口はどう？」

「三人一組で名簿のリストに電話をかけまくり、弁護士やNPO職員などと偽り複数の人物を演じながら、騙《だま》していく手口です。バリエーションが無数にあって、相手に応じて臨機応変に対処していたようです」

「〝出し子〟は捕まらなかったのね？」

野呂が太い指を動かして資料をめくる。「半年前にひとり捕まっています。その男の証言が元で、このアジトが見つかりましたから。こいつです」

坂元は机ごしに野呂から渡された資料を確認した。「内藤卓也《ないとうたくや》二十一歳……」

柴崎は被害リストを見ていた。

銀行のATMから振り込んだものが四件、レターパックを使って現金を送ったものが三件、直接会って手渡した事例もある。詳細は触れられていない。

掛け子らは、感触がいいターゲットを見つけると、「センター」と呼ばれる部署に報告する。詐取したカネは私書箱に集められ、バイク便を使ってコインロッカーに運ばせる。アジトは複数あり、上からの命令がすぐ届くよう、出し子はグループ化されていた、などと書かれている。

五人の取り調べでわかったのはそこまでで、グループの上部組織については下っ端の彼らには知らされておらず、いまだ解明には至っていなかった。

「それより浅井、池谷が住んでた川口の聞き込みはどうだ？」

しびれを切らしたように助川が立ち上がり発言した。

課長席に戻りかけていた浅井が立ち止まって助川の方を向いた。「池谷は、中学を出て、カー用品店で働き出しましたが半年しか続かず、そのあとは建設会社でトビ職見習いをやっていましたが、それも休みがちで。川口署によると、短期間ながら、暴走族に入っていた時期もあったとか。川口市在住時、母親はキャバレーで働いていました」

「足立区に知り合いはいるのか？」

「中学校時代の友人に訊いて回りましたが、いないようです」

「母親はどうだ？　キャバレー勤めなら、そっちからドラッグを入手した可能性もあるぞ」

「元勤め先でも聞き込みをしましたが、危険ドラッグをやっているような者はいませんでした。母親がそっち方面に手を出したという証言もありません」

「川口を探るのはもういいんじゃないかな」坂元が言った。「それより、問題は振り込め詐欺で捕まったこの五人だと思います。うちの管内出身の人間はいますか?」

浅井が坂元に正対した。「五人とも初犯です。前科前歴はなく、それ以上の詳しい履歴はわかっておりません」

「少年係には訊いたの?」

坂元がそれまで黙っていた八木に訊いた。

「中道に調べさせました。足立区在住者はいないし、振り込め詐欺に首を突っ込んでいるような不良もいないということです」

「でも気になるなあ」坂元が未練がましく言う。「もう少し情報が得られませんか?」

ファックスで送られてきた捜査報告書はわずかだ。事件の細部についてはわからない。

「五名全員、起訴がすんでいます。これ以上の実態解明は難しいということで、すでに捜査本部は解散しています」

野呂が残念そうに言った。

「そんなに早く?」

「二課は新手の振り込め詐欺の対応に追われていて、ひとつのヤマは三月程度と割り切っているようですから」

浅井が代わって答える。

「やっぱり、たまたまですよ」助川が言う。「たまたま同一店から買った危険ドラッグをやっていたんでしょう」

坂元は不服そうだったが、それ以上反論しなかった。

柴崎にもどことなく引っかかる想《おも》いがある。大森署を訪ねて、捜査員から詳しい内容を聞き取る必要があるのではないかと口にした。その発言を待っていたように助川が、「野呂、行ってこい」と命じた。

池谷遥人墜落死の捜査報告書を冒頭から見直した。振り込め詐欺と関連するような証言はひとつもない。現場検証後に作られた図面を見ているうちに、そういえばまだ、現場を見ていないことに気づいた。

留置場の通常点検をすませてから、四時過ぎ、池谷遥人が墜落死した廃アパートに赴いた。東栗原アパートにクルマを停める。

現場は、名前もついていない小さな公園の北側だった。公園を取り巻く狭い車道と向き合う形で、南向きに建てられている。池谷が激突した二メートルほどの高さの塀に沿って歩く。塀の途切れたところにゴミが山のように重なっている。ゴミ捨て場となっているのだろうか。空き缶やペットボトルだらけだ。

傾斜のついた入り口から敷地内に踏み込んだ。雑草が生い茂っている。アパートの階段入り口に取り付けられた郵便受けが赤茶色く錆《さ》びつき、斜めにぶら下がっていた。そろそろと足を運び、階段の踊り場に達する。床が朽ちて鉄骨がむき出しになっている。その穴を避け、丈夫そうな隅を選んでどうにか五階まで至った。

古い消火器や牛乳瓶の破片が転がる通路を恐る恐る歩いて、端まで来た。登山靴でも履いてくれば良かった。501号室の玄関ドアは五センチほど開いたままになっている。念のため靴カバーと手袋をはめ、足でドアを蹴《け》って中に入った。

板の間にはザラメのような砂が降り積もり、いくつもの足跡がついている。台所やトイレを確認してから、池谷が落ちた窓から外を窺《うかが》った。

前方に細長い公園が延び、それを狭い車道が取り巻いている。真下にある車道とアパートの際《きわ》に池谷が激突した塀が見え、その内側にも雑草が茂っていた。

また室内に目を転じる。居間の壁際に二つ折りされたビニールシートが敷かれていた。それだけはまだ新しく、ふたりの若者がそこに座って危険ドラッグを吸っていたのだろうと想像した。

これといった発見はないまま部屋をあとにする。

注意深く階段を下る。二階の踊り場まで降りたとき、床の抜けたところから見える下の地面に、オレンジ色に光るものが目にとまった。

一階に降り立つと、階段を回って草むらに踏み込んだ。ビニール袋や紙くずの散らばる中に、小さなプラスチックのカードを見つけた。生い茂った草を払いのけながら、つまみ上げる。

銀行のキャッシュカード。大手都市銀行のものだ。新品で、どこも汚れていない。店番、七桁《けた》の口座番号。カタカナで、〝ヤノヒサコ〟と氏名が入っている。

ここの住民のものにしては新しすぎる。落ちていた場所は塀から離れているから、外から投げ入れたものでもなかろう。

上を見あげた。抜け落ちた踊り場が視界に入った。

草を払いながら、改めて地面を調べた。転がっているのはゴミばかりで、めぼしいものは見つからない。クルマに戻るあいだ、手にしたキャッシュカードについて考え続けた。

どうしてあのような場所に落ちていたのだろう。

ここ最近、コーポ堀口に出入りした人間が落としていったものではないか。たとえば、危険ドラッグを吸うために入り込んだような輩《やから》が。

4

翌日。

柴崎は銃器薬物対策係の野呂係長が運転する車で大森署に出向いた。三階にある刑事課の前で、しばらく待たされた。

少しばかり興奮していた。昨日、キャッシュカードを発見したせいだ。銀行と口座番号は違うものの、大森署で摘発された振り込め詐欺で使われていたキャッシュカードの名義人と同姓同名であるのがわかった。そういった経緯もあり、助川から、野呂とともに大森署に出向いて説明してこいと命令されたのだ。

同名義人の口座に振り込まされた被害者は、愛知県名古屋市に住む六十五歳の女性。自宅にあった現金五十万円を、市内にある無人のＡＴＭでヤノヒサコ名義の口座に振り込んだという。

刑事課のドアが開き、男がふたり現れた。部下らしき四十代前半の男が、先に出てきた五十代後半の男を「課長の高松です」と紹介し、組織犯罪対策係係長の坪井と名乗った。

　歩きながら、野呂が自らと柴崎の役職を口にした。

　廊下の先にある小会議室に案内される。

　窓のないこぢんまりとした部屋だ。テーブルをはさんで、ふたりずつ席に着く。さっそく、振り込め詐欺の捜査はどうでしたかと尋ねると、高松は愛想笑いを浮かべた。髪は白く、顔のしわもかなり深い。定年間近なのかもしれない。

「こっちは捜二の使い走りでさ。やれ、弁当買ってこい、クルマを用意しろって、さんざんだよ」

　野呂は身につまされたような様子で聞き入っている。

「捜査本部内ではアジトの責任者をヤナギって呼んでいたんだよ。そいつの尾行をしていたのが、ほかでもない二課員だ」

「例の張り込みを見破られたっていうあれ？」

　野呂が首をすくませつつ訊《き》くと、いまいましげにうなずいた。

　長引きそうに感じられたので、柴崎は本題に入るように促した。

　野呂が墜落死した池谷遥人について説明したあと、柴崎がキャッシュカードを見つけた経緯を告げた。すると、高松が足を組み直し、墜落死した池谷遥人の持ち物かと訊いてきた。

「特定できていないんですよ。キャッシュカードからは池谷の指紋が検出されてませんし」と野呂が答えた。

ほかにも異なる銀行にふたつの口座があるが、いずれも架空名義であり、ヤノヒサコは実在しない人物であるという。

柴崎はずっと抱えていた疑問を口にした。「こちらの捜査の過程では、池谷遥人の名前は出てきませんでしたか？」

高松は視線をはずした。「はい」

「……そうですか」

名前が出ていれば、池谷が振り込め詐欺に荷担していた決定的な証拠になるのだが。

それでもあきらめきれず、アジトで見つかった危険ドラッグについて尋ねた。

「連中、ボールペンやホッチキスなんかの小物類を、移動式の五段キャビネットに入れてやがってさ」高松が一転して背を伸ばし、愉快げに答える。「甘い物好きの野郎がいたんだろうな。一番下の引き出しに菓子が詰め込んであって。その奥にビニール袋がべったり張り付いていた。調べたらそいつがドラッグだった」

「五人の掛け子は吸っていなかったわけですよね」

「それはお伝えしたとおりですよ。陽性反応は出なかったし。まあ、ドラッグなんてやっていたら、芝居なんかできやしないからね」

自宅に持ち帰って使用していたのかもしれない。

「取り逃がした掛け子はいましたか？」

柴崎は続けて訊いた。

「打ち込み当日、いなかったのがふたりいたな」

高松に促された坪井が、ヤノヒサコ名義の口座から引き下ろす際に撮影されたＡＴＭの防犯カメラの写真を見せてくれた。大きなマスクをつけ、グレーのめがねを掛けた男だ。野呂とともに凝視した。先に顔を上げたのは野呂だ。「違いますね」

同感だった。目鼻立ちはよくわからないが、顔の形や髪型、めがねの奥にうっすらと見える目の形からして、池谷遥人ではあり得ない。

高松は怪訝そうな顔で柴崎を見る。「それにしても、どうして、そんなところにキャッシュカードが落ちていたんだろうね？」

「池谷と一緒にいた人物が落とした可能性があります」

思うところを口にした。

高松は否定せずに返した。

「廃アパートに入り込んでいたふたりが、仮にうちのヤマの詐欺グループの一員だとしたら、出し子だろう」

「その線はあります」野呂が言った。「池谷と一緒にいたのは、この写真の男かもしれないし」

柴崎は、名古屋の女性を引っかけた手口を教えてもらえないか頼んだ。

分厚い捜査ファイルを開いていた坪井が口を開く。「息子を名乗る男から二日連続で電話がかかってきたそうです。不倫相手を妊娠させてしまって、旦那《だんな》に気づかれた。殺されそうな勢いだから示談金として百万円必要だ、と」

「そのうちの半分を送ったというわけですね」

野呂が引きとる。

「こちらとしては、出し子がわかったとしても、これ以上の追及はできかねますな」と高松は先手を打つように言った。「なんせグループの上の連中は、たまにしかアジトに来なかったわけだし、ほとんど電話で指示を出すだけだった。周囲には『絶対に捕まらない』と豪語していたようですから」

「ごもっともです」薄い頭を下げて野呂が応じる。「池谷については、うちのほうでもう少し調べてみるつもりです」

「何かわかったら、知らせてもらえるかな」

保険をかけるように高松が言う。

柴崎は捜査ファイルを借り、広げてみた。

五人の取り調べ調書にざっと目を通す。

手口や段取りについては細かく聴き取られているが、上部組織はおろか、責任者のヤナギに関する情報はほとんど記されていない。

四人目の掛け子の調書に、気になる供述があった。

責任者のヤナギは、たびたびボスと呼ばれている人物と電話で話しており、それを傍らにいて、耳にしたものらしい。会話の中で何度か、「昇竜《のぼりりゅう》を背中にかついで、転がしていたときが懐《なつ》かしい」と洩《も》らすのを聞いたことがあるとしている。

昇竜をかついで転がす……。

暴走族関連の話だろうか。

気になって訊いてみると、ゾクだと思いますよ、と高松は答えた。

「どこの暴走族ですか？」

続けて柴崎は尋ねた。

一九九〇年代から七年ほど前まで、都内で勢力を誇っていた梅島連合という暴走族グループの名前を口にした。その傍流の一部が再結集してハングレ集団と化し、現在、問題を起こしている。

「そちらの調べは、進められましたか？」

高松は当然とばかりにうなずいた。「トップにつながる情報だから、全署に捜査員を送りましたよ。綾瀬署にも行ったはずだけどね。たしか、中道っていう坊主の係長が応じてくれたと記憶しているよ」

野呂は、「そうですか」と特に気にもとめず答えている。

柴崎は訊いた。

「いつの話ですか？」

「夏の盛り……七月の終わりか、八月の初めくらいかな。無駄足だったけどね」

ふと疑問を感じた。

昨日、池谷遥人の一件に関連して振り込め詐欺が話題になったにもかかわらず、中道は綾瀬署の上層部に大森署の捜査本部から振り込め詐欺の聞き取り捜査が入ったことを伝えなかった――。

同グループによる犯行は、直接手渡しで金を騙し取られた二件も含んでいる。

一件は北区の王子、もうひとつは世田谷区の上馬《かみうま》。王子は二百五十万円、上馬の場合は八十万円を〝受け子〟と呼ばれる犯人に手渡している。

念のため、この二件の被害者と会い、話を聞こうという流れになった。

そちらは野呂に任せ、柴崎は報告書の主だった部分のコピーを手に、一足先に綾瀬に戻った。

5

帰署してすぐ署長室に顔を出し、報告をすませてから、三階の生活安全課に上がった。

少年係の三つの島のどれもが空席だった。防犯係の係員に暴走族関係の資料を見せてもらえないかと頼み、一階の相談室で待機した。

すぐに、段ボールひと箱分のファイルがテーブルに置かれた。

二十年以上も前からの古い資料ばかりだ。中でも新しいほうから見ていった。

中年暴走族とも称される旧車會《きゆうしやかい》関係の暴走行為が多かった。かつて暴走族のメンバーだった連中が、年月を経てふたたび集団暴走行為を繰り返しているのだ。

違和感がぬぐいきれなかった。別れる前、大森署の捜査本部の聞き取り捜査が入ったのを中道から聞いていたかと尋ねたところ、きょうが初耳だと野呂は言ったのだ。中道から捜査を統括している人間の耳に入れておくべき事項ではないのか。

相談室のドアが開いて警務課の部下が顔をのぞかせた。「署長がお呼びです」と言われ、資料をそのままに相談室をあとにする。

署長室には浅井と八木、副署長の助川がいた。

ソファに腰を下ろすやいなや、浅井が口を開いた。

「いま野呂から連絡が入って、池谷が受け子だったことがわかった」

意味がわからず、訊き返した。

「手渡ししたっていう、王子のヤマだ。野呂がマル害と会って、池谷の写真を見せたら、こいつに渡したと言っているらしい」

驚いて浅井の顔をまじまじと見つめた。「たしかですか？」

「七十三になるばあさんだが、言うことはしっかりしているようだ。会社員の息子を装《よそお》った男から、駅で取引先に払う金の入ったカバンをなくしたと訴えられたのがはじまりだ。そのあと、駅員や息子の上司を名乗る人物が入れ替わり立ち替わり電話を掛けてきて、すっかり信じ込んでしまったっていうんだ」

「受け渡した場所は王子神社？」

柴崎が言うと、浅井は唇をかみしめてうなずいた。

王子神社は王子駅の横にある。境内の防犯カメラの死角に呼び出して、現金を受け取ったという。

「野呂さん、上馬の方については、何か言ってない？」

正面に座る坂元が訊いた。

「そっちは金の受け渡しが夕方だったために、薄暗くて顔はあまり覚えていないと言っています。別人のようなんです」

「受け子や出し子を抱えているとしたら、大きな詐欺グループかもしれない」

「そうとも限りませんよ」坂元と並んでいる助川が続ける。「どっちもバイト感覚で、使い捨てですから」

「なるほど」坂元がうなずいた。「軽い気持ちで池谷は引き受けたんでしょう」

受け子や出し子は、電話で命令されて、現場に出向くだけだ。指揮系統についてはは全く知らされておらず、そこから詐欺グループのトップにたどり着くのは不可能に近い。

「池谷に関しては末端の使い捨てとは言い切れないかもしれません」

柴崎が言うと、助川が目を吊《つ》り上げた。「受け子以上の存在じゃねえだろ。電話一本であちこち行かされていただけだ」

「でもドラッグは？　連中のアジトにもあったんですよ」

「柴崎、池谷がアジトに通っていたと言いたいのか？」

「その可能性は否定できないと思いますが」

助川は坂元の横顔に目を移した。

「もうひとりの男は？」坂元が言った。「５０１号室にいて、池谷が落ちるのを見ていた者」

「そいつが連絡役だったかもしれません」柴崎は答えた。「詐欺グループの一員だとしたら、受け子よりランクが上だったはずです。たとえばアジトに直接出向いて、指示を仰いだりするような感じで」

「言いたいことはわかる」助川がイラついた感じで続ける。「だけどさ、そいつは、いったいどこの誰なんだよ」

柴崎が首を横にふると助川は浅井に目をやった。

浅井も返事に窮している。

6

相談室に戻り、暴走族の資料のチェックを再開した。昔ほどではないが、最近の若者もそれなりに暴れているようだ。今年の成人式のときにも、会場に乗りつけて気勢を上げている。

ここ五年のあいだに把握されている足立区内の暴走族グループの数は六つある。大人数ではないものの、六月の暴走族追放強化期間に数人ずつ検挙されている。そのほかにも、他グループとの小競《こぜ》り合《あ》いや一般人とのケンカなどによる検挙もある。

逮捕時の写真や照会資料を順次見ていく。メンバー一覧にも目を通した。

池谷遥人の名前はどこにも見当たらない。あきらめて、巻末にまとめられている参考写真の頁を開いた。昔と似たような改造具合の単車が写っている。派手な服を着て旗を立て、暴走行為を行っている。

閉じようとしたとき、ふとその写真が目にとまった。夜間に撮影されたものだ。黄色いセンターラインが引かれた道路の左右に広がって、五、六台の単車が駆け抜けている。全車ふたり乗りだ。左手前の後部に乗っている男が着ている白い特攻服——背中に赤い竜が描かれている。縦に長く、天に昇るような形。

気になって、ほかの写真も見てみた。四枚ほど同じ服を着た男の写真がある。

そのうちの一枚を抜き出して裏返してみた。

梅島連合
とマジックで書かれている。

梅島連合についての記述に目を通した。

同グループが結成されたのは一九九一年。十五年あまり続いたのち、七年前の五月、竹の塚署において解散式が行われていた。ところが、三年前に復活して、共同危険行為により、七人が検挙されている。

綴《つづ》られた七人の顔写真と名前を確認した。思い当たる人間はいない。

構成員の一覧表にある名前に目がとまる。

町田英太《えいた》。

名前に引かれるものを感じた。理由はしばらくわからなかった。

先週の木曜日。体育館でバレーボールをやっていたとき、中道がその名字を口にしたのを思い出した。

中道は彼をかなり気遣っていたようだった。

構成員の一覧表が作られたのは一昨年。町田英太が十六歳のときになる。ありふれた名字だ。関係ないかもしれない。

自席に戻り、警察関係ボランティアのファイルを開いた。〝ジャンプ〟に参加している大学生ボランティアを探した。吉沢秀人《ひでと》の名前と携帯番号があった。バレーボールの世話をしていた大学生だ。

電話してみるとすぐに出た。

町田という少年がジャンプに参加しているかどうか訊いてみた。

「ああ、エイタですか」

あっさり答えたので、柴崎は息を吞《の》んだ。

「英語の英に太《た》いの太？」

「そうですよ。何か？」

「……いや、中道係長も言っていたけど、最近来なくなっているんだって？」

「はい。ここふた月ぐらい来てないかなぁ」

「それまでは来ていたの？」

「夏場までは出てきてましたよ」

「そう、わかった。また、こっちからも声をかけてみるから。町田くん、どこの高校だったっけ?」

吉沢は墨田区にある私立の通信制高校の名前を口にした。

「あ、これ、中道さんには言わないでくれる」柴崎は言った。「あの人はいま、いろいろと大変だから」

「わかりました」

柴崎は電話を切り、念のため照会センターで総合照会をかけてみた。

やはり逮捕歴があった。

胸のあたりが焦《こ》げ付くような感覚を覚えた。これで終わる訳はない。

十八歳になるオートバイ盗の常習犯。しかし、中道は彼が暴走族であった経歴について、ひと言も触れなかった。

首をひねりながら、これからどうするべきか考えた。

手はじめに少年カードに当たってみなければ。

町田は何度も警察の厄介になっている。少年カードはそうした者の情報を記載する資料だ。

はっとした。時間を見る。午後四時半になっていた。

生活安全課に電話を入れ、暴走族の資料を運んでくれた係員を呼び出して、小声で中道係長が席にいるかどうか訊いた。いないという返事だった。

内密にしておいてもらいたいが、町田英太という名前の少年カードがあったら、複写して持ってきてもらえないかと頼んだ。

五分ほどすると、一枚の紙を携えた先ほどの係員がやってきた。

7

土曜日の午後二時、錦糸町にあるショッピングモールは、家族連れでにぎわっていた。パン工房内にある喫茶コーナーで、野呂係長が窮屈そうに小太りの体を椅子《いす》に押し込んでいる。

セルフコーナーでコーヒーを買い求め、隣席に着くと、

「やっこさん、二、三人引き連れて、あっちに入ってますよ」

と野呂は赤く縁取られたゲームコーナーの入り口を指した。

「もう長いこと？」

「三十分ぐらい。高野がついてます」

町田英太は総武線の錦糸町駅北口の四ツ目通り沿いにある通信制私立高校に通って

いる。この店は、通りをはさんだツインタワーの地下にあるのだ。

都立高校に入ったものの、すぐに不登校になった。そのあと、オートバイ盗がばれて鑑別所送りになり、退学処分を受けた。いまの高校に移ったのは二年生の秋口だ。平日の普通科コースに籍を置いているが、学校は土曜日も開いているので、きょうもここに来ているらしい。

不登校になっていた時期と梅島連合に入っていた時期が重なっている。現在は暴走族から足を洗っているようだが。

北加《きたか》平《へい》町にある一戸建ての家に両親と妹と四人住まい。父親は自動車メーカーのエンジニア。母親はスーパーマーケットでパート。ごく平均的な中流家庭だ。

プレートに残ったレタスの葉をつまみながら、

「振り込め詐欺《さぎ》で捕まった五人組のうちのひとりが、町田を知ってましたよ」

と野呂が言ったので、柴崎は身を乗り出した。

「たしかですか？」

「昼前、大森署の高松さんから電話があったんです。この六月ぐらいから、週に一度はアジトに顔を見せていたようです」

「ひとりで？」

「単独で来るときもあれば、責任者のヤナギと一緒に顔を見せたり。はっきりとは認めないけど、一味のボスらしき男に連れられてきたときもあったそうです」

「……ボスと」

野呂は赤鼻を指でしごきながら、

「どうも、ボスから、相当可愛《かわい》がられていたみたいですよ」

「暴走族がらみの絆《きずな》でもあるんですかね」

「そうかもしれません」野呂はそう言いながら咳《せ》き込んだ。「大森署の連中は張り切ってます。こっちも、気を引き締めてかからないと」

週明けにも大森署の捜査本部は再開される予定だ。それを待たずに、綾瀬署でも刑事課が中心となり、連日、複数の係員を出して町田の張り込みを続けているのだ。

「尻尾《しっぽ》を出しますかね？」

柴崎はコーヒーを一口飲んでから訊いた。

「あの年齢《とし》でリクルートを任せられているんです。天狗《てんぐ》になっているんじゃないかな」

「かもしれませんね」

細身だが中学校時代に柔道で鍛えた百七十センチの体はがっしりしていて、ある種の迫力を発散させている。学校から出てくるときは、いつも何人かの男子生徒を引き連れていた。その中で、これはと思った人間に声をかけているようだ。「簡単ですげえ儲《もう》かる仕事があるぞ」と。

ゲームコーナーの入り口に高野朋美が姿を見せた。手の甲が隠れるぐらい袖《そで》の長い灰色のカットソーにスリムなジーンズ。喫茶コーナーに入ってくると、野呂が交代で出ていった。コーヒーを買ってきてやり、町田の様子を訊いてみた。

「友だちと三人で、これです」

高野はハンドルを握る動作をしながら、アーケートゲームの名前を口にした。

「またか。好きだな」

運転席を模したブースにそれぞれ入り、仲間うちで車のレースを行うゲームだ。

「三十分近く、ずっとやってます」言いながら高野はコーヒーを飲む。「ぎゃあぎゃあ叫んだりしてて、やっぱり子どもですね」

「詐欺メンバーの募集はしていないか?」

「いえ、いつものメンバーみたいですから」

「よくわかるな」

ゲームセンターは、騒音で満たされているのだ。

「抜かりありません」

「……そうか」

高野の表情は自信にあふれている。

「張り込みって、案外わたしに向いてるかもって。盗犯捜査は泥棒の入ったあとを調べるのがメインじゃないですか。あまりスリルがなくって」

「それはいいけど、近づくのはほどほどにしておいてくれよ」

気づかれたら取り返しがつかない。

「もちろん、わかっています」

女性刑事の人数は限られているので、高野は一昨日に続いて二度目だ。張り込みは明日以降も続くのだし、あまり近づきすぎては捜査に支障が出るかもしれない。そんな杞憂《きゆう》など少しも持ち合わせていないかのように、高野はゲームコーナーの入り口にいまも厳しい目を向けていた。

8

一週間前と同じように、体育館からは弾むような声が漏れていた。ウォーミングアップはすでに終わり、試合形式の練習がはじまっている。ネットわきで声がけしているボランティアの吉沢に挨拶してから、中道を外に誘った。

駐車場の隅でふりかえり、

「きょうも、町田英太は来ないようですね」

と声をかけて立ち止まった。

「そうだな、来てないや」

柴崎が町田英太と面識のないことを知っているにもかかわらず、中道はさりげなく口にした。剃《そ》りたての頭に街路灯の光が当たり、毛穴のひとつひとつがくっきり見えて妙に生々しい。

柴崎は続ける。「相変わらず夜更《よふ》かししていて、きょうも昼ごろ起きたみたいですよ」

中道は疑問を差しはさまず、

「あいつの生活、荒れてるからなぁ」

と腕組みしてつぶやいた。

「午後一番で町田宅に打ち込みをかけました」

生活安全課にはいっさい知らせず、町田英太を逮捕し、家宅捜索をかけたのだ。

虚を衝《つ》かれたように肩を震わせたのち、中道は柴崎の顔を凝視した。

「打ち込みって……」

と返すだけが精一杯だった。

「自室から、他人名義のキャッシュカードが八十枚ほど出てきました」柴崎は言うと
中道の顔を見つめ返した。「口座が何に使われているか、ご存じですよね？」

引きつるような愛想笑いを浮かべ、

「使うって？」

と訊き返してきた。

「振り込め詐欺の入金先ですよ。このカードを持った出し子が、騙《だま》されたお年寄りの
振り込んだ金を引き出すんです。あなたには言わずもがなだ」

「ガラ（身柄）は」中道は苦しげに続ける。「ガラは取ったのか？」

うなずいて、「素直に連行に応じました」と答えた。

銀縁眼鏡の奥にある目が縮こまったように見えた。

「町田は出し子や受け子の管理役として重宝がられていたようです」柴崎は続ける。「そういった連中は、当然使い捨てだから、振り込め詐欺グループの本体からなるたけ遠いほうがいい。かといって、最近ではなかなかネットで募っても集まらない。詐欺グループとしては、適度に信用でき、いつでも切り捨てられるような働き手が欲しい。その条件を町田英太が満たしていた」

中道は青ざめた顔で、「どこでそれを?」と訊いてきた。

「この日曜日、西新井のショッピングセンターで、中学校のときの同級生にカードを手渡すのが目撃されています」

そのときの様子は捜査員により隠し撮りされているのだ。

「……例の大森署のグループ?」

確認を求めるように訊いてくる。

少し間を置いて問い返す。「町田がそこに入っていたのをご存じでしたか?」

「……知ってるわけないだろ」

「詐欺グループについては、どの程度までご存じですか?」

改めて訊いた。

「複数のアジトがあって、上部組織への突き上げ捜査はできなかったんじゃないか？」

そもそも、どこから町田英太に手が伸びたのかを知りたがっている顔だ。

「厳格なピラミッド構造になっています。アジトは大森と蒲田《かまた》に二カ所あり、そこにいる掛け子たちは、名簿を見てひたすら電話をかけまくる。感触のいいターゲットを見つけると、目黒にあるセンターに報告を上げる。そこで、ほかのアジトのターゲットと重複していないかがチェックされていた。口座に入金された金や直接手渡しで受け取った金は、いったん私設私書箱に集めてから、バイク便でコインロッカーに運ばせる。それをグループの幹部が抜き取ってゆく。そのような仕組みが出来上がっていたようです」

聞いている中道の顔がさらに青ざめていく。「そこまで……わかっているのか」

柴崎はわざとらしくうなずきつつ、中道の目を覗《のぞ》き込んだ。「それもこれも係長のおかげですよ」

中道は意味がわからず眉根《まゆね》に深い縦縞《たてじま》を寄せた。

柴崎は体育館をふりかえり、

「ここにいる子らは、みんな〝けーさん〟を知ってますよね」

と訊いてみた。

中道は柴崎の真意がつかめず、怪訝《けげん》な顔をしている。

「あなたから菊池と教わりましたが、K違いでしたね。金田《かねだ》ですよ。元梅島連合会長の金田圭司《けいじ》、三十二歳。七年前、竹の塚署に解散届を出した張本人じゃないですか。ご存じのはずです。先週、竹の塚署まで確認に出向きましたよ」

否定せず、唾《つば》を飲み込んだ。「そいつがグループのトップ?」

「そのはずです」

「捕まったのか?」

「まだですが、いずれは」

人定《じんてい》できているのだから、逮捕まで時間はかからないだろう。

「ひとつ、いいか?」内心の動揺を抑えるように中道が口を開いた。「英太が出し子や受け子を募ってるって……証拠は上がっているのか?」

「町田英太が声がけした六人全員に当たってあります。みな、おいしい仕事があるからと誘われたと言っていますよ」

中道は絶句した。

「大森のアジトがばれて、それまでの出し子や受け子はぜんぶ切ったんでしょう。次の仕事のために早く集めろと上からせっつかれていたのかもしれません。金田から」

「しかし、どこで金田なんかと……」

考え込むように中道はつぶやいた。

「三年前、梅島連合が再結成されたとき、勇んで駆けつけたうちのひとりが町田だったらしいじゃないですか。中道係長、あなたが最もよくご存じのはずだ」

「それは……そうだったかもしれんが……」

「元会長の金田としても血がうずいただろう。できれば共に走りたかったぐらいだったでしょうが、さすがにそうはいかない。振り込め詐欺集団の元締という立派な〝正業〟に就いていましたからね。しかし、バイクの一台や二台、彼らに与えていたっておかしくはない。その中で見込まれたのが町田英太だったんじゃないですか？　彼は金田に声をかけられて暴走族をやめ、もっと実入りのいい仕事に鞍替《くらが》えしたとわたしは見ていますけどね」

目を落ち着きなく動かしながら、

「うちに帳場が立ったのか？」

と中道は洩らした。

「いえ、元立ちの大森署にもう一度」

肩の荷を下ろしたような様子で中道は目をそらした。そのあと、ようやく気がついたように柴崎の顔をふりかえった。

「どうして、英太のことがわかった？」

「中道係長、こちらのほうが訊《き》きたいですよ。あなたはもうずいぶん昔から、町田が振り込め詐欺グループの一員だったことを知っていたんじゃありませんか？」

バレーボールをしていた少年らにも声をかけていたはずだ。その行為を不審に思って、声がけされた連中に何を言われたのかを訊いてみたに違いない。

中道はさっと横を向き、

「知るわけねぇだろ」

と否定した。

「先々週のコーポ堀口からの墜落死」柴崎は続ける。「あのとき、ひょっとしてあなたは、死んだ池谷と一緒にいたのが町田英太だとわかっていたんじゃありませんか？」

間が悪そうな表情で、何言ってんだよと小声で言った。

「おかしいな。大森署からあなたのところに捜査員がやってきて、今回の振り込め詐欺グループの頭目について尋ねられたじゃありませんか」

墜落死した池谷が、振り込め詐欺グループの一員と共通した危険ドラッグを使っていた事実と重ね合わせれば、その場にいたもうひとりの男が、町田であると想像してもおかしくはないはずだ。

中道はしばらく間をおいてから、

「そんなこともあったな」

とようやく口にした。

「町田英太が危険ドラッグに手を出していたことはご存じでしたか？」

「いや、初耳だ」それだけは知らないという口調で、きっぱりと答えた。「英太からも同じものが検出されたのか？」

「町田の尿から危険ドラッグは検出されていません。たぶん、危険ドラッグを餌《えさ》に、リクルートしていたのではないかと思います。死んだ池谷も梅島連合で暴走していた仲間だった。使えそうなやつだと思って、目をつけていたのでしょう」

そして十四日の夜、一緒にキメようと言って池谷を誘い出し、コーポ堀口に入り込んだ。

「だったら、どうして英太が振り込め詐欺に関わっているとわかった？」

柴崎はコーポ堀口の敷地からキャッシュカードを見つけたことを告げた。中道の様子が一変した。事態が抜き差しならないところまで来ていることにようやく気づいたようだ。

「わかっていたんですね？　町田が現場にいたのを」

念を押したが、中道は否定も肯定もせず、呆然《ぼうぜん》と体育館の丸い屋根を見上げているだけだった。

「中道さん、あなたの取った行動が理解できなかったので、少年カードを見せてもらいました。町田英太を逮捕したのはあなただったのですね。そのときに少年カードを作った」柴崎は続ける。「この際、悪いものはすべて吐きだしてしまって真人間になれとあなたは諄々《じゅんじゅん》と説《と》き、オートバイ盗の余罪を自白させた。俺が目を配っている以上、もう悪さはしないし、させない。町田が可愛く思えてきた……」

柴崎の問いかけに、中道はしきりとあたりを見回す。

「しかしわからない」柴崎は続ける。「いくら自分が目をかけていたからと言って、振り込め詐欺の手下に成り下がってしまった男を、どうしてそこまでかばうのか……」

眼前の男のこめかみが震えていた。

「ここ二年間、あなたが挙げた少年事案を見直させてもらいました」柴崎はメモを見ながら言った。「凶悪犯から見てゆくと、放火二件、強姦《ごうかん》三件、強盗六件。粗暴犯では傷害が十八件と恐喝が二十一件。知能犯も七件。窃盗犯になれば二十四件、占脱（占有離脱物横領）に至っては四十一件。少年係三つ合わせたうちの半分を、あなたひとりで挙げている。すごい数字だ」

　中道はセダンのボンネットに体を預けて、身じろぎもせずに聞いている。

「気になったので、捜査報償費の領収書をチェックしました。この二年間、ある特定の人物に、一回あたり二万から三万円の報償費を交付している。町田容子《ようこ》……町田の母宛《あ》てに」

　何も言わず唇をかみしめている。

　柴崎は咳払いして間を取ったのちに続ける。「未成年に交付してはいけないという内規はありませんが、親の同席、あるいは同意を求めた上、親の名前で交付するのが常道ですよね。それだけ彼の、町田英太の握っていたネタは豊富だった。エス（情報屋）としての使い勝手がよかったんだ」

　中道はねめつけるような目で柴崎を見た。「現場を知らねえくせに……エスに若いも古いもあるか……」

　その視線に負けないように、相手の目を覗き込んだ。「惜しかったんですか？　エスがいなくなるのが」

「……まだ、いるさ、いくらでも」

目を泳がせ、消えるように洩らした。

「だったら、どうして町田をかばったんですか？」

中道はクルマのボンネットから身を起こし、謙虚さとふてぶてしさを同居させた顔で柴崎を見つめた。

「子どもっていうのは実に狡猾《こうかつ》だ。中学生からカツアゲした高校生が、財布に五百円しか入っていなかったので相手に返した。その高校生から事情を聞いたら、何て返したと思う？」

「可哀想《かわいそう》とか」

「バイトでも時給八百円はもらえる。せめて五千円以上入っていなけりゃ、割に合わねえとな」

「大人の論理では解決できないから子どもの知恵を借りただけ？　そんな言い訳は通用しませんよ」

柴崎は語気を強めた。場合によっては、公務員法の処分だけではなく、犯人隠蔽《いんぺい》の罪で立件される可能性もあるのだ。

「三年前の冬だ。中学生が荒川の土手で決闘した」落ちついた低い声で中道が言った。「互角に戦った末、決着がついた。負けた少年は長々と地面に伸びている。よせばいいのに勝った野郎はそいつの頭に蹴《け》りを食らわせた。脳挫傷《のうざしょう》に陥り、相手は死んでしまった。殺した中学生の頭にはずっと法律と判例があった。このくらいのケガなら少年刑務所送りになる、ならないを繰り返し考えていた。そのあげくに最後の蹴りだよ……」

感傷話だ。犬の餌にもならない。

「少年法ですか」柴崎は言った。「法を知り抜いている少年がいるからどうなんです？　捜査に手心を加えるあなたの警官としての資質が疑われる」

中道はため息をつき、哀れむような顔で柴崎を見た。「ぱっと目につけば自転車をかっぱらう。バイクを盗む。人を傷つける。現場に証拠は残さない。天性の犯罪者を相手にしてるんだ、武器のひとつやふたつ、なけりゃ困るだろ」

それ以上、反論する気が起こらなかった。

中道の言葉は少しも心に響いてこなかった。そのとき、体育館からの歓声が耳に入った。あの中にいるような連中を日々相手にしながら、目の前にいる男は倦《う》んでいったのだろう。その感情にどうにか折り合いをつけながら、きょうまで少年事案に関わってきた……。ふと目を上げると、体育館に戻っていく中道の後ろ姿があった。残されたのは虚勢の苦い残り香だった。

ひとまわり小さく見えるその背中を見送って、柴崎は歩き出した。

9

綾瀬防犯協会が主催する防犯のつどいが終わったときには午後七時を回っていた。同じメンバーでホテルの二階ホールに移り、立食式の懇親会がはじまった。足立区長をはじめとして、自治会長や防犯指導員、防犯パトロール隊、交通安全推進員の各代表などが百人ほど集まっている。

綾瀬署署長の坂元真紀の音頭《おんど》で乾杯が行われ、なごやかな雰囲気で会がはじまった。署からは生活安全課長のほかに、少年第三係の中道係長も顔を見せていた。

女性署長の坂元にはあちこちからひっきりなしに声がかかり、同じ場所に三分といられない。中道は、会場の片隅でウイスキーグラスを手にしながら、懇意にしている区の危機管理室長と話し込んでいる。

坂元ほどではないが、副署長の助川も様々な男女に愛想を振りまいている。三十分ほどで、一通りの顔見せが終わったらしく、小皿に盛り付けた寿司《すし》を持って、柴崎に近づいて来た。相変わらず署長は人気ですねと声をかけると、

「体《てい》のいいコンパニオンだろ」

と小声で洩《も》らし、赤身の握りをほおばった。

坂元が来るまでは、対外的なつき合いのほとんどをこなしていた助川だったが、そのかなりの部分を署長が担《にな》うようになり、楽になったような寂しくなったような様子だ。

中道係長のもとに坂元が近づいてゆくのを見て、柴崎も足を向けた。

五十がらみの区の危機管理室長が、乗り物盗について話している。

「オートバイにしろ自転車にしろ、やっぱり少年の犯行が多いんですよね？」

危機管理室長が口にすると、中道がちらっと坂元に目をやりながら、

「そうですね。全体の七割近くを占めていると思いますよ」

と答える。

「ただし、ここ一、二年はかなり減ってきていますよね？」

坂元が横から問いかける。

「もちろんです」中道が目を見開いて答える。「うちも、対前年比で一割方減ってい

ると思います」

「自販機荒らしは、逆に増えているんじゃなかったっけ？」

危機管理室長が訊いた。

「よくご存知ですね」言いながら坂元は中道をふりかえる。「数字はどうなっていますか？」

中道は残念そうに、「七十件ほど増えています。自販機荒らしに限らず、補導する子らの年齢がどんどん下がっていて」

「何歳ぐらいに？」

坂元がふたたび問いかける。職務上の会話と化してきたので、危機管理室長はのちほどと言って、離れていった。

そちらを気にせず、

「十三歳未満の小学生が補導される件数が、五年前に比べると倍ぐらいに増えていたかと思います」

と中道が答える。

「困ったもんですね。係長、なにか妙案はないですか？」

「はあ、中学校は警察のサポーターが入っているので、わりと情報が取れるんですがそこまで言うと、バツが悪そうな顔で中道は柴崎の顔を見た。

退職した警官を中学校に派遣し、子どもの非行や犯罪被害の防止活動に当たってい
るのだ。

「小学校にまでサポーターを入れるわけにはいきませんからね」

「はあ、仰《おっしゃ》る通りです」

坂元は探るような目で中道を見た。「高校にもサポーターを入れたほうがいいのか
しら?」

「それはそれで……難しい問題があるだろうと思いますが」

ベテランらしく感情を消した口調で言葉を継いでいく。

「だからといって、あなたのとった行動が是認されるわけではありません」坂元は中
道に強い視線を送っている。「おわかりですね?」

中道はその場で、「は」と軽く頭を下げた。

「彼はなかなか、しぶといみたいよ。聞いていますか?」

坂元がウイスキーの水割りを口に含む。

中道もつられてウイスキーを一口あおり、息を整えてから「あ、はい」と首をすく

ませつつ答えた。

町田英太は取り調べに対して、素直に応じていないようだ。罪を犯したという意識が希薄で手に負えないと大森署の刑事たちは、口にしているという。

「今回の件はともかくとして、中道係長」坂元が硬い表情で続ける。「犯罪が低年齢化しているだけでなく、少年たちは大人の世界に取り込まれて悪質化しています。いつ何どきでも対処できるように日頃から準備を心がけておくようにお願いします」

幹部会議では中道の行いは不問に付すという話にまとまりつつある。

坂元としては、それなりのけじめをつけるべく口にしたのだろう。

中道は居住まいを正しかしこまった顔で、

「は、心得ました」

と答えた。

「今回は、身内から逮捕者は出せなかったという特殊事情があったことを肝に銘じるべきです。第二第三の町田英太を出すわけにはいきません。それがあなたの役目です。ただし、不法行為は厳に慎むように」

中道は身を硬くして、「はい、それはもう……申し訳ありませんでした」と深々と頭《こうべ》を垂れた。

「係長、人の目がありますよ」

坂元が言うと、中道ははっとして、頭を上げた。「失礼いたしました」

坂元はちらっと柴崎を見た。威厳の中にもどことなく優しさを感じさせる顔だった。少しばかり酒が入って、目もとがほんのりと赤い。

立ち去っていく中道の後ろ姿を目で追いながら、坂元は小声でつぶやいた。「あれくらいで、よかったのかな」

「微妙なところではあったかもしれません」

不法行為は置いておくとして、中道は戦力として計算できる警官なのだ。これからも力を発揮する場面が訪れるはずだ。

坂元はグラスに残った水割りを飲み干した。

「このごろ、思うんだけど、わたしまだうまく溶け込めていないのかなって」

酒のせいか、意外な言葉が飛び出した。

「署にですか?」

坂元は手にしたグラスを揺らしながら、うなずく。やや気抜けした表情だ。

「広島県警の捜二課長のときは、まあまあ、うまくやってゆけていたと思うの。課員の人たちとよく一緒に呑んだりしたし」

トップに立っていなかったのだから当然だろうと思った。課長といっても命令を受ける立場にあるのだから。その意味では一メンバーに過ぎないのだ。

「最近は各課に顔を出していらっしゃるじゃありませんか」

「怖々《こわごわ》ね」

「慣れればいいと思いますよ」

「どうやって？」

「たとえば、毎日一回、必ずすべての課に顔を出してみるとか」

「煙たがられないかしら」

「最初はそうかもしれません。でも続けてゆけば……」

坂元がなるほどという表情を示したので、そこから先はやめた。

「この前ね、稽古《けいこ》に励んでるかって北沢《きたざわ》さんから訊かれたの」

「北沢刑事部長ですか？」

坂元と同じく、キャリア組の先輩だ。

坂元は水割りで舌を湿らせて続ける。「わたし、運動が苦手でしょ。それに、剣道の防具って、いつまでたっても好きになれない」

「同感です。汗臭いし稽古するたび嫌になりますよ」

「やっぱり？　よかった。同志がいて」

「でも、刑事部長のアドバイスは一聴に値すると思いますね。どうですか？　明日から、わたしと一緒に朝練に出てみませんか？」

「朝七時から？」

「ええ。もやもやも、すっきりするかもしれません」

「訓授の前のひと汗か……」

まんざらでもない顔で坂元は言った。

その意気だと柴崎は思った。

Mの行方

1

「あなた、竹井《たけい》さんを殴ったのは認めるね？」

生活安全課防犯係長の山内芳裕《やまうちよしひろ》警部補のしわがれ声が響く。

「……はい」

松原敦史《まつばらあつし》は顔を引き攣《つ》らせて答える。

「いきなりビンタ張るなんてどうかしてると思わんか」

「ええ……」

強《こわ》ばった声だ。

「もう会わないよな？」

ごま塩頭を搔《か》きながら山内は問いかける。

「あ、はい」

山内はほっとした表情で、Ａ４の紙を松原の前に滑らせた。もうすぐ五十歳に手が届く、実直を絵に描いたようなベテラン警部補だ。これまでツボを得た厳しい口調で注意を与えてきただけに、一仕事終えたような顔付きになっている。

「誓約書を書いてくれるか」

松原は思いつめたような目で紙を睨《にら》みながら引き寄せる。やや左寄りから左右に垂らした長い髪が、脂汗《あぶらあせ》のにじんだ額に張りつく。黒いスーツに濃紺のネクタイ。どちらもブランド物だ。細身の体をぴっちりした水色のワイシャツが包んでいる。その神経質そうな細面を柴崎は窺《うかが》った。

吊《つ》り上がった目は大きく、ほとんど視線を動かさない。この目で覗《のぞ》き込まれたら、たいていの女はすくんでしまうだろう。三十前なのに右眼の下に三角のシミが浮き出ている。

きょうというきょうは、二度としませんという確約を得るまでは、帰すわけにはいかない。

足立二丁目に住む竹井奈緒《なお》二十六歳が、ストーカー被害を訴えに綾瀬署を訪れたのは、一週間前の十月二十八日の夕刻。あいにく生活安全課の担当者が不在で面談に応じたのが、柴崎が本件に関わるきっかけだった。

松原は医療機材卸会社王子支店勤務の内勤職で二十九歳。綾瀬署管内の平野でマンションにひとり住まいをしている。

渋谷のセレクトショップ勤務の竹井奈緒とは友人を通じて知り合った。たまたま竹井も足立区に住んでいて、実家も同じ埼玉にあることから意気投合して二年前からつきあいはじめた。半年ほどデートを重ね、双方の住居を往《ゆ》き来する仲になった。その後実家も訪問し合い、互いを婚約者として意識するようにもなった。松原に変化が訪れたのは半年前だ。会うたびに手を上げるようになり、勤め先に現れて暴言を吐くようになったという。

耐えきれなくなった竹井は絶交を宣言し、勤め先も松原には内緒で変更した。松原は脅しの文句を書き連ねたメールをスマホに送りつけ、竹井の住まい近くにクルマを停めて待ち伏せするようになった。

別離を決意した相手を追いかけ回すというありふれたパターンだが、被害状況から見て緊急性があると柴崎は判断した。生活安全課を通じて加害者側を呼び出し、きょう、こうして口頭による厳重注意処分の日を迎えたのだ。

山内は硬い面持ちでボールペンを走らせている松原に問いかける。

「あなた、彼女のどこが気に入ってたの?」

刑事特有の尋問口調だったが、松原は表情を変えず、

「……きれいですし、話も楽しいですから」

と洩《も》らす。

「だったらさ、日に何度も怖がらせるようなメールをスマホに送ったりしてたのはまずいよな？」

何かを言いたげな目で山内を一瞥《いちべつ》し、うつむく松原。

「そんなには……送ってない」

「本当か？　おまえ、デート中、ほかの人から彼女の携帯に電話がかかってきただけで、ビンタ張ったんだって？」

松原のこめかみが震え、首筋のあたりに血管が浮き出た。

「そんなことしませんよ」

あくまでもシラを切り通す構えだ。

「彼女がはっきり証言してるんだ。男らしく認めろよ」

腹が立って仕方がないという様子で山内は、竹井奈緒が提出した迷惑メールや電話の録音一覧表を指でつつく。

「……してませんから」表を目で追いながら、低い押し殺した声で言う。「だいたい、

ぼくのほうこそ彼女に騙《だま》されていて」

聞き捨てならない台詞《せりふ》だ。

「騙されてたってどういうこと?」

柴崎が割り込むと、松原はいぶかしげにふりかえった。

「……ぼくとつきあう前にほかの男とつきあっていたり」

「それだけじゃ、あなたを騙したことにはならないぞ」

「たとえばの話をしただけですから」

松原は男の沽券《こけん》に関わると言わんばかりの顔付きで口を閉ざしてしまった。唇の端が怒りでぷるっと震える。

あまりにも独りよがりな言い方に柴崎は呆《あき》れた。こうして警察官に絞られていても、この男は少しも懲《こ》りていない……。

「あなたさ、もう少し大人になりなさいよ」山内が続ける。「肝っ玉の小ささばっかり見せるから、嫌われるんだぞ」

納得のいかない様子で山内と文面を相談しながら書き続ける。松原は最後に名前を書き込み、悔しさを押し殺すような顔で印鑑を捺《お》しつけた。

——ついては、自分の行動を深く反省し、決して竹井奈緒さんには近づかず、連絡を取ることもないようお誓いいたします。今後、約束をたがえた場合は、より重い処分を受けても異存はありません——

低く念仏を唱えるような声で松原は自筆の文章を読み上げる。

山内が最初に戻ったように説教をはじめた。警察署協議会の委員が来署したという電話が入り、柴崎は一足先に部屋を辞した。

警告措置を終えて、山内が警務課に現れたのはそれから二十分ほど後だった。

「こってり絞ってやったよ」

この顔と声で一時間近く徹底的にやられれば、たいていのストーカーは音《ね》を上げる。警察に呼ばれ注意を受けただけで大半が行為を中断するのだが、きょうの男は果たしてどうだろうか。

柴崎は席を立ち、

「ご苦労様です」

とねぎらいの言葉をかけた。

「ふてぶてしいやつだったな。やつのスマホの待ち受け画面、まだ奈緒とのツーショットだったぜ」

「どうしました？」

「消させたさ」山内は自慢気に言うと署長室に顔を向けた。「それなりに効き目はあったと思うけど……報告は？」

署長の坂元は霞が関の本部に出向いていて不在だ。

すぐ前の副署長席にいる助川が太い声で呼びつけた。

「山内」

「はい」

すっと背を伸ばし山内は助川に向き直る。

「もう相談票は上げてあったな？」

決めつけるように問いかけられ、

「はっ、一週間前、相談を受けた時点で作っております」

「なら、いい。ご苦労さん」

それでいいのかという表情で柴崎をふりかえった山内にもう一押しする気構えはなさそうだった。しかし、ストーカー事案についてはことのほか気を遣っている坂元だ。直接担当者から報告を上げるべきではないですかと助言した。

「何でもかんでも報告していたら、それこそ署長はションベンにも行けなくなるぞ」

思った通り助川が反応した。「柴崎、適当におまえ、あとで言っておけ」

「……わかりました」

やりとりを聞きながら、山内がすり足で去っていった。

2

ストーカー事案などすっかり忘却していた金曜日の午後、山内を伴った、生活安全課の八木課長のでっぷりした体が目の前を通り過ぎた。声をかけてきた助川とともに、署長室のドアをくぐる。

入室するなり坂元の視線を受けて、胃のあたりが縮こまった。

「松原敦史の一件です」坂元が口を開いた。「厳重注意処分を与えたので収まったと代理は言ってましたよね？」

月曜の事案についてのようだ。

「は……そう受け止めましたが」

立ったまま答える。

「受け止めるのは自由ですけど、竹井さんのスマホに、その後も松原からメールが送られ続けていたのは把握していませんでしたか？」

眉《まゆ》のあたりに怒りをにじませて坂元は訊《き》いてくる。

何のことかわからず、山内の顔を窺った。

「山内」

八木が声をかけると、彼は小声で、

「松原がまだやってたらしくて……」

と吹きかけてくる。

ストーカー事案にかけては、知見からその対処方法まで署内で右に出る者はいないが、きょうは借りてきた猫のようにおとなしい。

「代理、あなたも甘く見ていたんではないのですか？」

「……いえ」

仕事はそれなりに出来そうだが、いかにも執念深そうなタイプだという印象はぬぐい去れなかった。それでも社会生活を続けるために渋々注意を受け入れたとばかり思っていた。報告を受けた坂元にしても、そのかたちで納得していたのではなかったか。

坂元の隣にいる助川は我関せずとばかり、足を組み壁を向いている。

「昨日、松原がさ、竹井さんの勤め先にやって来て一悶着《ひともんちゃく》起こしてな」

八木が遠慮しいしい、語りはじめる。

竹井は綾瀬駅近くにある通販サイトの委託販売会社に転職している。松原は知らないはずだが。

「そこをつきとめたのですか?」

柴崎は訊いた。

「尾行すれば簡単にわかるさ」

当たり前だというふうに助川が口を開く。

「……一悶着と言いますと?」

「会社っていったって、アパートの一階で店広げてるような、ちっちゃなところでさ」八木が苦笑いを浮かべて続ける。「松原のやつ、入り口で竹井さんに声をかけて。彼女が無視していると怒鳴り声を上げてずかずか入ってきた。まわりに、おばちゃんたちがいたんだけど、松原のことなんか知らないから、あわてて交番に電話をかけたんだよ」

「注意を受けて帰っていったんですか?」

「いえ、勤務員が着く前に立ち去って」

山内が申し訳なさそうに答える。

「暴力をふるったりは?」

坂元が割り込むと山内を見やった。

「それはないようです」山内が答える。「ただ、きょうの午前中も、やつのクルマが三回ぐらい通り過ぎたそうで」

「松原も仕事中じゃないのか？」

助川が訊いた。

「勤務時間内だと思いますが」

山内が答える。

日中は王子にある支店の営業管理部でデスクワークをしているはずだ。外回りをすることもときにはあるかもしれないが。

坂元の対面に浅く腰かける。「たしか、外車に乗ってましたよね？」

「白のプジョー208です」

独特の形をしている。間違いないようだ。

「彼女のアパートのほうには？」

竹井奈緒のアパートは、荒川の堤防近く、東武線とJR常磐《じょうばん》線が交差する狭いエリアにある。東西を線路ではさまれ、列車の騒音にも悩まされる地区だ。

「そっちのほうには、来ていないらしいですが」

いや、奈緒が気づいていないだけだろう。

警察から厳重注意を受けても、やはり未練が断ち切れないのだ。会社には、脅しの意味合いよりも、彼女の顔見たさに押しかけたと考えられる。緊急性は高くないと思うのだが、坂元はずいぶん気にしている。

「メールの中身なんですが」山内が恐縮しながら続ける。「別れるならカネを返せという内容らしくて」

それで八木課長があわてて相談に来たのか。

「金額はどれくらいですか？」

柴崎は訊いた。

「七十万」

「中途半端《はんぱ》な額ですね。借金でもしていたんですか？」

「借りてないよ。竹井さんも金額については心当たりがないそうだ。あえて言うなら、この二年間の食事代の総額じゃないかとか」

と八木が困り果てた顔で言う。

助川が立ち上がった。窓の前で腕を組む。「そんなものは払う必要がないと言ってやったんだろうな？」

「ええ、もちろんです。伝えました」

と八木。

「新しい男とつきあっているのを知ったんじゃないのか？」

「十分注意しているし、それは有り得ないと言っております」

山内が答えた。

奈緒は三カ月前から、富永順次《とみながじゅんじ》という広告代理店勤務の男性とつきあいはじめているのだ。

「しかし、金を請求したからと言って、それ自体に違法性はないですからね」

柴崎が言った。

「代理、その点はいまはいいですから」坂元は制した。「彼女は何と言ってるの？」

「はい、大変動転しておりまして」八木が身を乗り出すようにして続ける。「恐ろしくて顔も見たくない、今日じゅうにでもアパートを変えて、携帯も新しくすると言っていて」

事態が切迫していることを改めて知り、坂元の目がさらに熱を帯びた。

「……引っ越し先は決まっているんですか？」

「昨夜、不動産会社に電話して、即決したそうです。セキュリティの万全な綾瀬駅の近くのワンルームマンションに移ると」

　坂元は腰を浮かせた。

「きょう引っ越しするの？」

「はい。午後に」

「勤め先は？」

「やめると電話で伝えたそうです。もう二度と行きたくないと言ってます」

「よっぽど追い詰められていたのね……仕事の件は可哀想《かわいそう》だけど、とりあえずよかった」坂元がひとまず安心したように署長席に戻った。たまっている決裁書類に手をかける。「しかし、ひどい男ですね。暴力をふるった上にカネまで要求するなんて……」

「やつの中じゃまだ恋が続いているんですよ」

　助川が署長席に歩み寄り口にする。

「どういう意味？」

　坂元が訊く。

「こんな素晴らしい男をどうして嫌いになる。こんなに愛情を注いでいるのに、おれを捨てるなんておかしいじゃないか」

「でも、彼女ははっきりと拒絶していますよ」

「そうかなあ」助川はソファにいる幹部を見やる。「きっちり別れると告げたのかどうか、怪しいもんですよ。なんだかんだ言ったって女のほうにも愛情が残っているってケースはよくあるからなぁ」

チープなメロドラマのあらすじを聞かされているようで話にならない。嫌なものを見てしまったというふうに坂元が首をふる。

「新しい恋人もいるわけだし……」坂元が山内に声をかける。「松原が暴力をふるったのはどんなときですか？」

山内はさっとソファを離れ、署長席の前に立った。「デート中に友だちから携帯に電話がかかってきたりするだけで、ひどく機嫌を悪くするそうです。黙り込んだ松原に、竹井さんが『どうしたの』などと声をかけると『わかんねえのか』とか怒り出して、いきなりビンタを張られるとか」

「そんなささいなことで？」坂元が納得いかないという顔で訊いた。「松原は何て言ってるの？」

「暴力をふるった件については、なかなか認めませんが、あったのは事実です。嫉妬《しっと》心《しん》が異常に強い男だと思うのですが」

「要するに、おぼっちゃんなんだよ」助川が口を出す。「黙っていても、こっちのやりたいことを察しろよ、っていう感じなんだろ？」

山内がしきりにうなずいて、そういう印象をわたしも持ちましたと言う。

「彼女は川越の実家に相談をかけているんでしょ？　実家ではどう言っていますか？」

坂元が訊いた。

「はい、ご両親はかなり前に離婚していて、母親は、自宅でエステサロンを営んでいます」山内が答える。「その店に彼自身が何度か菓子折を持って謝りに行ったそうです」

「わかりました」坂元が決意をこめた顔でうなずいた。「ストーカー行為は放っておけばどんどんエスカレートしてゆきます。この件については取り得る限りの措置を講じてください。副署長、いいですね？」

「はあ」

仕方なさそうに答える助川を放っておいて坂元は続ける。

「山内係長はこれからも定期的に竹井さんと連絡を取るように。それから、被害状況を本部のストーカー対策室に上げてください」

霞が関の本部の生活安全総務課内にあるストーカー対策の総元締めで、組織的な応援調整を図る部署だ。

「副署長は全署員に本事案についての情報を周知徹底させるように」坂元は机の上に両手をのせ、厳しい口調で続ける。「引っ越し先を管轄《かんかつ》する交番についても、十分な申し送りをするようにしてください」

「心得ました」

八木が急いでメモを取る。

「それから、本日の転居については、署員を送り込んで十分な監視をするように。間違っても松原が近づくことがないようくれぐれも気を配ってください」

そこまでやるかという顔の助川だが、口出しはしなかった。

「住民基本台帳の閲覧制限手続きについても教えますので」

思いついたように八木が立ち上がってつけ足す。

「そうですね。村松《むらまつ》さんが同行しますよね？」

村松由美《ゆみ》はストーカー事案に詳しい少年第一係の女性刑事だ。三十五歳になる。同僚と結婚して、去年、第一子を授かった。

「いえ、村松はいま、例の福祉法犯にかかりきりで……」

「そうだ……青井の件があったんだわ」

青井のスナックで女子高生をホステスとして使っていたという事案があり、その捜査が大詰を迎えている。

「困りましたね。専属で女性刑事が張りつかせたいんだけど」坂元はふっとひらめいたように、「高野さんに担当してもらいましょう」

「そうしていただけると助かります」

署長のお墨付きをもらい、八木がほくほく顔で言う。

刑事課長の浅井から文句が出ようが、坂元の意気込みからして引っ込めることはないだろう。

「代理には高野さんのフォローをお願いします」

言われて柴崎は面食らった。警察手帳の一件がまだ尾を引いている。人事管理は警務課の仕事に含まれると自らに言い聞かせ、承知しましたとしぶしぶ答える。

「署長」助川がおもむろに呼びかけた。「そこまでおやりになる腹づもりでしたら、次のステップを踏まないといけませんね」

我が意を得たりとばかりに坂元は助川の方をふりかえる。

「もちろんです」坂元はほんのわずか沈黙をはさみ、鼻から息を吐いた。「ストーカー規制法第四条に基づき、署長名で正式に松原に対して警告を実施します。ついては八木課長、早急に松原を出頭させるよう手続きを取ってください」

「心得ました」

八木が深々と頭を下げた。

3

竹井奈緒の住まいを訪れることになったのはそれから十日ばかり経《た》った十八日の月曜日だった。

高野が運転するセダンの車中で、「きょうは平日だぞ」と柴崎は口にした。

「それが休みを取っているみたいで」

高野のスマホに竹井奈緒から電話が入ったのは午前八時だった。不安げな声で来てくださいと頼まれたらしい。

今度の勤務先は綾瀬駅近くにある目立たない小さなブティックだ。パートで勤めだしてまだ数日足らずのはずが、こんなにすぐ休みを取れるものなのだろうか。

「また松原が何か言ってきたのか？」

柴崎は訊いた。

「わかりません。ただ困っているような感じでした」

「しばらく、川越に帰っていたほうがいいように思うけどな」

「何度か提案してみましたが、実家の母親との折り合いが良くないようなんです。彼女が東京に出て働くのを母親から頭ごなしに反対されて、家出同然でひとり住まいをはじめたらしくて。いまのマンションが気に入っているそうですし。勤務先も変えて関係を断ちましたから、これ以上は逃げ回らなくてもいいような気がしますけど」

松原が通勤に東武鉄道を使っているからといって、綾瀬駅が安全とは言い切れない。一時的にでも実家に身を寄せるべきだと強く思うのだが。

「松原は出頭要請に相当ショックを受けているのかもしれないな」

それもあり、柴崎も生活安全課からの要請を受け、こうして足を運んでいるのだ。

「そうですね」

山内係長が警告に関わる出頭要請を電話で告げたとき、「どうしてまた、ぼくが警告を受けなければいけないのか?」と激しい口調で出頭を拒否したという。即逮捕と松原が勘違いした可能性もある。

「今度のマンションの家賃は高いんだろ?」

柴崎は話題を変えた。

「月七万円。なんとか貯金から払えるそうです」

「ならいいが」柴崎は続ける。「で、高野、おまえは彼女についてどう思う？　世間知らずのお嬢さんじゃないよな？」

「違いますね。彼女が暴力をふるわれたときの話は聞いていますか？」

「たしか、飲んで送ってもらったあとに突き飛ばされたとか？」

「はい。彼女がワインを飲んでいると、いきなり、どうしておまえばかり飲むんだと絡《から》まれたらしくて」

「それで、彼女のアパートに送っていったときにパシンと……」

その話は山内からも聞いている。自分もワインが好きなのに、いつも彼女だけが飲んで上機嫌になり、そのたび車で送っていくのが癪《しやく》に障《さわ》るようになったと。

「最初に暴力をふるわれたのは、はじめて肉体関係を持ったあとらしくて」高野は言いづらそうに続ける。「彼女が処女じゃないとわかって、それで……」

「そんな理由で？」

――ぼくのほうこそ彼女に騙されていたんですよ。

松原が「騙されてた」と言っていたのは、その件かもしれない。

それから、髪を引っ張ったり、肩を小突いたりするようになり、それが高じてビンタを張る、足で蹴《け》るという具合にエスカレートしていったのだろう。

「耐えきれなくなって会いたくないってメールすると、プレゼント持って押しかけてきたりして、あれは仕事上のストレスのせいだとか言い訳されて、謝られて、つい元サヤになってしまったって彼女は言ってました」

「共依存かな」

だめな男だからこそわたしが必要なのだという自己暗示をかけてしまうような関係にあったのかもしれない。

「奈緒さんにしても、そういう彼の弱さをよくわかっていたんでしょうね」

「暴力をふるうのが弱さだって？」

「そういうものだと思いますよ」

納得したような顔で高野は言った。

六階建てのパレコート綾瀬という名のワンルームマンションは、道路に側面を見せる格好で建っていた。両脇《りょうわき》は一戸建ての住宅で、道路側からは各住戸の様子が分らない。綾瀬駅の北側に位置していて、東京武道館とは目と鼻の先だ。駅から歩いて七分の距離。駅近くのコインパーキングにクルマを停めてマンションまで歩いた。

入り口のインターホンで３０３を押し、高野が名乗った。玄関のオートロックが解除される。

「築十五年にしては、きれいですよね」

などと言いながら、高野は狭く細長いエントランスに入っていく。

きょうは黒のパンツスーツ。足元はやや高めのヒールだ。

郵便受けで住戸を確認する。四十戸ほどあり、半分ほどは表札が出ていない。

エレベーターを降り、303号室のドアベルを鳴らすと、どうぞーという返事が聞こえた。すでにロックは外れていた。確認してから開けるようにって言ってるのに、と小声でつぶやきながら、高野がドアを開けて先に入る。柴崎も続いた。

狭い廊下にこちら向きで竹井奈緒が立っていた。

細身で身長は百五十センチほど。デニムパンツに縦じまのシャツ。ブラウンに染めた長い髪を指でかきあげ、耳の後ろにもっていきながら、軽く会釈《えしやく》してきた。大きめの口元に笑みが浮かんでいるものの、高野ひとりではないためか、目に警戒の色が感じられる。

挨拶《あいさつ》してから、その場で玄関の施錠を調べた。上下にデッドボルトの付いた頑丈そうなツーロックシステムだ。

廊下の先に七畳ほどのリビングが見える。靴を脱ぎ、高野のあとに続いた。

フローリングの床に楕円形《だえんけい》の座卓が置かれ、その反対に洋服の収納ラックとテレビ台、そして小物の入ったカラーボックスが並んでいる。収納ラックの中には、折り畳まれたパンツやブラウスなどが積まれていた。書類の入ったファイルボックスやノートパソコンの収まったカゴなどが部屋のあちこちにある。引っ越してきたばかりで、まだ片づいていないようだ。

奈緒は座卓の前にちょこんと座り、

「お呼び立てしてすみません」

と小首をかしげるように高野に声をかけた。

愛想のいい表情だが、心なしか顔色が悪いように思えた。

高野も座卓の脇に座り、

「何かあったんですか？」

と声をかける。

奈緒ははにかむように、座卓の上にある女性雑誌に手を乗せた。

「きょう休むって聞いて心配しちゃいましたよ」

と安心させるような口調で言う。

「わりと自由に休めそうなところなので……」

奥歯にものが挟まったような言い方に、若干不審なものを感じながら、高野の横に正座して腰をおちつける。

「それはよかったですね。でも慣れない仕事だし。で、奈緒さん、どうしました?」

高野が言うと、奈緒の顔色が翳《かげ》った。「あの……まだ連絡が取れないですか?」

「あ、申し訳ないです。まだなんですよ。昨日も捜査員が彼の実家のほうに行ったんですけどね……いなくて」

高野はしゃがんだまま座卓に近づいて答えた。

「そうなんですか、また熊谷まで行っていただいたんですか」

奈緒は恐縮しながら、落ち着かなげに雑誌の表紙を指で擦《こす》った。

高野が改まった顔でふりむいたので、柴崎は口を開いた。

「実は松原は平野のアパートを引き払いましてね。王子の勤め先でも無断欠勤を続けていて、所在がわからないんですよ」

奈緒は目を大きく見開いた。ショックを受けたのだろう。

出頭要請の電話をかけたときの激しいやりとりは口にできそうもない。

「こちらも、いろいろと調べたんですよ」高野が労《いたわ》るように言う。「実家のほうでも連絡がとれないらしくて」

「竹井さん、彼をもう一度呼び出して、改めて警告を与えなければいけません」柴崎が口にする。「松原の立ち回り先に心当たりはありませんか？　友人でも何でも思い当たるところがあれば、教えてもらえると助かるのですが」

奈緒は困ったように唇を噛《か》み、

「友だちといってもごく限られた人みたいだし……会社の方に訊いてもだめなんですか？」

「見当がつかないらしくて」

高野が口をはさむ。

奈緒はイヤイヤするように頭を二三度ふった。

「奈緒さん……どうかしました？」

たまらず高野が訊いた。

「あの、あいつ来たんです、ここに」

両手で座卓の上にあるスマホを握り締めながら言った。

高野が驚いて柴崎を見やる。

「このマンションに松原が来た？」

思わず膝立ちになった。

奈緒はこれ以上は不安に堪えられないという顔で、こくりとうなずいた。

「部屋に来たの？」

高野が訊き返す。

「じゃなくて、クルマで前を通りかかって」

「いつ？」

「きょうの朝。出かけようと思って、エントランスに下りたんです。玄関の手前にある窓越しにクルマが見えて……」

ふっと高野は思いついたように、

「白のプジョーね？」

と訊いた。

硬く座り込んだまま奈緒がうなずく。

「すぐ部屋に戻ってきたんですね？」

それで高野に電話を入れたのだ。

「ええ、怖くて……」

「そのあとクルマは？」

また少し、奈緒に近寄る。

「知りません」

「富永さんは来ていないよね？」

「きょうは仕事ですけど」

柴崎は腕時計に目を落とした。午前九時。

とりあえず確認しなければならない。

表を見てくると言い残し、部屋を出てエントランスに降り立った。

細長い通路の先に自動ドアがある。ドアの手前の左手に、はめ殺しの小ぶりな窓がついていて、そこから外を窺《うかが》った。隣家の住宅とのあいだに塀などはなく、十メートル近く道路を望むこともできる。現在クルマは停まっていない。しかし、この距離なら、車種は容易に識別できる。

部屋に戻ると、奈緒は落ち着きを取り戻していた。座卓に高野と隣り合って座り、小箱の中にあるアクセサリーの品定めをしていた。奈緒は指輪をつけたり外したり、高野は高野でブレスレットをはめて、「どこで買ったの」などと聞いている。

それらしいクルマは停まっていないと伝えた。

高野は目でうなずき、奈緒のはめている指輪に目をやった。サファイアらしい大きめの青い石があしらわれている。

「誕生石？　富永さんからもらったの？」

「ええ、九月の誕生日に」

「彼はどういう人？　広告代理店でイベントのプランナーしてるんだって」

晴々とした笑みを浮かべる。

「派手な業界だし、ふつうのサラリーマンより話題が多いかな。でも、とっても優しいんですよ」

「そう、よかったじゃない」

つきあいだして日が浅いのに、高価なプレゼントを贈るところを見ると、かなり収入があるのかもしれない。

奈緒は高野がはめているブレスレットに指を当てる。

「よかったらどうぞ。サマンサの安物だし」

「ダメダメ」

「いいの、持って行って。あいつがくれたものだし」

「松原さんの贈り物？　だめですよ、返さなくちゃ」

高野はあわててブレスレットを外し、奈緒の手に戻した。

「物として残っているものは全部返しておかないと、また何言われるかわからないですよ」高野は奈緒が肘《ひじ》の下にはさんだ封書を指した。「その手紙、何かしら」

奈緒は封書を高野に差し出した。

「捨てちゃおうかなって思ったんだけど」

高野は受け取った封書の中身を取り出している。写真だ。目にしたとたん、険しい表情になった。

「どうして黙っていたの？」

高野は問い詰めるように言いながら、ハンドバッグから証拠保全用のビニール手袋を取り出してはめた。

「……迷惑かけっ放しだし」

「見せていいかしら？」

労るように訊くと、奈緒は小さくうなずいた。

高野は困惑した顔で写真をつまみ、柴崎の眼前にかざした。

風呂場《ふろば》でシャワーを浴びている裸の女……カメラ目線で微笑《ほほえ》んでいる。奈緒だ。

もう一枚写真があった。

ベッドの端に奈緒が全裸で腰かけている。右手前で笑みを浮かべた松原敦史がカメラのレンズを見上げている。松原がスマホで撮ったような構図だ。

「これ、どうしたんですか?」

柴崎は思わず声を上げた。

「土曜にうちに届いてて……」

膝の上に置いた手を強く握りしめたまま奈緒は答える。

「このマンションに?」

「郵便受けを見たら入っていて」

「表札を出していないのに届くのかな?」

「奈緒さん、郵便局には転居届を出してありますから」

高野に言われて、そうかと思った。

郵便受けに名前を貼《は》り出していなくても、郵便局に部屋番号と名前を届け出ていれば、該当するポストに入れてくれるのだ。

封書を調べる高野の手元を見守った。どこにでもある白封筒だ。部屋番号はないものの、このマンションの住所と竹井奈緒の名前が表に記されている。月曜日付で足立西郵便局の消印が入っている。転居届が登録されるまでに数日かかるので配達が遅くなったのだろう。裏にも表にも差出人の名前はない。

筆跡にどことなく覚えがある。松原のものに違いない。

それにしても、なぜここがわかった？　移ったばかりのブティックから洩《も》れた？　いや、その可能性は低いのではないか。

そして、この写真の意味は？　連絡を寄こさなければ広範囲にばらまくという脅しか。

高野は沈んだ表情のまま問いかけようとしなかったので、柴崎が口を開いた。

「つきあっていたときの奇妙な行動とか、何でもいいです。心当たりはありませんか？」

奈緒は表情を曇らせる。

「つきあっていたときですか？」

「お互いのアパートを行き来していたときや、デートの最中、手帳や携帯をこっそり見ていたとか？」

ふと思い出したように奈緒は柴崎の目を見た。

「そういえば……前のアパートで暮らしていたとき、合鍵《あいかぎ》を勝手に作られていたことがあって」

「合鍵を使って、あなたがいないときに入ってくるの？」

「よく分からないけど、置いてあるものの位置が変わっているような気がしたことがあって」

奈緒のプライベートを詮索《せんさく》するために勝手に入り込んでいたのだろう。

写真を封筒に戻して高野に返した。

頬のあたりに陰鬱《いんうつ》そうな影を漂わせて、高野がうなずく。

至急善後策を練らなくてはいけない。

4

署長室には幹部が顔をそろえていた。持ち帰ってきた封筒と写真を机に置くと、坂元はビニール手袋をはめた手で写真をつまみ、しばらく見入った。封筒を確認してから、生活安全課長の八木に回す。刑事課長の浅井も横から覗《のぞ》き込んでくる。

「リベンジポルノのつもり？」

坂元が苛立《いらだ》たしげに口を開いた。

近年、別れた恋人の裸の写真などをネット上にばらまく事件が多発している。

「ネットで奈緒さんの名前を検索しましたが、それらしいものはまだ出てなくて……」


訊《き》かれてもいないのに浅井のとなりにいる高野が発言した。

「出ていたら大変でしょう」

怒り口調で返されたので、高野はばつが悪そうに押し黙った。

「タチが悪いったらない」

自分の膝のあたりを神経質そうに叩《たた》きながら坂元が続ける。

「松原の野郎、相当頭にきてやがるな」坂元の横にいる助川が言った。「山内、おまえ何て伝えた？」

「はあ……一応、警告する旨《むね》、伝えましたが」

山内はごま塩頭をかきながら抗弁する。

「伝え方がまずかったんだろうが、伝え方が」

「あ……はい、申し訳ありません」

「いまさら言ってもはじまりません」坂元が柴崎の顔を見て言った。「でも、どこで松原は竹井さんの転居先を知ったんだろう？」

「それが、まったく見当がつかないそうでして」柴崎は言った。「ただ、松原のような執念深い男がその気になれば……可能かもしれません」

「やつはサツカンでも探偵でもない。どうやってつかんだんだ？」

助川に問いただされたが、答えようがない。

「やっぱり、前に勤めていた会社じゃないかと思いますが」

口をはさんだ高野に坂元が厳しい視線を送る。

「根拠は？」

「ないです」高野は答える。「でも、憎しみが高じているのはたしかだと思います」

話にならないという表情で坂元は浅井に目を移した。

「こうなった以上、一刻も早く松原の居所を捜し出さないと」

隣にいる八木を見下したような感じで浅井は言う。

「八木さん、あなたの意見は？」

坂元が訊く。

「……はあ、いくら警告をしても無駄なように思います」

「禁止命令も出さない？」

注意処分のあともストーカー行為を続けた場合、相手方に警告を与えるのが筋だが、緊急性がある場合は、公安委員会名で禁止命令を出すことができる。それに違反すれば、逮捕され、一年以下の懲役か百万円以下の罰金刑に処されるのである。

「どちらにしても、処分に関わる法的措置を相手に伝えなければいけませんし……」

八木が付け足す。

「代理、松原がマンションに現れたのはたしかなのね？」

坂元から訊かれて、

「はい。そう聞いております」

と答えた。

手段はわからないが、ともあれ現住所はつかんでいるのだ。またぞろストーカー行為をはじめるに決まっている。

「どうなんだ、八木」助川がそれに応《こた》えるように口を開いた。「やつの交友関係から追えんか？」

「はい……再度、勤務先にあたってみます」

「親族へもきちんと当たってくれよ」先回りするように浅井が言う。「ストーカー行為は支店じゅうに知れ渡っているし……もう、やつは会社に戻れんぞ」

はなから戻る気はないのかもしれないと柴崎は思った。

「それと八木さん」浅井が声をかける。「郵便局にも人をやってくれ」

きょとんとした目付きで浅井をふりかえったので、浅井は封筒を指した。

「せめて、投函《とうかん》したポストぐらいは調べて来いよ」

「ああ……まあ」

八木は頭をかく。

坂元は改めて写真を手に取り、部下たちの顔を眺めた。

「ここまで来たら正式に告訴状を書いてもらうしかないですね。竹井さんにその覚悟はありますか？」

告訴状が提出されれば、警察による強制捜査と逮捕が可能になるのだ。

八木は相変わらず優柔不断な顔つきだが、浅井は毅然《きぜん》と背筋を伸ばした。

「過度の暴力がふるわれる可能性があります。書いてもらうしかありません。竹井さんからは相手方から送られたメールと電話の録音の記録の提出を受けています。これを裏付けるために、携帯の通信記録を取れば、まず間違いなく逮捕状は下ります。プラス、その写真に指紋があれば鬼に金棒です」

ストーカー規制法が改正され、嫌がる相手に執拗《しつよう》にメールを送信し続ける行為も規制の対象になっている。

「松原の指紋はこちらにありますか？」

坂元が八木に訊くと、

「任意で取ってあります。鑑識に照合させましょう」

八木の一言に坂元がうなずいた。

「告訴状の提出を受けたら、すぐストーカー規制法違反の容疑で逮捕状を請求してください」坂元は意を決したように言った。「松原は竹井さんのマンションの近くに潜伏しているはずです。クルマを停められるような宿泊施設を中心に聞き込みを進めてください。竹井さん宅には二十四時間の警護を張りつけるように。いいですね？」

うなずいた八木と浅井に向かって、声を一段と張って続ける。「郵便局だけではなく彼女の実家や交友関係、区役所、会社、すべて当たってください。どこから彼女の個人情報が洩れているはずです。松原のクルマはNシステムでも追うように。それでもだめなら、携帯電話会社に照会をお願いします」

Nシステムは自動車のナンバーを自動的に読み取る追尾システムだ。携帯電話については電源さえ入っていれば居所を把握できる。

「捜査員をかき集めて当たらせます」

浅井が坂元にうなずいた。

「わたしのほうも」

八木も応じる。

「交通課と地域課からも応援を入れましょう」助川が言った。「それでローテーションを組め」

助川が告げると、幹部たちはいっせいにソファを離れた。

「高野さん、なにぼやぼやしてるの？」

「すぐに戻ります」

「当然です。以後、彼女から離れないこと」

「……わかりました」

高野は顔を引きつらせたまま柴崎に一瞥《いちべつ》をくれ、署長室から不安気な様子で出ていった。

5

生活安全課の八木課長が席にやってきたのは、同じ日の午後二時半だった。

竹井奈緒から告訴状の提出を受けたと柴崎が告げると、

「郵便局で妙な物が出ちゃってさ」

と耳打ちしたのちに助川に歩み寄り、そのあと署長室に入っていった。

柴崎も八木、助川に続いた。

ビニール手袋をはめた八木が署長席に歩み寄り、何かを差し出した。八木の肩越しにそれを見た。また封筒だ。見覚えのある筆跡で宛名が記されている。

竹井奈緒様

足立区西新井本町まで読み取れる。

坂元はビニール手袋をはめ、封筒を取り上げた。中を覗き込んでから、収まっているものを取り出した。

写真が二枚。竹井奈緒が住んでいる綾瀬のマンションに松原が送りつけた写真と同一のものだ。

坂元が封筒の中を覗き込み、裏返すのを見守る。

写真以外には何も入っていないようだ。差出人の住所は相変らずない。

訝《いぶか》しげな顔で坂元が八木を見やった。

「どこで見つけたんですか?」

「消印があった足立西郵便局で」八木が言う。「局員に綾瀬のマンションに届いた封筒と写真の一部を見せたところ、同じ写真が入った封筒が戻されましたよと言われて。見せてもらったのがそれで……」

混迷の度を深めたように、顔をしかめる。

「戻されたっていうのは?」

「ここにあるようにマンションに届いたらしいんですよ。でも部屋番号が書いてなくて。配達員が管理人に竹井奈緒の名前を出して訊いたんですが、そんな人はいないと言って返されたそうなんです」

柴崎は封筒を見た。八十二円切手の上に十一日の消印が捺《お》されている。宛名の住所としては、西新井本町以降の番地が書かれ、エスハイム西新井とマンション名らしいものが記されている。部屋番号はない。

「西新井って……もう一つ、住まいがあるの?」

坂元が訊いた。

西新井は同じ足立区にある西新井署の管轄になるが綾瀬とは目と鼻の先だ。

「電話で竹井さん本人に尋ねましたが、見当がつかないようでして」

「うちが行かなかったら、この手紙はどうなっていたの?」

「宛名に書かれた人が住んでいなくて、なおかつ、差出人の記載もない場合は、封を開けて内容を確認するんだそうです。手がかりが書かれている場合がありますので。それでもわからない場合は、三カ月後に処分すると聞きました」

坂元は納得のいかない感じで、

「こんなものでも処分してしまうんですか？」

「まあ、よっぽどのものでなければ、郵便局はいちいち警察に持ち込みません」

飄々《ひょうひょう》と八木が答える。

「じゃあ、郵便局にうちが聞き込みに行かなかったら、廃棄されていたわけですね？」

「そうなります」

坂元は首を傾《かし》げつつ写真を封筒に戻した。

「これは本当に松原が出したものなの？」

「筆跡はやつのものですね」

八木が答える。

「署長、松原しかあり得ませんよ」

助川が当然と言わんばかりに口をはさむ。

「そうですよね。容疑者は彼しかいない」坂元は八木を見返す。「投函された場所はわかりました？」

「どのポストから集配したのかは把握していないようです。同局が扱うポストは、ざっと二百カ所近くあるらしくて。地区にある小さな郵便局で局員に手渡した場合は、その郵便局の消印が入るそうなんですが」

「奈緒さんのマンションに届いた手紙は、その二百カ所のうちの、いずれかのポストに投函されたんですね？」

「そうなるかと思います」

助川がこちらをふりかえった。

「柴崎、竹井さんのマンションへ急行しろ」

いきなり言われて意味がわからなかった。

「わたしがですか……」

「ほかにいないだろ、奈緒さんと会っている人間は。もう一度確認してから、高野を連れて西新井へ行け」

「この郵便物の送り先のマンションに？」

行ってどうするというのだ。

「聞き込みに決まってるだろうが。マンションの管理人でも住民でも、誰でもいいから当たって来い」

「わかりました」

たかがストーカーひとりを捜し出すのに、警務課の自分まで狩り出すとは大げさではないか。

柴崎はデスクに戻り、書類仕事を片づけてからクルマで署を出た。

竹井奈緒のマンションの手前には、覆面パトカーが停まって睨《にら》みをきかせていた。とりあえず、松原は近づけないはずだ。

奈緒の部屋には富永順次が駆けつけていた。細身で長身の男だ。髪を短くカットしており、額が広い。スーツを着た姿から、想像していたより堅そうなイメージを受ける。

仕事は大丈夫なのかと訊くと、「彼女が不安がっていますから」とこちらのほうは真剣そのものだった。

「エスハイム西新井というマンションに心当たりはありますか?」

改めて柴崎は富永に身を寄せている奈緒に訊いた。

グレーのワンピースと、紺のカーディガンに着替えている。

「……ありません」

心細げに富永の顔を見ながら答える。

「何でもいいから心当たりない?」

富永が訊き返すと、何かを思い出したようにうなずいた。

「……そういえば不動産屋で」

「ここに入るときに世話になった不動産屋さん？」

高野が横から訊いた。

「うんうん」

とうなずく。

確かめる必要がありそうだ。

警護は十分なので高野にこれから西新井に出向く旨を告げて部屋を出る。

あわただしく駐車場から高野が出してきたクルマに近づく。

西新井に向かう車中で、

「彼女を連れて聞き込みに行けるといいんだが」

と柴崎は口にした。

「そうですね。彼女の知り合いが住んでいるかもしれないですし」

ハンドルを右に切りながら、こちらも考えごとをしているような様子で高野は答える。

あるとするならその線だろうと思った。かねてから、松原はその知り合いの住まいを知っており、そこに手紙を送れば奈緒の元へ届くと思ったのかもしれない。奈緒本人が知らないというのも奇妙な話だが。

高野はどことなく気乗りがしないようだ。

足立区役所の脇を走り、日光街道の交差点を左にとった。

「いつも富永さんは、ああして駆けつけるのか?」

「そうたびたびは来ていないと思います。本人とじかに話したのは今日が初めてですし。わたしのほうからも、落ち着くまで、しばらくマンションには来ないほうがいいとアドバイスしているんです」

「ふだんは外でデートを?」

「ええ。土曜日に富永さんと会うために外出したとき、途中までわたしが警護につきました。午後三時頃だったかな。北千住の駅で待ち合わせしているのを遠目で確認しました」

話しながら、周囲に目を配り、狭い道を法定速度で走らせている。

「知り合ったのは前にいた職場の友人を通じてか?」

「SNS上の友人を介して知り合ったみたいです。彼女、四六時中スマホを手離せないみたいだし」

「まさか富永さんのことは松原に伝えていないよな?」

「それはありません。知ったら、さらに大事《おおごと》になるじゃないですか」

「松原もSNSをやっていたんだろ？　ちゃんとブロックしているのか？」

各SNSには特定の相手に対して、書き込みを閲覧させない機能がある。

「しています。確認しました」

新しい恋人ができたことを知れば、いっそう激しく責め立てるに決まっている。

エスハイム西新井は立て込んだ住宅街の通りに面した総タイル張りのこぎれいなマンションだった。西新井駅からは歩いて十分ほどだろう。

裏手にある専用駐車場にクルマを停めさせて正面玄関に回った。昔ながらの両開きのガラスドアを開けると、あっけなく建物の中に入ることができた。管理人から説明を受ける。マンションは築三十年で、二年前に外装を修復したそうだ。月八万円だという。空室を見せてくれた。竹井奈緒が住む綾瀬のマンションに比べると家賃が高いわりには見劣りがする。

高野が住民に聞き込みをしているあいだ、柴崎はマンション前の道路を捉《とら》えた防犯カメラの映像をチェックするため、管理人室に入った。

早送りで一昨日の分から見てみたが、松原の姿や白のプジョーは見えない。

スマホが鳴ったので管理人室を出た。助川からだ。

「伊興にも回ってくれ」

いきなり言われて何のことかわからなかった。

「同じ写真が送りつけられたマンションがある」

生活安全課の捜査員が念のために足立区内の拠点郵便局に電話を入れ照会したところ、竹の塚にある足立北郵便局にも、竹井奈緒宛で差出人が書かれていない封書が届いており、竹井奈緒の裸体の写真が同封されていたと助川は付け足した。マンションの住所をメモして電話を切る。どういうことだろう。

聞き込みを終えた高野とともにまたクルマに乗った。

「五人ほど当たりました」高野は言った。「竹井さんと松原の顔写真を見せましたけど全く反応はなくて」

柴崎も防犯カメラを見たが空振りだったと伝えた。

北郵便局に寄って封書を受け取り、宛名のマンションに向かった。

東武伊勢崎線竹ノ塚駅の西側だ。駅からかなりの距離がある。歩いて二十分ほどだろう。三階建ての古い造りのマンションだ。スカイハイツ伊興。駐車場がないので隣接する歯科医院の駐車場を借りる。

高野が聞き込みを受け持ち、柴崎は先程と同じく防犯カメラを調べた。こちらにも松原が現れた形跡はない。

調べを終えてマンションをあとにしたときには午後四時を回っていた。

「ふたつならまだしも、三つ目もあるなんて……」

ハンドルを握りながら、高野が溜《た》め息をつく。

ますますわからなくなってきた。

帰署して報告しようにも、ほとんど進展はない。西新井のマンションにしろ、伊興にしろ、竹井と松原が関係している形跡は見当たらないのだ。

思いついたように高野がコンビニの駐車場にクルマを入れた。

いましがた調べてきたマンションから竹ノ塚駅方面に向かって二百メートルほどのところだ。聞き込みをしてきますと言って車を降り、十分ほどで帰ってきた。運転席に収まると、緊張感を漂わせながら、借りてきたらしいＤＶＤを見せた。

「……松原が来ています」

「この店に？」

高野は店に目を当てたまま、うなずいた。

「昨夜七時、この隣に白のプジョーを停めています。ナンバーを確認しました。間違いありません」

柴崎は改めて店構えを確認した。

「店に入ったのか?」

「いえ。クルマから降りて、スカイハイツ方向に向かって歩いて行きました。二十分後に戻ってきて、そのまま車に乗って去っていきました」

「さっきのマンションに行ったわけか?」

「その線が強いと思います」

スカイハイツに知り合いでもいるのか?

それとも竹井奈緒がそこにいると考えて出向いたのか。

なぜ松原は三つのマンションを回るのか。程度の差こそあれ、どれも似たようなマンションだ。

この三つのうちのいずれかに、竹井奈緒が住んでいると思って回っていたとしたら……松原はまだ……奈緒の居場所を特定できていない?

6

三日後。

警察署協議会の資料作りの仕事ははかどっていなかった。何カ所か修正を行なわなければいけない事項があり、協議会委員に電話をかけて承諾やら助言やらをもらい、PCでこつこつと打ち込む。まだ昼には時間があった。ストーカー事案がずっと気にかかっており、捜査専用に設けられた三階の部屋に上がった。

ドアを開いたそこでは、ごま塩頭の山内が腰に手をあて捜査資料とにらめっこしていた。

ほかの捜査員は出払っているようだ。松原の行方について尋ねてみると、

「だめだよ。雲隠れしてる。見つからん」

山内係長は少し息を吐き、足を伸ばして答えた。

「実家のほうはどうですか？」

捜査員を張り込ませているのだ。

「まったく姿を見せない。会社や宿泊施設、それから、親しい連中すべてに当たったが、手がかりはない。でもな、やつが管内をうろうろしてるのは間違いないぞ」

顎《あご》をしゃくり、壁に貼られた管内地図を示した。

日光街道と環七がぶつかる手前の梅島のNシステムに、昨日と一昨日、連続してヒットした旨の書き込みがある。

三つのマンションに出向く場合、必ず通過する地点になる。

それらのマンション付近では覆面パトカーが警戒に当たっている。

「携帯は？」

「やつも用心していてな。たまにしか電源を入れないが、ほとんど管内だろ？」

山内は松原の携帯の通信記録を広げて見せた。

北は花畑から南は北千住まで、五カ所ほどの基地アンテナに引っかかっている。いずれにしても、電源が入っていなければ、現在地の特定はできない。

四日間、松原は日に三回以上、竹井が変更する前の携帯番号に電話をかけている。実家や会社の固定電話からの着信もあった。ほかには、二度ほど公衆電話から電話が入っている。

「気になることがあってな」山内は通信記録の頁《ページ》をめくる。「松原が竹井奈緒のスマホに送りつけた嫌がらせメールを調べてみたんだが、足がつかないようにフリーアドレスから送っているものがあってさ。仕事中に発信していたようなんだ」

「それが何か？」

勤務中でもストーカーならメールぐらい打つだろう。

「会社に確認してみたんだが、通常勤務中、オペレーターの指導をする時間帯には携帯の類《たぐ》いを持たせないらしくてさ」

それでも、ポケットに忍ばせておくぐらいはできよう。

「竹井奈緒がつきあっている男については何かわかりましたか？」

柴崎は訊いた。

「富永か。これまでも三日にいっぺんぐらい会ってたようだな。昨日も会ったらしいぞ」

「高野が警護して？」

「途中までだよ。富永と会ったら引き返してくるよう刑事課長が命じてある。富永は西葛西《にしかさい》に住んでるが、そっちはあまり踏み込めないな」

「松原が富永を知っている可能性はありませんか？」

改めて訊いてみる。

「それはないだろ」

「しかし、松原はどこに潜伏しているんでしょうね？」

「クルマでに寝泊まりしているか……やつしか知らない倉庫とか……」

「三つのマンションの周辺はどうです？　来ていますか？」

「たぶん、クルマでな。こんな具合に」

山内が開いた捜査報告書によれば、一昨日の昼前、エスハイム西新井の管理人が裏手に停まっているプジョーを目撃。昨日は夕刻、スカイハイツ伊興付近を巡回していた覆面パトカーの捜査員がそれと似た車両の走行を視認した、とある。

やはり、出没しているようだ。

「この三つのうちのどれかに竹井さんが住んでいると考えている？」

「そうだろう。ほかに考えられない」

「それでも、こうして現れるのは、どれに竹井さんが住んでいるかは、まだわかっていないからですかね？」

「かもしれん。明日から、この三カ所を重点的に張り込む」

それで、うまく捕捉できればよいが。

夕方近く、柴崎のスマホに奈緒の警護に就いている高野から連絡が入った。

「……また郵便物が届きました」

上ずった声だ。

「あの写真か？」

柴崎は自席で声を潜めた。

「ちがいます。来てください」

それだけで切れた。

生活安全課の捜査員でもないのにすっかり頼りにされている。署長命令があるとはいえ、厄介な状況には違いなかった。それでも放ってはおけず、助川に言い残し、デスクワークを中断してマンションに急いだ。

きょうは表に一台の覆面パトカーが張りついていた。

コインパーキングにクルマを停めて303号室に上がる。

ドアホンを鳴らすと内側からドアが開き、緊張感を漲《みなぎ》らせた高野が顔を見せた。

流しのある狭い廊下で封筒を見せられた。前と同じように、松原の筆跡でここの住所と竹井奈緒の名前が記されている。差出人の名前はなし。昨日付の消印は同じく足立西郵便局だ。封筒の中には青いプラスチック片が収まっていた。写真や手紙の類いはない。SDカードのようだ。

「同封されていたのはそれだけか？」

「はい。写真や手紙は入っていません」

ざっくりしたニットのセーターを着てリビングにすわりこみ、うつむいていた。座卓の上のノートパソコンに高野がSDカードを差し込む。

操作すると画面に動画が映った。

SDカードに収められているものだ。

生白い顔が大きく映り込んでいて、細い目がこちらを見つめている。

松原敦史に間違いない。

ノートパソコンに付属のWebカメラで自分自身を撮影しているのだ。

署で見たときと同様、にこりともしていない。怒りと疲れがないまぜになったような微妙な表情をしている。つぶやくような声が聞こえたので、柴崎は耳をそばだてた。

〈奈緒、おまえ全然会ってくれないよな〉

そう言うと、ため息をつき、しばらく上を向いてからまたカメラに向き合った。

〈警察のやつらばっかし呼びやがって……〉

柴崎はうしろにいる奈緒の様子を窺《うかが》った。石になったようにじっとしている。

〈……性懲《しょうこ》りもなく逃げ回りやがって。わかってるんだよ、このボケ。擦《こす》りゃ出てくるんだ、この売女《バイタ》め〉

肩で息を大きくつく。

〈おい……あれだけ、やったじゃないか。気持ちいいって言ってたじゃねえか。何が嫌なんだよ。おれのどこが悪いんだよ〉

髪を手でしごく。

〈もういい。好きにしろ〉

語調がきつくなり、柴崎の体が強《こわ》ばった。

〈……死んでやる〉

どきりとした。

いまたしかに自死を口にした……。

動画はそこで途絶えた。

開いた口が塞《ふさ》がらない。

よりによって、自殺予告のメッセージを送って寄こすとは。

「課長には報告しました」

横についていた高野に声をかけられた。

「見たんだな？」

柴崎は声を潜めて訊いた。

高野は柴崎の目を覗き込んで、うなずいた。

「確認してもらいました。映っている部屋に心当りはないそうです」

「ほかに気づいた点は？」

高野は首を横にふった。

無理もない。かつてつきあっていた男が自殺を予告する映像を送りつけてきたのだ。相当なショックを受けているはずだ。直視することさえできなかっただろう。

相手に対して、自殺するぞと脅かすストーカーは多いらしい。しかし、いまの松原の態度から見て、まるきり狂言とも感じられなかった。いずれにしても一刻も早く彼を見つけ出すしかない。

「浅井課長はどう言っていた?」

「念のため、北と西の郵便局にも捜査員を送り込むそうです」

「それだけか?」

同じものがほかのふたつのマンションに送りつけられている可能性はある。しかし、それを確認しても意味はない。

どうにかして、松原の居所を突き止めなければならない。

目下の手がかりは、三つのマンションに竹井奈緒宛《あて》の郵便を送りつけている点しかないのだが。

柴崎は竹井奈緒に向き合った。

「竹井さん、もう一度伺わせてください。他の二つのマンション名に聞き覚えはありませんか？」

奈緒はおそるおそる顔を上げた。

まったくわからないという表情だ。

「……あればすぐにお知らせしましたけど」

いずれにしても、動画現物はすぐ署に上げなくてはならない。

「表に停まっているクルマに、これを署に届けるよう預けろ」

柴崎が言うと高野はうなずいた。ＳＤカードを引き抜き、封筒に戻した。高野を急《せ》かすように部屋を辞した。

「奈緒さんて、どこか接しにくいんですよね」

エレベーターの中で高野はひとりごちた。

「気が合わないんだろ」柴崎は言った。「奈緒さんが使った不動産屋の、聞き込みには行っていないよな？」

「はい。ほかで手一杯で、まだ行っていませんけど」

高野は疑問をたたえた瞳《ひとみ》で柴崎を見た。

「行ってみよう」

三つのマンションの所在地が松原に洩《も》れたことについては、何らかの形で不動産屋が関係しているのではないか。

その不動産屋は東武伊勢崎線五反野《ごたんの》駅にほど近い中央本町にあった。若い男性の社員が応対に出た。四角い顔で髪は長めだ。竹井奈緒に現在住んでいるマンションを紹介した堤《つつみ》という社員だ。

名乗るのもそこそこに、さっそく三つのマンションについて切り出した。

「はあ、三つとも当社で扱っている物件になりますが」

と困惑した顔で答える。

「竹井奈緒さんはあなたが担当したんだよね？」

「はい、担当させていただきましたけど」

社員はうなずいた。サイズ違いのように、ワイシャツのカラーがぶかぶかだ。

ひょっとしてこの男が洩らした……。

「以前も竹井さんに物件を紹介したことがありますか？」

「いえ、はじめてのお客様でした」

「そうですか」柴崎は続ける。「飛び込みでここにやって来たの？」

「いえ、最初はお電話でした。すぐに入居したいと仰《おつしや》られたので、その場で検索して、こちらの三つをご紹介しました。次の日にマンションの前で待ち合わせて管理人に紹介したんですけどね」

高野と顔を見合わせた。竹井は三つのマンション名を知らされていた？

「口頭で伝えたんですか？」

「はい。お電話のファックス機能が壊れているということでしたので」

「そうですか、口頭で……」柴崎は間を置いて続ける。「その三つの候補を伝えたとき、彼女からすぐ返事がありました？」

「えっと……どうだったかな」

堤はしばらく考えた末に口を開いた。

「あ、そっか。そのうちのひとつを選んだらメールで申し込むと言ってました。たぶん、三十分ぐらいあとに、パレコート綾瀬に決めたというお返事が来ました」

物理的に残された形跡はないものの、三つのマンションの名前を竹井は耳にし、調べてもいる。

そして、松原はこの三つのマンションに出没している。ここから洩れた線が濃厚になってきたが、どうやって松原は知ったのだろう。目の前にいるこの男から聞いたのだろうか。

「あなた、松原敦史さんは知ってる?」

思い切ってぶつけてみた。

堤はぽかんとした顔で、

「どなた様ですって?」

と訊き返してきた。

うそはついていないように見える。では、どうやって伝わったのだろう。

どう考えてもわからなかった。

帰署して警察署協議会の資料作りを再開した。当直時間になっても終わらなかった。

当直担当の警官たちが各部署から下りてきて、きびきびと警務課の机に腰を落ち着けてゆく。


柴崎は資料作りをやめて、捜査本部としてあてられている三階の会議室に上がった。

二つ合わされたテーブルの上に電話帳や住宅地図が開かれたまま置かれ、各課から応援に入った署員たちが電話をかけたり、事件の資料と首っ引きでノートパソコンを叩いている。山内もいた。

ホワイトボードに貼《は》られた管轄地図を見る。

竹井奈緒が住んでいるマンションのほかに、西新井と伊興のマンションにも赤いピンが打たれている。五反野駅近くにある不動産屋も、足立区を東西に走る環状七号線と日光街道が交差する平野にも同じくとめられていた。松原が居住していたアパートだ。五つをつなげると足立区の中央部に、やや左方向へ傾いた半月の形を描いていた。しかし、それだけで、なんのヒントも浮かばない。

山内に不動産屋で聞いた話を伝えた。

「竹井が不動産屋で三つの名前を聞いたって」山内は怪訝《けげん》そうな顔で言った。「そこから洩れたという証拠はあるのか?」

「……それはないんですが」

「不動産屋、もう一度調べてみるか」

「そうしてください」

ふと思い立ち、ノートパソコンを借りて、竹井奈緒に送りつけられたＳＤカードの動画を改めて再生してみた。

〈……おまえ……〉

室内が騒がしいのでうまく聞き取れない。ヘッドホンを借りてパソコンにつなげ、耳に厚いパッドを当てた。

もう一度最初から再生する。生白い顔がしゃべりだすのを見守る。

今度ははっきりと聞こえた。

〈奈緒、おまえ全然会ってくれないよな〉

ため息のあとも続く。〈警察のやつらばっかし……〉

一分半で終わった。もう一度繰り返す。

背景に注目した。上半分が天井、下側は部屋の壁だ。三メートルほど離れているだろうか。天井は低く、鴨居《かもい》のあたりの壁紙が少しはがれている。手がかりになりそうな物品はない。しかし、ぼやぼやしていれば、この部屋でこの男は……自死を遂げてしまうかもしれない。

悪寒《おかん》を感じながら見続ける。

四度目に再生したときだ。かすかにある音が聞こえたような気がした。

その時点に戻してもう一度再生する。

〈あれだけ、やったじゃないか……〉

聞こえた……。息を詰める。一時停止ボタンを押す。スローで逆戻りさせてから、もう一度再生する。

――シーカタンカタン――シーカタンカタン――

金属の擦れ合う音……。

もう一度再生させる。

──シーカタンカタン──シーカタンカタン──

耳にしたことがある。電車の音だ。いや、列車の音も聞こえる……。

くり返し再生させながら、確信を持った。

貨物列車が線路を走る音。

ぱっと頭の中に光がともった。壁にある地図に向き直る。

軌道、軌道とつぶやきながら手でなぞる。

貨物だ。貨物の通る軌道だ。

五反野駅近くの不動産屋のピンの位置から下に向かって指でなぞってゆく。常磐線に突き当たる。荒川を渡ったばかりの常磐線はここで真西方向へ向きを変える。その曲がりきった箇所で東武線の線路と交差している。

ふたつの軌道が交差する地点の根元だ。

顔を近づけてそのあたりをつぶさに見る。

常磐線と東武線が交差する下側。ふたつの軌道に囲まれた弾丸状の狭いエリア。

ぐるっと道路が取り囲んだエリアに民家とマンションとアパートが混在している。

その中ほどだ。左手、綾瀬方面から常磐線の高架下を貫く連絡通路の先にあるのは、竹井奈緒が先日まで住んでいたアパートだった。

7

連絡通路を通り抜けた目の前に、クリーム色の古いアパートがあった。三角の変形地に立つ矩形《くけい》の四階建てだ。となりは二階建てになっているタクシー会社の駐車場。アパートの三階の一番手前の部屋の明かりはいま灯《とも》っていた。

その脇《わき》に三台の捜査車両が横付けする。捜査員らのしんがりについて、柴崎はアパートの外階段を上がった。

大家により鍵《かぎ》の開けられた32号室に捜査員が入っていく。中から声が上がった。遅れて柴崎も靴を脱ぎ部屋に踏み込んだ。

がらんとした部屋だ。畳の上に置かれた小机に、焦《こ》げ茶のトレーナーを着た細身の男が右腕を伸ばす格好で突っ伏していた。胸の下に左腕がはさまっている。あたりに広がる赤黒いものを見て、息が止まった。

取り囲んだ捜査員のひとりが男の顔を横から覗《のぞ》き、机に垂れた長い髪をすくい上げる。目と同じように左右に吊《つ》り上がった長い眉毛《まゆげ》にはっきり見覚えがある。警告のときに脂汗《あぶらあせ》をにじませていた額には、べっとり血糊《ちのり》がついていた。

「松原」と柴崎は呻《うめ》き声を洩らした。

刑事課員に邪魔だと言われ、部屋の隅に退いた。

「手首をスパッとやりやがった」

脈を取った別の捜査員が、だめだと声を張り上げる。

……間に合わなかった。

死んでからどれくらいたっているのか。

死臭はない。一時間、いや三十分前？

もっと早く気がつけば、助けられたのかもしれない。

それにしても、本当に死んでしまうとは……。

しかしどうして、自殺を実行した。

わけがわからなかった。あれほど執拗《しつよう》に復縁を迫っていたのに、あっけなく死を選んでしまうとは。

後悔とも自責の念ともつかぬ想《おも》いが迫《せ》り上がってくる。眼前の男の死の原因が自分にあるように思えて仕方がなかった。

連絡通路のあたりから救急車のサイレンの音が聞こえてくる。怒りに似た感情が全身を駆け巡る。何に対してなのかはわからなかった。指先の震えが止まらない。

鑑識員が写真を撮影するのを虚《うつ》ろな目で見守る。

浅井がやって来て、窓際《まどぎわ》に引き寄せられた。

「大丈夫か？」

「あ……はい」

驚きでまだ言葉をスムーズに発せられない。

浅井の目も突っ伏したままの松原に向けられている。

「まだ硬直が来ていない。死後三時間というところだ。他殺の線はなかろう」

苦虫を嚙《か》み潰《つぶ》したような不愉快きわまりない顔で言う。

「……三時間」

ほかに気づく者はいなかったのだろうか。そして、奈緒はどうして、ついこの間まで住んでいた自分の部屋だとわからなかったのだろう。

「大家に訊いた。竹井奈緒が引っ越しした翌日、やつがカワイミキオという偽名で契約している」

「翌日に……」

柴崎は言葉が継げなかった。

「まだ部屋のクリーニングがすんでいないと断ったんだが、どうしてもすぐに入りたいと押し切られたそうだ」

「……それからずっと、ここに、あいつは」

浅井はうなずいた。

「このアパートの駐車場に白のプジョーがある」

刑事課の中で、検視にかけては一番頼りになる強行犯捜査係の徳永《とくなが》がやって来て、松原の詳しい観察をはじめた。遅れて現れた高野は現場を一目見て息を呑《の》み、ドアのところで呪文《じゅもん》をかけられたように硬直した。続けて姿を見せた山内も同様に一瞬たじろいだものの、高野を押しのけるように部屋に上がってきた。

柴崎は改めて部屋を見回した。

窓際にプラスチックケースがふたつ、重ねて置かれている。下着や着替えの服が入っていた。テレビや冷蔵庫はない。刑事たちが開けた押し入れに、ノートパソコンがあった。ほかに一組の布団《ふとん》があるだけだ。

検視のかたわら、ごま塩頭の山内が無線機のようなものをあたりにかざしながら室内を物色している。

この部屋から松原は三カ所のマンションに出向いていた。最後までそのうちのどこに竹井奈緒が住んでいるのか、わからなかった。だから、三カ所をクルマで回って調べていたのだ。

しかし、ここ数日間は三カ所とも警察官が張り込んで警護に張りついていた。

松原は悲嘆の末自殺に及んだ。

写真撮影が終わり、ブルーシートの上に刑事たちが四人がかりで遺体を横たわらせる。本格的な検視がはじまるようだ。正確な死亡時間を推定するためには、死斑《しはん》を見、腸内温度を測らなくてはならない。ズボンと下着を脱がせにかかる向こうで、ごま塩頭が手招きをしている。

横に来ていた高野とともにシートを回り込む。

山内が手にしているのは盗聴器発見器だ。

コンセントに差し込んである三穴コンセントに近づけると、発見器のスピーカーが発する異音が大きくなった。

「こいつか」

山内は言い、三穴コンセントを指した。盗聴器発見器の反応を示しながら、

「こんなこともあるんじゃないかと思って、持ってきた。やっぱりだ」

裸にされた松原の顔を窺った。無念さを留めているように見える。

「松原が取り付けたんでしょうか？」

高野が訊くと山内はうなずいた。

「竹井さんが引っ越す前、ホトケが部屋に侵入して取り付けたに違いない」

交際中、松原はこのアパートを何度も訪れた。勝手に作った合鍵で忍び込み、こっそりコンセントを取り替えていったのだろう。

「竹井奈緒の話し声を盗聴していたわけですね……」

「だろうな」

柴崎はふとその思いに至った。

「ひょっとして三つのマンションの名前も？」

「不動産屋と話していたときに復唱した可能性は高い」山内はしきりと部屋の中を窺う。「録音していたかもしれないが、見当たらん」

山内は言うと部屋から出て行った。

この部屋で奈緒はスマホを使い、不動産屋に電話をかけた。とにかく一刻でも早く移りたい一心で即入居可の物件を探していた。

自分の希望を伝えると、すぐ三つの候補を挙げられた。何度か三つのマンションの名前を口にしたはずだ。それを松原は書きとった……。

引っ越し先を決めてから、奈緒の頭の中はその段取りでいっぱいになった。次の日には、ろくに掃除もせず逃げるように部屋を出て行った。盗聴器の仕組まれたコンセントを置き去りにして。その明くる日……。

松原はつきあっていた女の痕跡《こんせき》を求めてこの部屋に入居した。その前に引っ越し先の候補を摑《つか》んでいた。この事件はそう解釈するしかないのではないか。

「嫌らしい」高野が死体から目をそむけて言った。「松原って奈緒さんの残り香を求めてここに入ったんだわ」

高野も同感のようだ。

藁《わら》をもすがる思いでと言いかけたが、やめた。

「その思いは通じなかったな」

「通じていたら、こんなことにはなりませんでした。もっと早く、本性に気づくべきだったんです」

怒りの持って行き場がなさそうに、高野はひとしきり毒づいた。

8

翌日。

書類仕事で朝から忙しかった。昼前、山内から連絡が入った。松原が入居していたアパートの現場検証の結果、ゴミ置き場から受信機と録音機が見つかったという。受話器を置いて三階の捜査本部に上がった。

山内ともうひとりの署員しかいなかった。

テーブルの上に住宅地図はなく、代わって電子機器類に占領されていた。

山内に頼み、まず受信機と録音機を見せてもらった。録音機は乾電池式でボイスレコーダーほどの大きさ。受信機はタバコの箱大の黒い箱で、こちらも乾電池式だった。アパートにあった三穴コンセント型の発信機と周波数が一致した。ごくポピュラーなUHF盗聴器のセットだと山内は言う。

「不要になったので捨てたんですか？」

と柴崎は山内に訊いた。

「そのはずだ。コンセントのほうは捨て忘れたんだろう。松原の指紋が見つからないのがちょっとだけ気になるけどな。録音された日付は竹井奈緒が不動産屋に電話をかけた日になってる。再生してみるか？」

山内は言い、録音機の再生ボタンを押した。竹井奈緒の声が流れ出す。

〈……はい、えっと、パレコート綾瀬、それからスカイハイツ伊興……はいはい……それと、はい……エスハイム西新井ですね……〉

細かな家賃や特徴などのやりとりが続いたあと、決めたらメールをしますと言って電話は切られ再生も終わった。

自信に満ちた様子の山内と顔を見合わせた。

「やっぱり盗聴していたんですね」

山内はごま塩頭をしきりと掻《か》きながら、

「まあ、そういうことだ」

としみじみとした口調で言った。

少し引っかかるところがあり、柴崎はもう一度再生してみた。

パレコート綾瀬への決定をほのめかす会話はなかった。

「ずいぶんクリアな音声ですね」

そう疑問を提示した。

「そうだな。言われてみれば、たしかに」

「性能がいいんですかね？」

「このタイプは、飛んでもせいぜい二百メートルだ」

「松原がいつも張り込んでいた場所は連絡通路あたりだから、そのあたりまでは届きますか」

「ああ、届く届く」

それにしてもクリアすぎる気はするのだが。

「当分、自分の仕事に戻れそうもないな。人ひとり死んじゃってるから。裏付け捜査がごまんと残ってるし」

諦《あきら》めたような口調で山内は言うと、手にした録音機をテーブルに置いた。

電話、メール、待ち伏せ、そして暴力——松原によるストーカー行為の全貌《ぜんぼう》を明らかにする必要があるのだ。

「送りつけてきた自殺予告の動画では、擦れば出てくるなんて妙なことを喋《しゃべ》っていませんでしたか？」

柴崎の言葉に山内はふっと立ち上がり、窓際に寄った。

「そうだったな。来たとか擦るとか……だったか。何が気になる？」

「昨日アパートに着いたとき、思ったんです。擦るというのは、メモ帳に書いた筆跡か何かを擦って浮かび上がらせるという意味かもしれないな、なんて。探したけどメモ帳らしき物は見つからなくて」

「竹井奈緒がメモ帳にマンションの名前を書き込み、それを引っ越しのときに忘れていった？」

「ええ、まあ」

「そうだとしても、メモ自体は捨てたのかもしれんしな。どうであっても、三つのマンションの名前をつかんだのはたしかなんだしさ」

「やっぱり盗聴で知ったんでしょう」柴崎は続ける。「かりにメモ帳に書いたとしたって、置き忘れることはないだろうから」

「竹井さんに直当《じかあ》てすればわかる」

「そうですね……彼女、どんな様子ですか？」

昨日の検視で自殺と判定され司法解剖でもその事実は動かなかった。それについては、通知されているはずだ。

「存外、さばさばしてるみたいだぞ」

「そうですか……」

いくら執拗《しつよう》に追われていたとしても、かつてつきあっていた人間が自死して果てたのだ。いい気分はしないだろうが。

「昨日までの捜査で、ひとつだけ、気になる点が出てな」山内はテーブルにのせられた写真アルバムをとりあげて中をめくった。「松原の携帯に公衆電話からの着信が二度ほどあっただろ。あれ、おそらく竹井奈緒からなんだよ」

山内はアルバムのその頁を開いて見せた。鮮明ではない。防犯カメラの写真のようだ。商店街らしい通りを写したもので連続して五枚ある。山内が指したところに路上を歩く竹井奈緒が写っていた。

「かけてきた公衆電話は東十条の商店街にあってな。うちの連中が防犯カメラの映像を集めて見てみたら、こいつが出てきた。かかってきた時間帯とほぼ同じ時間に撮られた映像になる」

「あれほど恐れていた彼女が松原に電話をした？」

「としか思えん」

「どうして電話なんかしたんだろう」

「もうつきまとうなと言ったのかな、彼女。自分のスマホからはかけられないから、公衆電話を使ったのかもしれんが」

184発信すれば、相手方に自分の番号は表示されない。返信もできないはずだが。

「それならそうと、なぜ我々に言ってくれなかったんですかね」柴崎は言った。「十条に知り合いとか用事とか、あったんですか？」

「まだ訊いていない。それにしても、どうも竹井奈緒っていうのはよくわからん女だよ」

ストーカーが自殺してこの世からいなくなり、彼女はひと安心しているらしい。あれほどの攻撃にさらされていれば当然と言えるかもしれない。それでも、かつて恋愛関係にあった男性なのだ、感慨があってしかるべきではないか。それにつけても、公衆電話から松原に電話をかけたらしいのが気になる。ふと柴崎は、松原が送りつけた脅しのメールの中に、松原にアリバイのある時間帯があったという話を思い出した。

この際、竹井奈緒についても、これまでの証言や行動を一度掘り下げてみる必要があるのではないか。

9

高野とともにパレコート綾瀬を訪れたのは、松原が自殺した三日後だった。竹井奈緒は肩の出た、ゆったりしたミントのトップスに白のフレアスカートという明るい出《い》で立《た》ちだ。

お休みのところ申し訳ありませんと高野が言いながら、座卓に落ち着く。柴崎も高野のうしろであぐらを組んで座った。

服の収納ラックがあったところに、三段のチェストが置かれていた。以前と比べて片づけられており、薄ピンクのカーテンが部屋を明るく見せていた。

予告もせず急に訪ねたためか、奈緒は戸惑った表情を隠せない。こちらの目つきが厳しいのを感じ取ったらしく、真意を計りかねるように顔色を窺っている。

「お出かけされるところでしたか？」

高野が硬い口調で声をかけた。

「あ、はい、富永さんと会う約束があって」

どことなく不安そうな感じで答える。

「あれから、いろいろな事実がわかりましてね」高野が続ける。「報告かたがた、お邪魔させていただきました」

「そうですか」

まだ警戒は解いていない。

「いくつか質問させていただきたいことができたんですよ」

高野が声をかけると、奈緒は改まった口調で、「何ですか？」と訊き返してきた。

「東十条の商店街にある公衆電話から、松原さんの携帯に電話をかけられましたね？　松原さんが自殺する二日前に」

その場で膝立ちになり、目を大きく見開いた。

「えっ、わたしが？」

「それだけではなくて……調べただけで、その前にも五回ほど、あなたが公衆電話を使って松原さんに電話をかけているのが防犯カメラに捉《とら》えられているんですよ」

奈緒は力なく立ち上がると、美容院に行ったばかりらしい髪の毛を手ですきはじめる。

返事をしないので高野も立って、

「お答えできない事情でもあります？」

と追いかけるように訊いた。

「……あ、いえ、べつに」

「何を話したんですか？」

「あ……その」

化粧した頰にぱっと赤みが差す。

何か言うことはないか、という顔で高野がふりかえったので、柴崎は首を縦に振り、立ち上がった。

「引っ越されるとき、メモ帳を置き忘れていきませんでしたか？」

「……メモ帳？」

喉《のど》の奥のほうから奈緒が声を出す。

「ええ。あなたが引っ越し先として考えた三つのマンションの名前を書き付けたメモ帳です」

わけがわからないと訴えるように柴崎を見た。

「……あの、どういう意味ですか？」

「松原はあなたが書き残した白紙のメモ帳のページを鉛筆で擦りつけ、直前に書かれていた文字を浮かび上がらせて転居先を知ったとしか思えないんですよ。そもそもあなたはメモ帳にはすぐそれとわかるように、くっきりとした痕跡をわざと残していった。中でも、いま住んでいるマンションは、それとなく目立つようにしていたんでしょう」

奈緒はたじろいだように、うしろへ下がった。

「……盗聴器を仕掛けられていたと聞きましたけど」

言い訳めいた口調で返事をする。

「われわれも当初はそう考えていました。それでいろいろ実験してみたんです。あなたのいた部屋に同じ型の盗聴器を設置し松原があなたのアパートを張り込んでいた地点で音声を録音してみたんですが、電波がうまく届かず、音を拾えなかったんですよ」

「ほかの場所にいたんじゃないですか？」

目を細め探るように訊く。

「ほかというとたとえば？」

「……アパートの中とか」

「そんな近くで張り込んでいたの？」

高野が呆れ口調で言った。

「いや……」

「それは置いておくとして、松原さんが自殺する五日前です。午後三時頃、あなたは富永さんとデートするために外出しましたよね。途中まで高野があなたを警護していった日です。覚えていますか？」

柴崎の唐突な質問に奈緒は、「覚えています」とオウム返しに答えた。

「富永さんとはどこへ行かれました？」

「池袋のサンシャインに。買い物をしてから、食事をして帰宅しましたけど」

「八時過ぎでしたよね？　警護についていた覆面パトカーの乗員があなたの帰宅時間を確認しています」

「はい、そのころだったと思います」

「池袋からはどういう経路でお帰りになりましたか？」

高野に訊かれて奈緒は顔をそむけた。

「いつもどおりですけど……池袋から山手線に乗って。西日暮里《にしにっぽり》で千代田線に乗り換えて綾瀬に帰ってきました」

「ほんとうにそうですか？」

「あ、はい」

「綾瀬の手前、北千住で東武伊勢崎線に乗り換えて小菅《こすげ》駅で降りたんじゃありませんか？」

奈緒の口から呻き声が洩れた。その顔を柴崎は見つめた。

「北千住駅から小菅駅まで、荒川を越えてたったの一分で着きます」高野が続ける。

「小菅駅で降りたあなたは、すこし前まで住んでいたアパートに向かった。二百メートルあるかないかですから、二、三分で着きます」

「あの、どうして？」

高野に視線を投げかけられ柴崎は口を開いた。

「松原の部屋は暗くて、駐車場にプジョーもなかった。あなたは主《あるじ》の不在になったアパートに入った。引っ越す前に合鍵を作っていましたよね。だから、簡単に入ることができた」

奈緒は両腕を体に巻きつけたまま沈黙している。

「あなたが残したメモ帳を取りに行ったんですよ」

「……メモ帳って？」

奈緒が空々しく訊いてくる。

「松原さんにあなたの居所を知らせるためですよ。といっても、三カ所ですから確定はできない。松原は混乱しながらも、まず最初に印のついたパレコート綾瀬に出向いた。そして、あなたは警察に松原が来ていると知らせた。とりあえず、警察を動かす必要があったからね」

しかし、松原はそこに奈緒が住んでいるかどうか確信が持てなかったので、必死になってほかのふたつのマンションを調べた……。

「あなたの目論見《もくろみ》は成功したわけだ」柴崎は続ける。「ただし、いくらあわてて引っ越したからと言っても、さすがにメモ帳を残していけば警察に不審がられる。そう思って、こっそり古巣のアパートに舞い戻った」

奈緒は逃げ道を探るように柴崎の顔を窺《うかが》った。

「あの……盗聴で知ったんじゃないんですか？」

「松原さんはよくネットを使って買い物をするので、購入履歴を調べたんですよ。でも盗聴器セットを買った形跡は見つからなくてね。奇妙に思って、捜査員が秋葉原に出向きました。そうした品を売る店は限られていましてね。引っ越す三日前です。そのうちの一軒の防犯カメラにあなたの姿が映っていた……アパートにあったのと同じ型の盗聴器セットを購入したのはあなた自身だったんです」

柴崎の言葉に奈緒は思わず背を向けた。

「転居の前の晩です」柴崎は言う。「あなたは不動産屋に電話しながら、その盗聴器を使って部屋で録音をした。ですから非常にクリアな音質で残っていたわけですよ」

「……あの、どうしてわたしが？」

と肩を小さく揺らす。

「三つの候補を松原に知らせることを偽装するために」

返事がなかった。みるみる顔が青ざめていく。

「松原はあなたが残していった三穴コンセントを盗聴器だとは思わなかった。普通のコンセントとしか思わなかったんです。松原が自殺する前日かその前か、あなたはもう一度アパートに侵入して、盗聴器の受信機と録音機をアパートの不燃物ゴミ置き場に捨てていった。彼が仕掛けたように工作するために」

こちらをふりむいた奈緒は、無表情を装《よそお》っていた。

「間違いないですね?」

高野に言われたので、竹井奈緒は少し顔をこわばらせた。

「奈緒さん」高野が声をかける。「松原は七十万円を寄こせっていう中途半端《はんぱ》な額の脅しのメールを送ってきたじゃないですか。引っかかったので、あなたご自身のことについて調べさせてもらいました」

奈緒は首を横にふり続けるだけだ。

「あなたが渋谷のセレクトショップに勤めていたとき、妙な噂《うわさ》が立ちましたよね?帳簿と会計が合わないって。ちょうど七十万円ほど入金が少なくなっていたそうなんですよ。誰かが伝票を操作していたんじゃないかって」

「それが……」

用心深げに奈緒は洩《も》らした。

「松原のストーカー行為が激しくなって、店に押しかけてきたころですよ。噂が立ってあなたはその店を辞めたそうですね。店側は証拠を見つけられなかったので、訴えることができなかったと言っていますが。……あなたが横領していたんですよね」

奈緒はあわてて顔をそむけた。

「あなたは、その件についてずっと後ろめたさを引きずっていた。松原とつきあっていたとき、彼に洩らしませんでしたか？　楽になりたくて」

柴崎が言ったが、奈緒は耳に入らなかったように答えなかった。

「七十万円という額であなたはすぐピンときた。『交際を続けなかったら、警察にばらすぞ』という脅しだとね」

柴崎は続ける。

「そんな……」

とだけ奈緒は口にする。

「富永さんとの出会いが、そもそものきっかけだったんじゃないですか。我々にはそのあたりについて嘘《うそ》を言っていた」柴崎は言った。「性格に難がある松原さんよりも穏やかで収入も多い富永さんのほうがいいと思ったわけだ。そのためには松原さんと別れるしかなかった。でも、彼の気性から言って、ほかに好きな男ができたから別れるなんてとても言えない。そこで思いついたのが――彼をストーカーにする――ではありませんでしたか？」

奈緒はいつの間にか小刻みに息を吐いては吸っていた。落ち着きはすっかり消え失《う》せている。

「彼の気性を知り尽くしているあなたは、どう呼びかけ行動すれば、彼があなたに対して憎しみを覚えるか、わかっていましたよね」高野が代わって言った。「そして、それを態度に出した。少しぐらい暴力をふるわれてもいい、いや、暴力をふるわれればふるわれるほど、うまくいくと思った。それだけでも足りないと思ってあなたは、漫画喫茶からあなた自身のスマホあてに、松原を装《よそお》う脅迫メールを送りつけたりした。そのうちに予想通り松原の暴力がひどくなり、限界を超えたと感じたころ、あなたは警察に泣きついた」

高野はそこまで言うと、あとはまかせますという顔で柴崎を見やった。

「誤算は七十万円という額を提示されたことです」柴崎は言った。「着服が明るみに出てしまえば、警察沙汰《ざた》はおろか富永さんさえ失いかねない。あなたはあせった。単純に別れられればそれでいいと思っていたのに、松原は必死で食らいついてくる。で、あなたは……松原敦史がこの世から消えてしまえばいいと思うようになった」

消えるという言葉を耳にして、奈緒は見えない穴に足を取られたように目を見開き、足下を見つめた。

「そのためにはとことん、彼を追い詰める必要が出てきた」柴崎は言う。「公衆電話からひどい言葉でののしったんじゃないですか？　彼が常軌を逸してしまうような。会社を辞め、住んでいる場所さえ引き払い、失いかけている女の住まいを必死になって探り出すまで追い詰められるような。リベンジポルノさながら、つきあっていたときの裸の写真を送りつけられたとき、あなたは内心小躍りしたはずだ。そして、彼はあなたの望み通りの選択肢を選んだ」

高野が引き継いで言う。「奈緒さん、あなたは自分の居場所の安全を確保しつつ、松原を近づかせた。そこは警察に守られており、二度と近づけないという絶望感を彼に与えるには十分だったんです。そうするためには、まず彼に自分の居場所を知らせる必要があった。引っ越し先を松原が知ったのは盗聴器が仕掛けてあったためであるよう偽装した……われわれはあなたに見事に引きずり回されました。お認めになりますよね？」

高野が一息に言うと、ハンドバッグから逮捕令状を取り出して奈緒の眼前にかざした。偽計業務妨害の逮捕状だ。

このあと、取り調べの推移を見つつ、脅迫罪で再逮捕されるだろう。警察を利用し、かつての恋人をストーカーに仕立て上げた罪は実刑に値するはずだ。

「わからないのは、どうやって松原があなたの元のアパートに行くように仕向けたかということです」

高野が声をかけると奈緒は頬を膨らませ尖《とが》った視線を返してきた。長い髪を両手ですくうように、うしろへもっていった。

「下着……、引っ越しをあんまり急いだせいで下着を入れた紙袋を忘れてきちゃったって電話でグチをこぼしてやったのよ。あいつ、絶対それに食いつくと思った。まさか部屋を借りちゃうとは思わなかったけど」

人が変わったように、しおらしい態度が失せた女を柴崎はまじまじと見つめた。

10

「ストーカーの被害者が被害を大きく見せるために、自分宛《あて》のメールを自作自演するケースはありましたが、恋人だった者をストーカーに仕立て上げるというのははじめてです」

　ストーカー対策室規制係長の女性警部は言った。

　髪が短く、勝気そうな顔立ちだ。

「わたしも聞いたことがありません」

　坂元が答える。

「竹井の取り調べはいかがですか？」

「二勾留《ふたこうりゆう》目に入って、徐々に応じはじめていますよ」

　助川が言う。

　本部のストーカー対策室から、事案についての聞き取りをしたいという要望があり、所属する女性刑事がふたり来署したのだ。綾瀬署側からは署長の坂元のほかに高野も顔を見せ、女性四人がソファで対面する形になっていた。男性陣は助川と柴崎だけだ。

「亡《な》くなった松原をストーカーに仕立て上げるために、竹井は頻繁にネットのＳＮＳを使ったそうですね」

　規制係長は主だった二つのＳＮＳ名を口にする。

「そうなんですよ。別れたあとも、警察の手前、自分のＳＮＳからブロックして松原には見せなくしていたんですけどね。でも、彼女の仲間うちで『松原にもいいところがある』とか『わたしがいなくなったら、あの人はまともに生きていられない』というような書き込みを随分していました。めぐりめぐって、松原にも届くように計算して」

坂元は松原のスマホに残されていたSNSのやりとりのスクリーンショットを見せた。

それを見ながら規制係長はしきりにうなずき、

「ブロックしている相手でも、仲間うちには共通の知人がいるだろうから届きますよね。こんな文句を松原が見れば、まだ自分のことを思ってくれていると感じてしまいますよ……ひょっとして、竹井奈緒は新しい恋人ができたこともネットに書き込んだんじゃないですか？」

坂元はうなずいた。

「ええ。証拠としてその書き込みも上げています。松原はそれを見て逆上したはずです。その日を境にして、ストーカー行為が激しくなっていますから。もっと悪質なのは、竹井のほうから別れを持ち出したあとも、たびたび肉体関係を結んで、そのたび仲直りするような形に持って行ったことですね。そもそも、交際をはっきり断絶したという言質《げんち》が取れなくて」

松原の周辺の聞き込みからも、のちに判明した事実だ。

「肉体関係をもてば、まだ愛情はあると考えますからね」規制係長が言う。「そのあたりの駆け引きをうまく行なったんでしょう」

「おっしゃる通りです」

坂元は言うと、高野を見やった。

「恵比寿にある高級ホテルで関係を持って、そのあとに中目黒のフレンチレストランに行きます」受けた高野が続ける。「竹井に言わせると隠れ家のような店だそうで、コース料理を食べてから、勝手知ったる渋谷で、あらかじめ自分が品定めしてあった買い物コースに連れ出すというパターンです」

「そこで毎回毎回、松原にプレゼントを買ってもらったわけですか?」

規制係長が訊《き》く。

「嬉々《きき》として買ってくれたと言っています。松原にとってはそれが望みの綱になっていたのかもしれません」

「一定の習慣を作っておくと、それを失ったときの喪失感は計り知れないですから。その効果を狙《ねら》っていたとしたら、かなり悪質だと思います」

それが相手に対する憎しみに変わり、ストーカーと化していく要因になったのだろう。

「暴力がひどくなってからは、セックスはしていないんでしょ?」

ふたたび規制係長が訊いた。

「会うだけになったと言っています」高野は続ける。「巧妙なのは松原が実家に謝りに行ったときです。奈緒はあらかじめ母親に、彼のことを、いまは大きなストレスを抱えていて苦しんでいるが、収入も多いし将来性がある人だと吹き込んでいたんです」

「……だから親も許して、結果的にストーカー行為が続いたわけね」規制係長は言った。「松原さんの会社のほうにも工作をしていたんですか?」

「松原さんが勤めていた会社は、大所帯ではありませんが、交際している女としての文面ではなく、ひどい内容のメールを送りつけています。会社も放っておけなくて、松原は上司から人間関係について根掘り葉掘り訊かれたそうなんですね」

「そんなことをされたら、社にはいられなくなってしまいますね。ウラはとれていますか?」

「もちろん、とっています」坂元が高野に代わって答える。「竹井も認めています。わたしが思うに、松原さんが自殺まで追い込まれた決定的な原因は、自殺前に、竹井奈緒が人格を否定するような発言を公衆電話を使って松原さん宛に、何度もしたことだと思います」

「どんな内容ですか？」

坂元は眉《まゆ》をひそめ、規制係長の方に身を乗り出した。

「それについては竹井本人もなかなか口にしなかったのですが、昨日あたりから少しずつ話すようになって。松原のことを生ゴミにたとえたようなんです」

柴崎も思わず聞き耳を立てた。

「生ゴミ……ですか？」

規制係長に訊かれ坂元はうなずいた。

「竹井はこう言ったそうなんですよ。——あなた生ゴミなんだもん。生きてるだけでみんなの迷惑なんだよね。くさい臭《にお》いがずっとしてるの、自分でわからないかなあ。いまからすぐにごみ収集車の中に飛び込んでくれない、と」

座がしばらく静かになった。

信じがたい言葉だ。相手を傷つけるだけでなく、完全にその人格を否定するため、故意に投げつけたのだ。

規制係長は身を引くように、

「竹井本人は松原を自殺にまで追い込む気で言ったんでしょうか?」

とだけ口にした。

「そこまでの気持ちはあったかどうか、現段階ではわかりませんが、松原が目の前から永遠にいなくなればいいと竹井が願っていたのは、ほぼ間違いないと考えられます」

「……どちらにしても露見するのを恐れて、公衆電話からかけたんですね?」

「そう見ています」

「見かけとは異なり、かなり狡猾《こうかつ》な女だと思います」柴崎はようやく割り込むことができた。「殺意とまでは言い切れないですが、それに近い感情はあったろうと思います」

「竹井奈緒のほうも、それなりにひどい仕打ちを受けていました。やられたらやり返すというのが彼女の気質かもしれませんし」

横から高野が口をはさむ。

「解釈しすぎじゃないかしら」坂元が高野を見ながら冷ややかに言う。「ずっと張りついていたんだから、彼女の細かな工作を早い段階で見抜くべきだったわね」

高野は表情を強ばらせた。

「お言葉ですが、人間の恐ろしさをおわかりになっていないと思います」

言われた坂元は顔色をかえた。外部の人間がいる前で、恥をかかせられたと思ったのかもしれない。柴崎はつい口にしていた。

「署長、取調官によると、竹井奈緒の生い立ちにも重大な問題があるということで、今回の事案はなかなか一筋縄ではいかなかったと思いますよ」

それがどうしたという顔で睨《にら》まれて、言葉が続かなかった。

脈の制動

1

十一月二十五日月曜日。

名前を呼ばれて、柴崎はキーボードを打つ手を止めた。気づかぬうちに、高野朋美がデスクの前に立っていた。

午後三時をすぎて、警務課の課員はみな事務仕事に没頭している。副署長席も空だ。

「吉岡《よしおか》記念病院に行ってきました」

高野が言った。

「……おまえが出向いてくれたのか」

「はい、課長から行けと命じられて」

柴崎が依頼した案件ゆえに、浅井は高野を指名したのだろう。

「で、どうだった？」

高野は立ったままメモ帳を開いた。

「問題の患者は、宇川和信《うがわかずのぶ》三十三歳。昨日、救急外来で不整脈を訴え、急きょ検査入院しています」

冴《さ》えない表情だ。覇気が感じられない。松原が自殺を遂げて以降、あっけらかんとした態度がなりを潜めている。言われたことを機械のように淡々とこなしているだけのように見える。

「そいつと会ったか？」

「いえ、個室に入っているので。刺激してもいけないと思って」

たかだか検査入院で個室か。

「容態が悪いのか？」

「それほどでもないらしくて。ベッドで安静にしているようですけど」

「点滴ミスとか言ってごねている？」

高野はメモ帳に目を落とした。「はい、こう言ってるそうです。『三号液を使っただろ、おれを殺す気か』って」

「三号液？」

「点滴で通常使う維持液です。電解質がバランスよく配合されていますが、心臓病には危険なカリウムも含まれています」

「カリウム……？」

心臓病の患者にカリウムは禁忌のはずだ。大量に摂取すると、電解質の代謝が阻害《そがい》されて心筋に異常をきたし、心臓が止まるケースもある。犯罪にも、たびたび使われる要注意の製剤だ。柴崎は以前、警察雑誌の記事を読んで知っていた。

「宇川本人はそう主張していますが、病院側は一号液を使ったと言っています。処方《しょほう》箋《せん》を見ましたが、たしかにそうなっています」

そもそも、三号液などという専門用語を一般の人間が使うだろうか。

「本人はどうして、三号液を使ったと言い張っているんだ？」

「左上腕の静脈に点滴のカテーテルを刺しているのですが、そのあたりがひどく痛んだらしくて、それで本人が看護師を呼んだそうです。念のために血液検査をしたら、カリウムの値が5・5ミリグラム当量近く出たということです」

「5・5？」

「5・5を超えると高カリウム血症と診断され、6・0を超えると心停止のリスクが大きくなるらしいのですが」

「そうか……どっちにしても、心臓病にカリウムはだめだよな」

「そうですね」

西綾瀬にある吉岡記念病院には、警視庁を退職した義父《ちち》の山路《やまじ》直武《なおたけ》が総務部長として勤務している。午前中、その山路から電話が入り、妙なクレームをつける患者がいるので調べてもらえないか、という要請があった。断るわけにもいかず、署長を通さずに、直接、刑事課長の浅井に相談を持ちかけたところ、捜査員を送ってみるかと言ってくれた。それを受けもたされたのが、ほかならぬ高野だったのだ。

「点滴に使った道具は残っているのか？」

「点滴チューブを含めて、すべてあります」

「そのチューブは見たか？」

「見ました。はっきり、一号液と書かれています」

事務的な受け答えに終始する。さほど熱意が感じられない。

「……そうか」

病院側が誤って三号液を使い、それを隠しているということはないだろうか。あとになって、一号液にすり替えるぐらい朝飯前のはずだが。

しかし、よりによって義父が勤務する病院で、医療過誤もどきの事案が発生するとは夢にも思わなかった。

そのとき、署長室のドアが開いて、副署長の助川が姿を見せた。

柴崎は席を立ち、この事案について説明した。

「山路さんのとこか」助川が言った。「ほうってはおけんな。署長に話を通しておいたほうがいい。浅井を呼べ」

命令を受けた高野が、足早に警務課を出て行った。

2

「宇川和信の病状はどうなんです？」

ソファに座るなり、坂元に訊《き》かれた。

「本人は不整脈が出たと主張しているのですが、検査はこれからです」

浅井の横で高野がさらりと答える。

「初診なの？」

「吉岡記念病院にかかるのははじめてと聞きました」高野が続ける。「胸の痛みを訴えていて、本人から点滴を頼むと言われたので、病院側もそれに応じて点滴を開始したそうです」

「宇川は怒っているの？」

口のきき方がきつい。自分を通さないで、柴崎が刑事課に話を持っていったからだ。

「看護師を呼んだときはかなり興奮して、口汚い言葉を吐いたようです。ふざけるな、本当に看護師かとか、そのような感じの」

「それで、『三号液を使っただろ、おれを殺す気か』と叫んだわけね？」

「担当していた看護師に看護師長を連れてこさせて、ふたりの前でそう言ったとのことです」

署長を前にして、高野は以前にも増して、感情を表に出さない。

「おだやかじゃないですね」坂元は言うと、厳しい視線を浅井に送った。「どう思います？」

「高いカリウム値が出たのであれば、このまま放置しておくわけにはいかないと思いますが」

浅井は固い口調で答える。

「人命に即、かかわりますからね。どう対処します？」

「病院側の落ち度も視野に入れて、点滴用具などの証拠物件を押収《おうしゅう》する必要があります」

「その前にもういっぺん、山路さんの話を聞いたほうがいいんじゃないか」

とりなすように助川が口をはさんだ。

「代理、いかがです？」

坂元にきっと睨《にら》まれる。

「医療過誤という事態に発展した場合は、医師や看護スタッフの責任に帰すはずですので、今回の場合、総務部長の義父には特段の責任は発生しないと思うのですが」

慎重に言葉を選んだ。山路をことさら、前面に出したくはない。

「その宇川っていう男はどんなやつだ？」

助川が高野に向き直った。

「妻子持ちで、西新井にあるパチンコ店の店員です。前科はありません」

事務的な口調で高野が答える。

「見た目は？」

「痩《や》せ型で、短めの髪をした男です」

「どんな顔つきだ？」

「ちらっと覗《のぞ》いただけなので、顔は見えませんでした」

「面《ツラ》ぐらい拝んでこいよ、まったく」

「……すみません」

しおらしく謝る高野だった。いつもなら二言三言、口答えするはずだが、反論の意思がまったく感じられない。

退出するよう命じられ、高野が署長室をあとにする。

その後ろ姿を目で追いながら、坂元が、

「元気ないわね」

と口にした。

「そうですね」

浅井が答える。

「竹井奈緒の事案を引きずっているのかしら」

松原敦史は、つきあっていた竹井奈緒にストーカーに仕立て上げられた末に命を絶った。事案に深く関わっていた高野は自責の念を抱いているのだろう。

「ショックは大きかったと思いますが」浅井が憂《うれ》わしげな顔で言った。「こだわっているのは、あいつらしくもない」

「それはそうと、業務上過失傷害に発展した場合に備えて、慎重に捜査を進める必要がありそうですね」坂元が気を取り直すように言った。「証拠物件の押収と病院側の関係者の事情聴取を進めてください」

「承知しました。野呂に当たらせます。これから、捜索差押令状の請求をして、明日の朝一番に送り込みます」

野呂は刑事課の銃器薬物対策係の係長だ。薬物だけでなく、医療関係全般にも詳しい。

「それから代理、たとえ警視庁ＯＢの勤務先であっても、犯罪にかかわってくるであろうと予想される事案については、必ずわたしを通すようにしてください」

正面から見据えるように言われて、柴崎は背筋を伸ばした。

「はっ、申し訳ありません」

「宇川和信についても最低限の事情聴取はしろよ」助川がまなじりを決して柴崎を見た。「この件についちゃ、最後まで面倒みろ」

山路が関係しているだけに、さすがに拒めない。坂元の強い視線も感じられた。

「わかりました。病院に同行します」

思いもよらぬ展開に不明を恥じながら、柴崎は深々と頭を下げた。

早々に収拾を図らなければならない。

3

翌朝。

刑事課の野呂係長をはじめとする係員とともに、柴崎は吉岡記念病院におもむいた。午前十時を回っていた。

グレーのスーツを着込んだ山路に迎えられ、別室に案内される。

「うちの職員には警察に全面協力するように伝えてあるから」と山路は肩を並べて歩きながら言った。髪を長めに伸ばしており、血色もいい。

「助かります。関係者はどちらに？」

「六階の会議室に集めてある。担当医と看護師、看護師長も待機させているから。点滴用具一式も、間違いなく提出するよう申し伝えたよ」

それを聞いて、野呂は、「じゃ、そっちに行こうか」と係員に声をかける。

実況見分よりも物品の差押えが急務だと野呂は言っていた。

ここはまかせろと先頭に立った野呂の太った体がエレベーターに収まるのを見届けてから、高野とともに総務部長室に入った。

応接セットと木製デスク、そして背面の高いレザーの椅子《いす》が押し込められた小ぶりな部屋だ。デスクにノートパソコンが置かれている。

山路はソファに座り忌々《いまいま》しげな顔で柴崎と高野に向き合った。「令司《れいじ》くん、宇川なんだが、昨日の晩、勝手に退院してしまってさ」

「え？　退院ですか？」思わず高野と顔を見合わせた。「検査はまだ途中なのに」

「引き止めたのに、まったく聞き入れなかった」山路は言った。「精算もせず、タクシーを呼びつけて出て行ったよ。夕飯を食ってすぐに」

「失礼ですが、こちらの病院を信用できなくなって、飛び出したんではありませんか？」

単純な医療ミスを犯すような病院であれば退院を決断してもおかしくない。

「そうじゃない。三号液の件が発覚したあと、わたしが宇川に、検査を続けてもよいか問い質《ただ》したんだよ。そしたら、あっさり、お願いしますと言ったからね」

「ではどうして？」

「きみから、警察が入る旨《むね》の連絡を受けたあと、改めて、彼の病室を訪ねたんだ。夕飯の時間帯が終わりかけたときだ。警察が入るかもしれないとほのめかした……」

「そのあとに出て行ったんですね？」

「そうなんだ。三十分もたっていなかったようだ」

警察に介入させたほうが自らの利益になるはずだが、なぜ病院を去ってしまったのだろう。

ぼんやりした表情をしている高野に、訊きたいことはないかと声をかける。

「宇川さんご本人がどこかよそで検診を受けていて、ご自身に不整脈があるとわかっていた上で受診された可能性はありますか？」

いつになく丁寧な言い回しが、不自然なものに映る。

山路は高野を見やった。「それについては聞いていない。よくめまいがするらしくて、ときどき自分で脈を取っていたようなことを言っていたらしい」

「それでわかるのですか？」

「慣れてくれば、トントントンとあるところが、トントンツーっていう感じで抜けてるのがわかるそうだけどね」

高野は首を傾《かし》げた。「……でも、どうして三号液だとわかったのでしょう」

「知らんよ。昨日も伝えた通り、点滴のカテーテルを刺しているあたりが痛み出したからだと主張してたがな」

「カリウムが入っただけで、痛み出すようなケースはあるんですか？」

柴崎が訊いた。

「個人差はあるが、大量に投入された場合なんかに、針が刺さった血管のあたりが痛むことはあるようだよ」

「今回の場合、かりに一号液ではなく三号液だとしても、大量に投与されたわけではありませんよね？」

「そうなんだ」山路はうなずいて続ける。「直接、塩化カリウムを静脈注射したときに痛みを訴える患者も、ごく稀《まれ》にいるらしいんだが」

「あの……塩化カリウムの注射を要する病気とはどのようなものになりますか？」

高野が口をはさんできた。

「拒食症とか利尿剤をたくさん投与されている人などの場合、カリウムが不足するんだそうだ」山路は受け売りのような感じで続ける。「一気に注入すれば、その近くの血管が腫《は》れて痛みが発生するはずだが、宇川の左上腕のあたりは特段腫れてもいなかったし、痛みを訴えるのはおかしいと医者や看護師たちは言っているんだよ」

詳しい事情は、野呂たちが細大もらさず訊いてくるだろう。

それより、彼が病院からいなくなったことが気にかかる。

「宇川さん本人と会って、話を聞いたほうがよさそうですね」

「そうしてみてくれるか」山路はすぐに応じた。「勤め先は知ってるか？」

「聞いています。なにかわかりましたら、すぐにお知らせしますので」

「ありがとう」

山路はほっとしたような顔でうなずくと、席を立った。

高野が部屋から出たあと、呼び止められた。

「人事一課の今枝と会ったんだろ？」

驚いた。山路にまで話が通っていたらしい。

「はい、会いました」

「やっこさん、ずっと令司くんの返事を待っているみたいだけどな」

「そうですか」

まだ今枝にはこの自分を受け入れる意志があるようだ。

あの場で蹴《け》ってしまったとばかり思っていたのだが。

「どうなんだ？　なかなかいいポストじゃないか」

「それはそう思いますが」

今枝と会ってから数日、広報課で働く自分を頭の中で思い描いたのは事実だった。

しかし、その仕事は面白みに欠けると考えている自分に気がつき驚きもした。所轄署《しょかつしょ》の雑多な活動に身を置けば、それなりに刺激されるものもあるのだと。

今枝には一度、その旨《むね》を伝えておかなければいけない。

言葉足らずとは思ったが、山路にはそれ以上の説明はせずに部屋を辞した。


「すまなかった」

柴崎はセダンのハンドルを握る高野に声をかけた。

西新井駅西口の路地を走行している。

「何がですか？」

「正直、たいした話じゃないと思ってた」

うるさ型の患者の苦情に義父が敏感に反応しただけで、多くの捜査員の手を借りるような事態にはならないと踏んでいたのだ。

「構いません。わたし、業務上過失事案の捜査ははじめてですし」

形式張った声からは本音が感じられない。

「風邪でもひいたか？」柴崎は言った。「元気がないぞ」

「いえ……」

「松原のことが頭から離れないのか？」

大型店舗が建ち並ぶ東口と違い、空き地の目立つ閑散とした通りだ。

高野は前を見たまま、つぶやく。

「……昼も夜も、ずっと竹井奈緒に張りついていたし。思えば、おかしな言い回しや行動があったんです」次第に声が震えてくる。「あのとき、きちんと対応していたら、最悪の事態は絶対に防げたはずなんです」

「いまだから言えることだ」

「……あれこれ思い返すと眠れなくなってしまって」

「考えすぎだぞ」

「結果的にひとりの命が失われました。わたしの落ち度に変わりありません。あれを見抜けなかっただなんて……」

じっと前を見つめたまま、沈んだ声で続ける。

「相手が悪すぎたんだ」柴崎は言い聞かせる。「一度失敗したからといって、そんなに落ち込んでたんじゃ、この先、やっていけんぞ」

高野は、暗い顔つきのまま肩で息を吐いた。

「わたしは刑事に向いていないのかもしれない」

何を言うかと思えば。

「どうしたんだよ。おまえらしくもない。今回だって、署長はおまえを信頼したから

こそ、こうして送り込んでいるんだし」

「たまたま初動で関わっただけですから」

高野は投げやりに言った。

「キャリアはじまったばかりじゃないか。くよくよするな。前を向け、前を」

気が利《き》いた言葉が浮かばず、歯がゆい。こんなとき、ベテラン刑事なら何と言って勇気づけるのだろう。後輩を励まし、自信を持たせることも、管理職たるものの責務に含まれる。だが、内勤育ちの自分にそれは無理なのか。

「そうですね、いつまでも引きずっていちゃいけない」

それでも少しは気持ちが届いたらしく、高野はハンドルを力強く握り直した。とりあえず肩の荷がいくらか下りたような気がする。

「そうそう、その意気その意気」

高野は苦笑を浮かべる。「でも、今回、代理が署長を通さなかったのは、まずかったかもしれませんね」

言われるまでもない。事態はそもそも自分の想像を越えていたのだ。さらに厄介なことにならなければよいが。

「業過《ぎようか》か」

病院側の落ち度であれば、業務上過失傷害事案になる。カリウムが絡《から》んでいるのだから、業務上過失致死傷に発展する可能性も否定できない。

「そこです」

一方通行の道の先に、新台導入の幟《のぼり》が立っているのが見えた。小さなパチンコ店だ。裏手は西新井駅だ。

「気を引き締めてかかろう」

翳《かげ》りを残した表情の高野に声をかけた。

4

パチンコ店の二階にあるレトロ調の喫茶店だ。ところどころに仕切り席が並び、天井からは古めかしいシャンデリアが吊《つ》り下がっている。制服を着た宇川和信は、奥まった席を選んで腰を落ち着けた。

身長は百六十五センチあるかないか。胸ポケットにパーラメントの箱が窮屈そうに収まっている。

痩せた体を丸めるように、壁を背にして座った和信は、目を合わせようとしない。腫れぼったい顔だ。ワックスで長髪をオールバックにまとめている。

柴崎は向かい合う席についた。濃い茶系のビロード布で覆《おお》われた古いソファは柔らかで、体が深く沈み込む。

やって来たウェイトレスに、コーヒーを三つ注文する。

言葉をかけずに見つめていると、和信は辛抱しきれないように、

「ここ、ナポリタンが名物なんだけど」

とつぶやくように言った。

メニューによれば、スパゲティナポリタンには、目玉焼きとハンバーグが付いて、サラダと飲み物がセットで千円となっている。だが、そのようなものをいま食べさせるわけにはいかない。

「仕事中、お邪魔して申し訳ありません」

柴崎は口を開いた。

「いや、いいんです」

へりくだった態度で言うと、和信は髪に手をやりながら、柴崎の顔を見た。細く切れ長の目は、相手を威嚇《いかく》するのに向いているかもしれない。

「こちらの店は長いんですか?」

「ああ、もう丸二年になります。けっこう、待遇がいいんで」

「それでね、宇川さん、この件の調べを本格的に始めているんですが」柴崎は声をかける。「昨日、退院したばかりで、もう仕事に出ていいんですか?」

「そのあたりも、融通が利くので」

となりにいる高野に視線を送ると、

「ご体調はいかがですか?」

とようやく質問を口にした。

「ああ……大丈夫です」

「カテーテルを刺したところが痛むと聞いていますが」

言いながら、高野は相手の左腕に目を当てている。

対象者を前にして、さすがに黙っているわけにもいかないと悟ったようだ。

和信はそのあたりを、こちらに見せようとはしなかった。

運ばれてきたコーヒーを半分ほど、ひと息に流し込む。

喉《のど》が渇いているというより、間がもたないので、そのようにした感じだ。

「いや、もう、ほとんど」

それについては触れてくれるなとでも言いたげだ。

自分が取った行動のせいで、警察の介入を招いたことにたいする照れ隠しのようにも受け取れる。あるいはいまになって後悔しているのかもしれない。

「こうして、お邪魔させていただいたのは、ほかでもありません」柴崎は続ける。「病院のほうも宇川さんの容態について、心配しておられましてね」

和信は答えず、ふたたびコーヒーカップを口に持っていった。

「主治医の寺田先生が、もう一度、しっかり検査させてほしいと仰《おつしや》っています」

高野が説得口調で言う。

「……そうですか」

胸ポケットに手をやり、タバコを取り出そうとしたがやめた。

「不整脈はお苦しいでしょうね」柴崎が言う。「やっぱり、ご自分でもおわかりになるんですか?」

「夕方なんかに、脈が飛ぶときがあって」

目を細め虚《うつ》ろな顔で言う。

「めまいもします?」

「ときには」

「これまで、ほかの病院にかかられなかったのですか？」

身を乗り出すように高野が訊くと、和信は面倒臭げに視線を彼女に持っていった。

「前に一度。息切れしたりするんで、この近くの病院にかかりました」

「そのときの診断は？」

「喉の奥にボールがつまったような感じがするって言ったら、不安神経症と診断されて、抗不安薬を処方されちゃって」

ふてくされたように返された。高野は少し驚いたように、

「心臓病ではなくて？」

とすかさず訊いた。

「そのときは、そうでしたよ」

意外な気がした。不整脈を引き起こすようなストレスを抱えている風には見えないが。

差し支えなければと断り、高野はその診断を下した病院名を訊きだしてメモした。

「失礼ですけど、医療関係のお仕事に就いていたことはおありですか？」

柴崎は訊いた。

「いや、そっち方面はないです」

何気ない調子で答えたのが気にかかる。

「もうひとつよろしいですか」高野が強い調子で訊いた。「これまで、大きな病気で長期間、入院されたご経験はありますか？」

和信は視線を外し、硬い表情で、

「ないですね」

と答えた。

「風邪や熱中症などにかかって病院で点滴を受けたことはありますか？」

もうこのへんで勘弁してほしいという様子で、和信は首を横にふった。

「わかりました。関係者の皆さんも心配されています。他の病院でも構いませんので、改めて、検査を受けていただけませんか？」

柴崎がそう口にすると、納得したような表情で和信はうなずいた。

伝えるべきことは伝え、訊くべきことは訊いたと判断した。これ以上、問いかけるべき事柄も浮かばず「では、失礼します」と柴崎は言った。

去り際《ぎわ》、高野が、「奥さまによろしくお伝えください」と声をかけると、和信は硬い表情で、「はい」とだけ答えた。

支払いをすませ、三人で店を出るときも、化石になったような強《こわ》ばった表情のままだった。

クルマに戻り、署に向かった。

来たときより高野はきびきびと運転している。

「子どもがいるって話だよな」

柴崎から口を開いた。

「はい、二歳になる男の子が」

「綾瀬駅近くの賃貸マンション住まいだったな」

「はい。駅から歩いて五分の」

「別れ際、どう思った？」

「代理も気づかれましたか？」

ルームミラー越しに、高野と目が合う。

「わかるさ。おまえが奥さんと言っただけで、頬のあたりが引きつってたぞ」

高野は苦笑しながら、一時停止の標識のところでブレーキを踏んだ。

「そうですよね。あれから、口をきかなくなったし」

「奥さんは何をしてる？　専業主婦か？」

ホールスタッフの収入だけでは、家賃の支払いも辛《つら》いだろうに。

「調べていません。でも、一度会って話を聞いたほうがいいような気がします」

ここまで来た以上、周辺人物の事情聴取は避けて通れまい。

しかし、そこにまでつきあっている余裕はなさそうだった。

きょうと明日は、装備資機材の一斉点検を部下と共に行わなければならない。

「そのぐらいはまかせて大丈夫だよな？」

「もちろんです」

高野は前方を見つめ、いくらか吹っ切れたような顔でうなずいた。

業務上過失傷害事案の捜査は初体験でもあり、強い意志が感じられる顔だった。ようやくエンジンがかかってきたようだ。

5

高野から電話があったのは、当直時間帯に入った午後五時半だった。

「いらっしゃれますか？」

急を告げる気配を強く感じさせる声だ。

「事態が進展したのか？」

あのあと、高野は和信の妻に会いに再び外出したはずだ。

「どうしても、見てもらいたいことが出てきました」

「何なんだ？」

「電話ではだめなんです。直接見ていただくしかありません」

有無を言わせない口調で返され、面食らった。名称と住所をメモして電話を切る。

指定されたのは常磐線綾瀬駅東口から五十メートルほどのところにある雑居ビルだった。常磐線の高架に沿った地域の中ほどにあり、繁華街と呼んでもいい場所だ。

駐車場が見つからず、現場に着いたのは電話を受けてから二十分もしてからだった。日はすっかり落ちている。

六階建ての雑居ビルで、一階は地元の電気店、二階には大手生命保険会社の看板がかかっている。そこから上の階には、袖《そで》看板がついていない。

電気店の入り口に置かれた激安セールのワゴンの脇《わき》に高野が立っていて、柴崎をみとめると店内に誘った。

店内から、高野は落ち着かない様子で通りをふりかえっている。

「保育園は、どこにある？」

柴崎が訊くと、人差し指を立てて、

「ここの四階にあります」

とあたりをはばかるような声で言った。

ビル内にあるとすれば、認可外保育園かもしれない。

「息子が預けられているんだな?」

「はい」

柴崎も通りを見やった。

まだ人通りは多い。車はあまり走らず、自転車に乗る人が傍を通りすぎていく。

張り込みさながらの高野の様子に、まだ事情が呑《の》み込めない。

「迎えに来る親を待っているのか?」

「その前に子どもを見てもらいたくて」

「母親に会ってきたんじゃないのか?」

「会うには会いましたけど、あんまり時間を取ってもらえなくて」

宇川和信の妻の尚美《なおみ》は、田端にある総合病院に勤める看護師で、一年前に和信と再婚したと高野は言った。もうじき二歳になる長男の裕太《ゆうた》は、前夫とのあいだにできた子どもで、生後半年からここの保育園に預けている。電車通勤の尚美は、毎朝、こちらに子どもを預け、勤務を終えた夕方、引き取りに来るという。

「再婚だったのか……」

柴崎は言った。

「はい、吉岡記念病院の看護師に奥さんの携帯の番号を教えてもらって、直接電話してみたんです。それで病院勤務の看護師とわかりました」

「よりによって看護師か」

「そうなんですよ」

ならば、専門的な対処の仕方を心得ているはずだ。

さらに疑問が湧《わ》いてくる。どうして、和信は妻が看護師である事実を告げなかったのだろうか。

「奥さんが勤めている病院で診てもらえば、何かと心強いだろうに」

柴崎は言った。「そのあたり、どう言っている？」

「胆石の手術の直前だったということで、会えたのはほんの二、三分でした。再婚だという以外、肝心なことはほとんど聞けなくて」

「奥さんは何歳になる？」

「三十五です」

「ふたつ年上か」

子どもをこの保育園に預けていることは同僚から聞いたと高野は言った。手術は、一時間半ほどで終わったものの、まだ忙しいので話せないと突っぱねられ、尚美に対して不信感を抱いたという。ならば保育園の関係者から事情を聞きたいと思い、訪ねることにしたらしかった。

「ここの保育園は一昨年まで、チェーンの居酒屋だったところを改造して作ったらしいんです」

高野は言った。

「認可外だな?」

うなずいた。「さっき、利用しているお母さんに訊きました。保育士の数が規定を満たしていないとか、いろいろあって認可が下りないんだそうです」

「そうか」

それでも利用者がいるのは、保育園の絶対数が足りないからに他ならない。

急《せ》かされるように、左手にあるエレベーターホールに入った。

高野とともに四階まで上がり、エレベーターを降りる。

目の前に電子キーの付いたドアがあるだけで、プレートなどは貼《は》られていなかった。

ここでいいのかと確かめると、間違いないという。

インターホンを押し、身分を告げる。

すぐ返事があり、二十秒ほどしてドアが内側から開いた。

エプロンをつけた太めの女が顔を出した。横にいる高野にまた来たのかという感じで、裕太ちゃんですか、と小声で訊いてきた。井上《いのうえ》と書かれた名札をつけている。

「もう一度会わせていただけますか？」

高野が頼むと、女は中に招き入れてくれた。

靴を脱いで上がる。

二十畳くらいの一間に、十五人ほどの子どもがいた。壁にゾウとキリンの切り絵が貼られている。応対に出た女以外に、エプロン姿の女性はひとりいるだけだった。その女性は絵本を読み聞かせていて、四、五人の子どもたちに取り囲まれている。

ほかの子どもたちは、床を這《は》い回ったり、おもちゃで遊んだりしている。カーペットのフロアには、うっすらとほこりが積もっている。部屋の隅に、幼児用の小さな食卓と椅子《いす》が並べられ、そのあたりにコンビニ弁当のようなプラスチック容器が雑然と散らばっていた。夕食を食べたあとだろう。

衛生面の意識が低いように感じられた。

奥の壁際に木の格子《こうし》でできたサークルがあり、その中に、天井をにらんだまま泣きべそをかいている男の子がいた。

応対に出た井上がその子に歩み寄ると、声をかけてサークル越しに抱き上げて連れてきた。

目のくりっとした可愛《かわい》らしい男の子だ。頰に涙が伝ったあとが残り、顔と手には黒い海苔《のり》のようなものを貼りつけている。

「裕太くん、どうしたのー」

保育士が声をかけると、裕太は彼女に抱きついた。柴崎たちをふりかえろうともしない。高野は決然とした表情でふたりに近づくと、強引に裕太を引き離したので、柴崎は驚いた。

裕太の耳元にしきりとささやきかけ、なだめながら、髪の毛をまさぐる。身をよじるように泣き出したが、保育士は黙って見つめているだけだ。

「ここ、見てください」

高野が頭頂部あたりの毛をより分けると、赤茶けた、かさぶたが見えた。

二センチほどの傷だ。縦に長い。

転んでできたものではない。転べば、頭の側頭部や前側に傷がつくからだ。

「ねえねえ、お姉ちゃんに見せてくれる」

高野は足をバタバタさせる裕太を抱きかかえると、足を柴崎に向けた。右足の指の付け根あたりに、丸い傷があった。その横の指にもほぼ同じ形の茶色い火傷《やけど》の痕《あと》が残っている。

服をたくし上げて背中をこちらに向ける。

ごく薄くだが打撲と思われる紫斑《しはん》が認められた。

高野から解放された裕太は、サークルに向かって走っていった。

保育士が機嫌を取るように声をかけながら、そのあとをついていく。

「……虐待《ぎゃくたい》か？」

柴崎はつぶやいた。

「間違いないです」

高野も小声で返した。

「和信だな？」

「はい。裕太ちゃん本人に確認しました」

「しかし……」

そのあとの言葉が出なかった。

継父が自宅で血のつながっていない長男を虐待している。

その男は、看護師である妻を頼ろうとせず、わざわざ綾瀬にある病院で受診し、奇妙な言いがかりをつけている。家庭で妻とうまくいっていないのは想像できる。

高野に促され、いったん保育園を出た。一階のエレベーターホールまで降り、そこで事情を聞いた。

「保育士たちは裕太ちゃんの虐待に気がついていました」高野は訴えかけるように続ける。「再婚して、三カ月ぐらいたったとき、顔にアザを作ってきたらしくて。そのときあたりから」

「どうして通報しなかった?」

虐待を発見した場合、通報の義務が生じる。義務に違反しても、罰則があるわけではないが。

「認可外だからかもしれないとも思ったんですが」高野は眉《まゆ》をひそめて言う。「どうも、お母さんから通報を止められていたようで」

「どうして自分の子が虐待されているのに、放置しているんだ?」

「わかりません。保育士たちによると、『何とかするから』と言って、そのたびに先延ばししているみたいで」

考え込むように口にする。

「母親はこれから、ここに来るんだな？」

「ローテーションを確認しました。遅番ですが八時前には来るはずです」

「旦那《だんな》は迎えに来ないな？」

「はい。一度も現れたことがないそうです」

「よし、コーヒーでも一杯飲んだ後、宇川尚美を待つか」

6

ほっそりした体つきの女が入ってきた。胸元が開いたラウンドネックのカットソーの上に綿シャツを羽織っている。白いストレッチパンツをはき、足元は黒のパンプスだ。

高野が近づいて、エレベーターの手前で声をかけた。

薄化粧をした女は立ち止まり、まじまじと高野を見た。

宇川尚美のようだ。

色白できめ細かい肌質だが、平たく陰影の乏しい顔つきをしている。

「こちらで待たせていただきました」

尚美は棒立ちになっている。

「え……そうですか」

ぎこちなく腕を動かし、エレベーターの開閉ボタンに指を当てようとする。

「お話を聞かせていただけませんか」

ぴったりと張りつき、高野が声をかける。

「あ、はい」

逆らう様子も見せず、あらかじめ決めてあった高架下の甘味処《かんみどころ》についてきた。途中で柴崎は自己紹介をした。

抹茶と和菓子のセットを三つ頼み、奥のテーブルに腰を落ち着ける。

尚美は硬い表情で革製のハンドバッグを胸の前で抱えたまま、視線を合わせようとしない。

「昼間はお邪魔してすみませんでした」

高野が声をかけたが、尚美はまとめた髪に手をやり、かすかにうなずいただけだ。

「ご主人の和信さんのご病気について、もう少し、お話を聞かせていただけたらと思いまして」

ふたたび高野が言うと、尚美は神経質そうに目をしばたたいた。「……何でしょう」

「ご主人、以前から、不整脈は出ていましたか?」

「何度かそれらしいようなことを言っていたのは聞いたことがありますけど」

歯切れが悪い。

「尚美さんが脈を取って、それで不整脈ってわかったんじゃないんですか?」

すかさず口をはさんだ。

「いえ」

尚美は顔をそらした。

「ご主人は脈が飛ぶのを自覚していらっしゃるようですし、めまいも経験していて、お苦しいようでしたよ」

尚美は視線をテーブルの端に当てたまま、

「家ではそんな様子はありませんから」

と煮え切らない様子で言う。

抹茶と和菓子が運ばれてきたので話が中断する。

「もう一度、お伺いしますが、ご主人が検査入院されたのはご存じでしたよね?」

高野があらためて訊いた。

「はい」

「あなたが勤める病院で検査を受けなかった理由は？」

「相談を受けなかったし……」

どことなく不安なものを感じた。このまま事情聴取を続けると、三号液のことまで高野は口にしそうだ。そこまで突っ込んで訊くのは時期尚早だ。それより、問い質《ただ》すべきことがあると思い、柴崎は、もう一度口を開いた。

「尚美さん、実はですね、先ほどふたりで保育園を訪ねて、裕太くんと会ってきました」

その顔が一瞬、赤らんだように見えた。

「足に火傷の痕がありますよね」

高野が言うと、尚美は俯《うつむ》いたまま視線をそらす。

「頭にも傷がありますし、体にもアザがあって」高野が続ける。「……ご主人の仕業ですよね？」

重たげな一重まぶたの下で、尚美の眼球がしきりと動いていた。

「あなたが恥じることではないですから」高野は言った。「尚美さん、お辛いんじゃありませんか？」

高野は言いながら、尚美の指に手を当てようとしたが、すっとそれは引っ込められた。

「……事故だったんです」

つぶやくように尚美の口から言葉が洩《も》れた。

「火傷がですか？」

尚美はうなずき、高野の顔を見た。

「頭もわたしがクルマに乗せるときに、ぶつけてしまって」

夫をかばっているとしか思えない発言だ。

「尚美さん、あなたは悪くないんですよ」

高野の言葉に、尚美は石のような表情になっていった。

どう受け取ってよいのか、柴崎には判断がつかなかった。

夫婦に、よほどこみ入った事情があるのだろうか。

「失礼します」

小声で言うと尚美は立ち上がり、小走りに店を出て行ってしまった。

呼び止める暇もなかった。

7

翌日。午後三時。刑事課。

「こちらが問題になっている点滴チューブになります」

野呂係長が奥まったところにある鑑識係のシマで口を開いた。ワイシャツの袖をまくっており、後退気味の広い額に霜のような汗が浮き出ている。べつの鑑識員と高野、そして坂元と助川が野呂を囲むように立っていた。

机に置かれた段ボール箱には、ビニール袋にくるまれた点滴チューブが六本、緩衝材のあいだに収まっている。

野呂が続ける。「当日は小俣敬子《おまたけいこ》という女性看護師が担当したのですが、彼女は使用後、循環器科の医療廃棄物容器に捨てたと供述しております。それに基づいて、容器の中に廃棄されていた二十六本の点滴チューブすべてを押収《おうしゅう》し、調べたところ、この六本から小俣の指紋が検出されました」

野呂は押収品目録をかざし、そこに記されたその六本を順に指さした。

それを見ながら、柴崎はおや、と思った。病院側は、使用したのは一号液と言っていたはずだ。しかし、いま野呂が示した中には、三号液も混じっているのだ。

同じように疑問を抱いたはずの坂元が目録に指を当てた。

「一号液が二本と三号液が四本……これ、ぜんぶ、その小俣という看護師が使ったの？」

「そうなんです」

野呂が答えた。

「どうして？」

野呂はどぎまぎした様子で、

「はあ、当日、宇川さん以外の患者も担当していたものですから」

「それはわかりました。その看護師が宇川に三号液を使った証拠は？」

「いえ、それはまだ出ておりません」野呂が傍らの鑑識員を見て続ける。「おととい、小俣は宇川さん以外に三名の患者さんに対して点滴を投与しています。宇川さん以外にも一号液を処方された患者さんがひとりいますが、ほかは、みな三号液を処方されています……」

「困ったわね。証拠がないんじゃ」

坂元が腕を組みながら言った。

「いえ。小俣は午前中に一度、宇川さんの点滴チューブを取り替えているのですが、取り替える前に、三号液を使った可能性があります」

野呂が自信にあふれた口調で言った。

坂元のとなりに立つ助川が口を開いた。「本当なのか？」

「当初、一号液を使っていたのは間違いないと小俣は申し出ましたが、事情聴取で、当日の朝、最初に宇川さんの点滴に使ったのは、ひょっとしたら三号液かもしれない、と供述してまして」

坂元が困惑した顔で野呂の顔を見つめた。

「となりの部屋の患者にも三号液を使っていたとか、たいていの点滴には三号液を使っているとか、あやふやなことを言い出しました」そこまで言うと、野呂は余裕綽々《しゃくしゃく》で続けた。「問いつめたところ、『わたしがミスをしたかもしれない』と白状しまして」

「その看護師がミスを認めたということ？」

「それが……記憶が定かではないと泣き出したものですから」

野呂は声を低める。

「まだ任同（任意同行）してきていないんだろ？」助川が言った。「病院で話したのか？」

「はい、医者と看護師長のいる前で」

「医師の処方自体は間違っていなかったんですね？」

念を押すように坂元が言った。

「カルテを押収してきました。一号液投与となっています」

きっぱりと野呂は言った。

「困ったことをしてくれたもんだ」

助川がつぶやくと、うしろで見守っていた刑事課長の浅井が口を開いた。

「吉岡記念病院は中規模病院で心臓外科はありません。宇川は循環器科で受け入れたのですが、そもそも心臓病患者の受診そのものが少ないらしいんです」

「担当した医者は、心臓病の専門医じゃないのか？」

「心臓病もいちおう扱ってますが、呼吸器が専門だそうで」

「でも受け入れたんでしょう？」

坂元がそう言って唇をとがらせた。

「担当医の寺田先生によると診察時に聴診器で心音を聞いたときは、正常だったように思えたので、とりあえず検査してみようと考えたそうです」野呂が代わってはきはきと答えた。「その結果を見て、より重症の場合は心臓病の専門病院を紹介するつもりだったと言っているのですが」

柴崎は机を回りこんで、野呂の横についた。「義父によると、現場も、本音のところは、どうしてうちを受診したのかわからないと言っているらしくて」

高野は、一言も発さず、硬い表情で聞き入っている。

「不整脈というのは、なかなか診断が難しいらしいんです」野呂が専門家気どりで言った。「本人が動悸《どうき》やめまいがすると訴えても、精密検査で異常が見つからない場合があったりしますし」

「ストレスでも起こると聞いたことがありますよ」

疑念の表情をくずさない坂元が言うと、野呂は大げさにうなずいた。

「そうなんですね。睡眠不足や疲労なんかが重なると、特別心臓が悪くなくても、不整脈が出る場合がありますから。肺が悪かったり甲状腺《こうじょうせん》に異常があったりしても出やすくなります」

「高血圧も原因になると聞いたことがあるぞ」

助川が言った。

「ええ。ですが、宇川の血圧は高くないし、狭心症《きょうしんしょう》の症状は皆無だと医者は言っています」きっぱりした顔で野呂が答える。「パニック障害などの精神症状から発症する場合もあるようですし」

「本人もかつて不安神経症と診断されたことがあると言っていました」

柴崎は口をはさんだ。

ある程度の年齢まで達すると、不整脈を訴える警官が増えてくるのはふだんから見聞きしている。

「不整脈についてはそのへんにしておきましょう」坂元が一息入れてから口を開いた。「発覚当時の宇川和信の血液は押収してきていますね？」

「押収済みです」浅井がうなずいて答えた。「今朝の便で、科捜研に送りました。至急で頼んだので本日中には分析結果が届く予定になっています」

「その結果を見れば、訴え出た時点のカリウムの量がはっきりしますね」そう言うと、浅井に目を移した。「ありえないカリウム値が出た場合は、小俣という看護師を業務上過失傷害の疑いで引致しますか？」

「そうすべきかと思います」

眉間《みけん》に縦皺《たてじわ》を作って浅井が答える。

「あの、宇川さんの奥さんについてご報告したいのですが」

話が一段落するのを待っていたかのように、少し遠慮した口調で高野が切り出した。和信の妻が看護師であり、長男が和信に身体的虐待を受けている旨《むね》につき詳しく報告する。

「それが今回の事案に関係するの？」

わけがわからないといった顔で坂元が訊いた。

「子どもの虐待はともかくとして、奥さんが働いている病院には心臓外科がありますし、夫をそこで受診させなかったことについて疑問を抱きました」

柴崎がフォローした。

「子どもを虐待するような男なんだから、夫婦仲は悪いんだろ」助川が言った。「女房も、はなから自分が勤めている病院を紹介しようなんて思わなかったんじゃないか」

「……それは、あるかもしれないのですが」

高野が小さい声で答える。

「子どもにタバコの火を押しつける人間は放置しておけませんね」

ただならぬ状況にあると理解した坂元が浅井を見やる。

「事実関係を調べます」浅井は言った。「そのうえで厳正に対処致しますので」

「お願いします」

「署長、よろしいですか？」野呂が太い体を署長に向けた。「ここに入る前、高野からその話を聞いて、少し思うところがありまして」

「なにかしら？」

「子どもに対する虐待と今回の業過が結びついている可能性を視野に入れるべきではないかと思います」

野呂が言い出したので、坂元は、

「どういうことですか？」

と問いかけた。

「看護師の小俣への捜査と並行して、小俣以外の人物による故意の犯行の線も捜査すべきではないかと」

「何ですって？」坂元が言った。「小俣以外に誰かが故意にやったとでも？」

「奥さんの犯行って言いたいんだろ」

助川に咎《とが》め立てされるような口調で言われ、野呂は珍しく気色ばんだ。

「裕太くんに対する虐待は継父の和信による犯行に間違いないと思います。それを目《ま》の当《あ》たりにしている尚美さんは、日々、大変な精神的重圧を受けているのではないかと思うんですよ」

「それで、こっそり、夫の点滴チューブをすり替えたと言いたいんだな」ようやく合点がいったように助川が言った。「自分が勤める病院から、点滴チューブを事前に持ち出して」

「その可能性もありますが、塩化カリウムのアンプルを点滴内に混入すれば簡単に行えます」

野呂が言った。

「奥方がこっそり病室に入り込んで、点滴のルートに塩化カリウムを注入したという見立てか？」

「むしろ、そのほうが合理的説明がつくのではないかと思うのですが」

「野呂係長は、奥さんが子どもに虐待を働く夫を亡《な》き者にしようと考えて、カリウムを注入したと考えているの？」

坂元が言った。

「その可能性は否定できないと思うんですよ」

日頃の小心さは消え失《う》せている。毅然《きぜん》とした面持ちで野呂は答えた。

ありうるかもしれないと柴崎も思った。むしろ、そう考えたほうが自然なような気がする。

坂元はふと思いついたように、「奥さんは、どうして子どもの虐待を警察に相談しないのですか」と言いながら高野と柴崎をふりかえる。「感触はどうなの？」

「相談しても解決できないと感じたのかもしれません」

柴崎は正直な気持ちを口にした。

家庭という密室内で行われる暴力については、第三者には容易に解決しがたい側面があるのだ。万一、外に漏らしたりすれば、さらなる暴力をふるわれると観念し、沈黙してしまう者も多い。

「高野さん、あなたはどう思う？」

「はい、宇川尚美がカリウムを混入したという筋読みは、いちおうの理屈は通りますが、わたしは腑《ふ》に落ちなくて……」

「旦那のほうはどうなんだ」助川が訊いた。「会ってきたんだろ？」

思い当たったように高野は助川を向いた。

「はい、和信の様子も気にかかりました」

「旦那は被害者のほうだと思うぞ」野呂が声を荒らげる。「立件に向けて、旦那が暴力をふるった証拠くらい見つけてこいよ」

「……そうしたいのは山々ですが」

「草の根かき分けてでも見つけてこい」

「必要な捜査はしますよ」高野は勢い込んで言った。「でも、暴力をふるう夫を点滴で殺そうなんて、場当たり的すぎると思いませんか?」

「何をいまさら」

野呂が言う。

「仮にも看護師なんですから」高野が食い下がった。「そのような見え透いた手は使わないかもしれません」

野呂は顔をそらし、坂元と浅井に助けを求めるような視線を送った。

「高野さん、あなた何が言いたいの?」

坂元に問い質《ただ》され、高野は顔を静かに上げた。

「宇川尚美以外の関係者にも、きちんと目を配っておく必要があります」

「まずは旦那か?」

助川が訊くと、高野は待っていたとばかりに「はい」と答えた。「宇川夫婦の経済状況や暮らしぶり、交友、すべて洗い出す必要があると考えます」

「あのなあ、子どもが虐待にさらされているんだぞ」助川が顔をしかめる。「ぐずぐずしていて、万一の事態にでもなってみろ。それこそ、非難を浴びるのはうちなんだぞ」

「ふたつの病院で、宇川尚美がどんな動きをしたかをつかむのが先決だな」浅井がつけ足した。「それだって簡単じゃない。むこうは専門家なんだから」

「そうですよ」我が意をえたとばかり野呂が追従する。「おまえは虐待の証拠でも見つけてこいよ」

柴崎ははらはらしながら、やりとりを聞いていた。

「もう少し、関係者の聞き込みを続けさせて下さい」高野は一歩も引かないという姿勢で坂元の顔を正面から見ている。「隠されている事実がまだあるような気がしてなりません。和信が吉岡記念病院を選んだ理由もわからないままですし」

「あの病院は自宅から近いし、とにかく不整脈でしんどかったんだろ」

野呂が口をはさむ。

高野は野呂を睨《にら》みつけている。「わたしなら、信頼できる心臓外科のある病院を選びます」

「それくらいにしなさい」坂元がもうたくさんだとばかり、ふりかえった。「高野さん、あなた、当てはあるの？」

「それを、これから、つかみに行きたいんです」

坂元は少し息をつき、改めて高野の顔を見た。

「わかったわ。あなたの好きなようにやってみなさい」

反論しようとした野呂の機先を制するように、坂元が背筋を伸ばした。

「言うまでもなく、虐待は放置できません。時期をみて児童相談所に通報します。野呂係長の班は吉岡記念病院の関係者の事情聴取と並行して、宇川尚美について徹底的に調べてください。柴崎代理は適宜《てきぎ》支援をお願いします」

野呂はまだ何か言いたげに口を半分開いたが、結局言葉にはせず、承知しましたとだけ答えた。

8

木曜日は午後一番で吉岡記念病院に足を運んだ。捜査員が実況見分をしているあいだに、山路に依頼して、警備員室でおとといの防犯カメラの映像を見せてもらった。

宇川和信が入院していた循環器科は三階にあるが、病棟に防犯カメラは設置されていない。設置されているのは、病院正面の入り口と裏口、そして救急患者搬送口の三カ所だけだ。その三つの防犯カメラの映像を注視したものの、宇川尚美らしい人物を見つけることはできなかった。

宇川尚美の運転免許証の写真を病棟の看護師たちに見せたが、彼女らしき姿を目撃した者はひとりもいない。病棟の患者に訊いても同様だった。

「うちのナースの制服を着て歩かれたら、患者も看護師も気づかないかもしれん」

不安げに山路は言った。

「病院については詳しいでしょうし、思いもかけないルートを使った可能性もありますからね」

言ってはみたものの、野呂が主張するように、本当にこの病院に侵入して夫の点滴にカリウムを混入したのかどうか、確信が持てなかった。

そもそもなぜ、和信がこの病院を選んだのかは依然として謎《なぞ》だ。

そのことについて山路に尋ねると、

「自宅から近いっていう理由だけじゃないか。うちだって病院の看板を掲げている以上、診てくれと言われた患者を最初からよそに回すわけにはいかんからな」

と答えた。

総合病院の看板を掲げている以上、仕方ない、わかってくれよという顔だ。

「宇川尚美が夫の病室に忍び込んだとすると、彼女が点滴にカリウムを混入するのを和信は目にするはずですが」

「午前九時から点滴を打ちはじめたそうなんだが、宇川は胸の痛みで前の晩は眠れなかったそうで、ぐっすり寝入っていたらしい」

それなら、妻が侵入したとしても気づかないだろう。

点滴ルートに混入するだけなら一分もかからない。点滴チューブには、別の薬剤を注入するための三方活栓が取りつけられており、そこへ注射器を使って注入するだけで済む。

やはり、看護師たちのすきを見て、病室に忍び込んだのだろうか。

浅井から、すぐ帰署しろとの電話が入り、あわただしく病院をあとにする。

署長室には野呂係長が先着していた。

尚美が勤務する病院で、なにかつかんできたのだろうと思われた。

「代理、聞いてください」坂元が口を開いた。「宇川尚美は外科病棟に勤務していますが、その病棟で塩化カリウムのアンプルが一本紛失していたそうです」

野呂が誇らしげにうなずいた。

「たしかですね？」

念を押す。

「はい。きょう、宇川尚美は非番でしたので、スムーズに捜索ができましたから」

やはり、尚美が夫を殺すためにアンプルを盗み出したのか。

「それだけじゃなくて」野呂は勢いこんで言う。「和信が検査入院した当日の午前中、休みを取っているのがわかったんですよ」

「……そのときのアリバイは？」

「まだ、それは取れていないんだ」挑むような顔で続ける。「さらに病院の複数の同僚が、彼女自身の口から、子どもが夫に虐待されていると話しているのを聞いています」

やはり、子どもの虐待が事件を誘引したのかもしれない。

「柴崎、現場の病院はどうなんだ？」

助川に訊かれる。

「……まだ、それらしい人物は見つけられません」

坂元はまだ何かありますかという顔で野呂を見た。野呂から答えはないので、また柴崎に向き直った。

「同じ看護師ですから、病院の構造はよく知っている。制服を盗むなりして紛れ込んだケースは充分考えられますよ」

「そうですね」

防犯カメラに宇川尚美の姿が映っていれば、決定的な証拠になるのだが。

「ここまで来た以上、尚美による殺人未遂を視野に入れたかたちで捜査を拡充する必要がありそうです」

もはや、言は尽くしたという様子で坂元は浅井に言った。

「承知しました」浅井が襟を正して答える。「吉岡記念病院にいる捜査員たちにも、その旨、徹底させます」

「そうしてください。手に負えないようなら、一課特殊班の応援を仰ぎます」

「そうですね」

捜査一課特殊班は医療関係事案の専門家を抱えているのだ。

柴崎はこの場にいない高野が何をしているのか訊いてみた。

「聞き込みに行くと言って出ていったきり、さっぱり戻ってこんな」

浅井が諦《あきら》めたような口調で言った。

「聞き込みですか……」

「高野なんかほっとけばいいんです。あなたの部下じゃないんだ」

野呂が口を尖《とが》らせて言う。

当て推量で聞き込みに出ても、さほどの成果は得られないだろうに。

「宇川尚美の扱いはどうしますか？」

あらためて訊くと、その処置はすでに決まっているらしく、もったいぶった顔で野呂が答えた。

「午後にも任意同行を求めますよ」

驚いた。

「任同？　もう、するんですか？」

「虐待事案が絡《から》んでいますから、ぐずぐずしてはいられません」

坂元がきびきびとソファを離れ、署長席に戻った。

助川にも反論する様子はなかった。特殊班を入れる前に、自分たちの手で解決に導きたいという意向が見える。

吉岡記念病院に第三者が侵入した証拠さえ摑《つか》めば、逮捕に踏み切りそうな勢いすら感じられた。

9

「もう一度、お伺いしますよ。夫の和信さんが、裕太ちゃんにタバコの火を押しつけたのは何年何月になりますか？」

野呂のしつこい問いかけに、尚美はほとんど反応しない。

「尚美さん、愛する我が子がひどい目に遭っているんだよ」野呂が語気を強める。

「母親だったら、気が気じゃないだろ」

「まあ……」

ようやく尚美は口を開いた。

野呂は少し間をおき、つとめて温和な表情で、

「それでね、あなたが勤めている病院で塩化カリウムのアンプルが一本なくなっています。これについてはご存じ？」

と訊いた。

「知りません」

野呂は腰を浮かし、尚美に顔を近づける。

「本当に知らないの？」

尚美はすっと横に顔をねじ曲げ、沈黙した。

野呂は座り直し、どうやって吉岡記念病院に侵入したのかと問いつめはじめた。尚美は両手をきちんと膝においたまま、身じろぎもしないで押し黙っている。

柴崎とともに、マジックミラー越しに見ていた坂元が、

「どうなのかしら」

とつぶやいた。

坂元同様、不安が胸に広がった。

「野呂係長は感情的になりすぎているような気がします」柴崎は言った。「場合によっては……取調官を代えたほうがいいかもしれません」

高野との衝突のせいもあるのか、焦《あせ》りに近いムードを感じるのだ。

坂元は当惑顔でため息をつき、

「そのほうがいいと思いますか……でも、承知してくれるかな」

と言った。

野呂が得意だと自負する医療関係の業務上過失事案なのだ。任意同行を先導した手前もあり、ここで、一気に攻め落としたいという気分に満ちているはずだった。

夕方六時すぎまで続けられた取り調べが終わり、尚美を帰したあと、署長室で全員が顔をそろえた。高野はまだ聞き込みに出向いていて帰署していない。

坂元が野呂に、穏やかな口調で取り調べの進捗《しんちょく》状況について問いかけた。

野呂は浅くソファに腰掛けたまま、

「まだ、はじめたばかりですから」

と苛立《いらだ》ちをにじませた顔で答えた。

「……落ちるといいですけどね」

「浅井、吉岡記念病院の実況見分はどうだった?」

助川がきっと睨みつけて訊く。

「はっ、和信のいた病室から、いまのところ尚美の指紋は見つかっておりません。何しろプロの看護師ですから手袋をはめていたはずですし、簡単に見破られるようなヘマはしないと思います」

「だけどさ、まるで幽霊みたいにすっと入り込んで、消えるような真似《まね》ができるか」

助川の反論に野呂がすかさず「その証拠を見つけるために、捜査をしておりますので」と応じた。

「しかし、どうだろうな」助川が納得できない様子で足を組み野呂に向き直った。

「一足飛びに、夫殺害未遂説に焦点を合わせるのには無理があるような気がしてきたぞ」

署長や刑事課長の浅井はおおかた野呂の考えに同調しているにもかかわらず、助川は別の思いを抱くようになったようだ。高野の意見にも一理あると思いはじめたのだろうか。

「ふりだしに戻るが、看護師の小俣が誤って三号液を投与した証拠はないのか？」

助川が目を光らせあらためて訊《き》いた。

「ございません」と浅井。

「小俣本人の思いすごしだろうと思いますね」野呂が自信をこめて言う。「一号液の指示を三号液に間違えることはありえません」

助川がきっと野呂を睨《にら》みつけた。「ひょっとしたら、このヤマはでかいものになるぞ」

そうなるかもしれないと直観的に思った。

「高野から何か言ってきましたか？」

柴崎は遠慮がちに言った。

「なしのつぶてだ」

浅井が全くあてになどしていないという顔で言う。

「デタラメに鉄砲を撃ちまくったって、ホシに当たりゃしませんよ」

野呂がそらみたことかとばかりに言う。

「野呂さん、あなたの腕にかかっていますよ」

坂元に言われて、驚いたように居住まいを正す。

「はっ、一日でも早くうたわせますので」

「ホシと思っている人間以外にも目を配る必要は大いにあるんだけどな」助川が目を細めて言った。「それが捜査の基本ってもんだ」

事実関係をもとに、ここまで捜査を引っ張ってきたのは野呂の手腕だった。しかし、隠れた事情が存在しているのではないかと一方では疑っている。このまま尚美をホシと断定したまま捜査を続けてよいのだろうか。

それにしても、高野はいったい何を調べているのだろうか。

10

四日後。午後一時十分。

待ち合わせ場所は西新宿の高層ビル街から西へ一区画ほど行ったところにある、オフィスビルの一階だった。一階部分が店舗になっていて、ドラッグストアと不動産屋が並んでいる。地下に内科クリニックがあり、そこでは、各種の健診も行われているらしかった。

高野の案内で、クリニックに入った。休診の時間帯なので患者はいない。こぎれいな受付で取りついでもらうと、白衣を着た四十前後の医師が顔を見せた。鼻の大きな、自己主張の強そうな男だ。

「この度は、お手間を取らせて申し訳ありません」

二度目の訪問らしく、高野は親しげな口を利《き》き、すんなりと診察室に招き入れられる。

さほど広くない。少し大きめのPCモニターとキーボードが載せられたデスク、右の壁際《かべぎわ》に診察ベッドがあるだけだ。

医師は須田《すだ》というクリニックのオーナー兼院長で、柴崎との名刺交換もそこそこに椅子に座ると胸ポケットから折り畳んだ一枚の紙を高野に渡した。

「ああ、これですか」

立ったまま高野はしげしげと眺め入っている。

口座の利用明細だ。横から覗《のぞ》き込む。振込先の名前を見て驚いた。宇川和信となっているではないか。振り込まれた額はきっかり三十万円。

「助かります、先生」高野は紙を折りたたみ、スーツの内ポケットに収めた。「あとはおまかせ願えますか？」

「こちらも助かりますよ」笑みを浮かべて須田は答えた。「弁護士とも相談しましてね、ここは警察におまかせすべきだということになりまして」

「うちのほうも全力で当たります」

意味がつかめないままでいる柴崎に高野が顔を向けた。

「来る途中、代理にお伝えした通り、半年前、ここで宇川和信が受診しています」

「血便が出たとかで？」

柴崎はふたりの顔を見ながら訊いた。

周辺の聞き込みで、高野は、パチンコ店の同僚から、和信が内視鏡の検査をした直後にサラ金に借りていた金を一気に返済した、という内輪話を仕入れてきた。それをもとに、和信が内視鏡検査を受けた、このクリニックを探し当てたという。一昨日訪問した際に頼みごとをしたので改めて訪ねたいと高野に言われ、筋書きがよく見えぬまま同行したのだ。

「須田先生が宇川の肛門《こうもん》に内視鏡のファイバースコープを入れて、大腸検査をされたんですよ」高野が柴崎に説明し、須田を見る。「そうでしたね？　先生」

須田はうなずいている。

「途中まですんなりと入ったんだけど、えっと、何でしたっけ……こう左側に曲がっているあたり」

高野の問いかけに、「ひわんきょく」と須田は専門用語らしき言葉を口にした。

「そうです、そこそこ」

須田がメモ帳に〝脾湾曲〟と漢字で書いて柴崎に見せた。

「そこに達したら、宇川さんが、子どもみたいに泣き出しちゃったんですって」

高野がおどけた調子で続ける。

「大腸って、こう曲がりくねっているんですよ」須田が手ぶりを交えて口を開いた。「神経が通っていて、押すと鈍い痛みを感じることがあるんですけどね」

「でも、こちらで使っている内視鏡は、腸壁が湾曲する部分に当たると自動的にしなって、痛みを感じさせない仕組みになっている。そうでしたね？」

高野が問いかける。

「ええ、最先端の機械を使っていますから」須田が応じた。「でも、痛い痛いっておっしゃるもんですから、そこで中止してしまったんですよ」

「それでどうなりました？」

柴崎が訊いた。

「ですから、途中でやめて、それきり」

「その後、検査はしなかったわけですか？」

「やめましたよ」

不愉快さをなるたけ表したいといった表情で須田は言う。

「宇川和信はとりあえず、その日の診察代を払って帰っていきましたが、三日ほどして舞い戻ってきました」高野が言う。「ほかの患者さんのいる前で、内視鏡を入れられてからずっと腹が痛むと騒ぎ出して。あわてて診察室に入れて、先生がなだめたんですけど、『看護師をしているうちの女房に診てもらったら、腸から出血している』って言い出して」

そこから先はどうぞという感じで、須田を見やる。

「そうであれば一大事だから、ただちに診察させてくださいと申し出たんですよ」怒りがこみ上げてくるようで、須田は机を手で何度か叩《たた》きながら続ける。「そしたら、『もうお前んとこじゃ、ケツまくらねえ』って怒り出して。手がつけられなくなりましてね」

ここでも、脅しまがいの口をきいていたのか。

「そうですか、先生のお考えは？」

柴崎は訊いた。

「たしかに内視鏡は入れましたよ。ほんの少しね。あれくらいで激痛が走るなんて考えられませんよ」

「また来るとか吐き捨てて帰っていったんですが、すぐ次の日に現れて、受付で文句を言い出した。それが三日間続いて。困り果てた先生が弁護士と相談して、このようになりました」

と高野は利用明細書を収めた内ポケットに手をあてた。

三号液の点滴のときの状況と似ていると思わざるを得なかった。あちらの場合、カネは得られなかったが。

クリニックを辞して、綾瀬署に帰る車中で、柴崎は「確信犯だな」と口にした。

「やっぱり奥さんの存在が大きいような気がします」

と軽快にハンドルを握る高野は言った。

看護師の知識を活《い》かした恐喝であるようにも取れる。

新宿ランプから、首都高速に入る。さほど混み合ってはいない。

「ほかでも似たような手口でカネを引いている可能性があります」車の流れに乗ったところで、高野はルームミラー越しに柴崎を見た。「そちらも掘り起こさないと」

「できそうか？」

高野はうなずいた。「やるしかないじゃないですか」

手応《てごた》えをつかんでいる様子だ。この事案に別の要素が絡《から》んでいる目が出てきたのだ。

「野呂係長はどうだ？」

野呂は、尚美が和信を殺すためにカリウムを混入したという自説を少しも曲げない。

しかし、ここに至っては、それが果たして正しいのかどうか。

高野が言う通り、異なった角度から捜査を進める必要がありそうだ。

「あちらはあちらですから」

野呂と距離をおきたいというニュアンスで高野は言った。

三宅坂ジャンクションにさしかかり、箱崎方面に進路を取る。

いずれにしても、尚美が病院に侵入したという線はくずれないだろう。それを含めて全体を見通せたときに、本来の動機が明らかになるはずだ。

「いいところに目をつけたな」

柴崎が声をかけたものの、高野は厳しい顔つきのままだ。

「これからが本番ですよ」

そう言うと、高野は車線を変更し、スピードを上げた。

11

十二月五日木曜日。

午前九時半、綾瀬駅を利用する乗降客のピークの時間帯をすぎ、人通りはだいぶ減ってきた。宇川和信の事案が発生して十日。保育園のある雑居ビル入り口手前に停めたセダンの中からその場所を見張る。

ビルの入り口から、宇川尚美の細身の体が現れた。

灰色のキルティングコートを身にまとっている。

入り口のわきにいたふたりの捜査員が尚美に声をかけ、ビル内に連れ戻した。

柴崎は助手席をふりかえり、そこにいる高野に声をかける。

きょうはおろし立てらしい黒のパンツスーツに身を固めている。

「いけるか？」

「……はい」

ビルに目を向けたまま、高野は固い声でつぶやくと、セダンから降りた。柴崎もあとにつづく。入り口からエレベーターホールに入る。

尚美の左右に張りついていた捜査員が離れた。ひとりは入り口、もうひとりは階段の手前でこちら向きに立つ。

尚美はやや面食らった様子でふりかえった。

また、事情聴取する気か、という顔だ。

「お子さんは元気ですか？」

高野がやや気負いつつも、落ち着いた声をかけた。

「ええ……まあ」

これまではほかの人間が任意同行をかけていたが、きょうに限って高野なので軽く捉えている感じだ。階段と入り口にいる捜査員を交互に見やる。

「旦那《だんな》さんもいま署にいます」高野はその視線をさえぎるように、きっぱりと言った。

「尚美さん、あなたにも同行していただきますので」

「そろそろ勘弁してもらえませんか？」

小馬鹿《こばか》にしたような口調で尚美は言った。

「ご都合がつきませんか？」

この対応を予想していたらしく、高野は自信ありげに応じる。

「午前と午後に大きな手術が入っています。困るんです」

「あなたが執刀するわけじゃありませんよね？」

「だから、器械出しの担当なの」露骨に迷惑顔で言うと、高野のわきを通りすぎようとした。高野はそれを押しとどめ、尚美の疎《うと》ましげな目を睨みつけている。

柴崎は軽く手を上げ、ふたりの捜査員に動かないようにとジェスチャーした。

「きょうは任意同行ではないんです。抵抗したら、あなた、公務執行妨害で現行犯逮捕になるわよ」

いつもと違う様子と知り、尚美は息を長く吐いた。

「十日前、あなたは吉岡記念病院に入院していた旦那さんの病室にこっそり忍び込みましたね」

またその件かと言わんばかりに、尚美は不愉快そうに口元をゆがめた。

「地下のリネン室に、洗濯のために、まとめて制服が放り込まれたカゴがあります」

高野は毅然と言い放つ。「その中から、あなたは一着盗んで、その場で袖《そで》を通した」

カゴに尚美の指紋が付着していたのが発見されたのだ。

「そのあと、階段を使って三階まで上り、気づかれないよう用心深く和信さんの個室に入った」

「ですから、そのことは……」

「いいから、聞いて」高野は相手の言葉を遮った。「部屋に入って、寝ていた和信さんを起こした。そして、点滴を取りつけた看護師について尋ねた」

尚美は高野の勢いに押され、一言も返せないまま目を細めた。

「通常点滴というのは、ふたりの看護師が立ち会いのもとで、互いに指さし確認しながら取りつけなければいけませんよね」尚美の顔を見据えて続ける。「でも、和信さんの場合は、ひとりの看護師が単独で取りつけた」

野呂の取り調べとは異なる踏み込んだ問いかけに、尚美は顔色を青くした。

「そして、彼の目の前であなたは持参した塩化カリウムのアンプルから注射器を使って中の溶液を抜き取り、そのまま点滴ルートに注入した。この手順で間違いないですよね？」

強い調子でまくし立てられ、尚美は忌々《いまいま》しげに高野から一歩、しりぞく。

「そんなことしてません。わたしが夫を殺そうとしたようなことを警察の人は言ってますけど、どうしてそんなことしなきゃいけないんですか？」

「それはこっちが訊きたいです」

臆《おく》することなく高野は言い返した。

「子どもを傷《いた》めつけてるから夫を殺す？　冗談も休み休みにしてください」

「わたしも最初は、そう考えました。でも、そうではなかった。あなたは自分が勤めている病院から、二〇ミリリットル入りの塩化カリウムのアンプルを一本盗み出した。それを今回使用したんです」

「……盗んだなんて」

相手の勢いに呑まれたように尚美は目を伏せる。

「薬品棚の鍵《かぎ》は看護師長のほかに、主任クラスの看護師が管理することになっています。盗まれた時間帯、ひとりの主任がその鍵を一時的に紛失しています」

「わたしが盗《と》ったというの？」

「その鍵は、あなたが見つけたそうですね」

尚美はうつむいたまま黙りこみ唾《つば》を飲んだ。

「あなたは、点滴ルートの途中にある三方活栓から、塩化カリウムを注入した」ここぞとばかり高野は斬《き》りこむ。「和信さんは黙ってじっと見つめる。さぞかし、恐ろしかったと思います。一気に入れられてしまえば、ほんの数分で心臓が止まってしまうのだから」

その件も、これまでの尋問では明らかにされていないことだった。尚美の足がもつれたように横へ動き、壁に手をついた。

「あなたには和信さんを殺すつもりなど、はなからなかった」決めつけるように言った。「もしその気があったら、丸ごと一本、一気に注入したでしょう」

それは明らかだ。宇川和信の血液検査がそれを物語っている。一本丸ごと注入すれば、とてつもない数値が出ていたはずだ。

「注入する量は多すぎても少なすぎてもいけない。平均的な値よりわずかに上回る程度のカリウムを、あなたは目分量で注入した。致死量について熟知しているあなたにしかできない芸当だったんですよ」

そして、〝それ〟に成功したのだ。

「工作をすませると、あなたは個室から消えた。そのすぐあと、和信さんは腕が痛いと言って看護師を呼んだ。あとは、皆が知っている通りです」

腕が痛いのは三号液を誤って使ったからだと、和信は言い張ったのだ。

「すべては難癖をつけて病院からカネを脅し取るためだった」高野はとどめを刺すように言った。「そのために夫に一芝居打たせた」

「芝居を……」

言葉尻《ことばじり》が怪しくなる。

「西新宿のクリニックでも三十万円ほど脅し取りましたよね。そのときのやり口も、和信さんでは、とても思いつかない。看護師であるあなたのアイディアと見ていますよ」

尚美は壁にもたれかかり、虚《うつ》ろな目で高野を見ている。

一方の高野は硬くしっかりした表情だ。

「驚いたことに、それだけではなかった」高野は続ける。「今年の六月、あなたは東綾瀬の内科クリニックに、吐き気を催したと訴えて受診し、レントゲンを撮ってもらった。そのときクリニックでは妊娠の有無をちゃんと確認しなかった。直後、あなたの夫がそのクリニックに怒鳴り込んだ。『女房は妊娠している、放射能が胎児に影響したらどうするつもりだ』と。そのときも、十万円の慰謝料をせしめている。知らないとは言わせません」

尚美はそのときのことを思い出したらしく、唇を噛《か》みしめた。

「どうなの？　あなた、いま、妊娠している？」

尚美は答えることができなかった。首に細い血管が浮き出ている。

「吉岡の循環器科にはあまり優秀ではないナースがそろっているという情報を嗅《か》ぎつけたんじゃないですか？」

すっと顔をそむけた。

「しかし、今回は展開が少し変わった。和信さんはクレームをつけるにはつけたが、すぐ病院を立ち去ってしまった……警察が介入すると聞いてビビったからだと踏んでいます」

気まずそうな横顔を見せる。

「最後にもうひとつ」高野は容赦なく続ける。「裕太くんの体のアザについてです」

はにかんだように唇をゆがめ、尚美はふりかえった。「それは夫が……」

「和信さんがタバコの火を押しつけたのは承知しています。いまに至るまで、裕太くんとは打ち解けてはいない。元々子ども嫌いだった夫がつい裕太くんに手を出してしまう。保育所の人に訊かれて、あなた、そう答えたそうじゃない」

突き放すように言われ、

「そんな……言うもんですか」

と力なく尚美は口にする。

「でも、背中の紫斑《しはん》は、ほかならぬあなたがつけたんです」逃げ道をふさぐように、高野は言った。「あなたが勤務している病院で聞きました。『子どもが言うことを聞かないと、ついイライラしちゃって手を上げてしまう』と親しいナースに洩《も》らしていますよね。でも、裕太くんはお母さんの虐待《ぎゃくたい》については訴えなかった……違いますか？」

尚美自身も子どもを虐待していたために、警察へ届け出なかったのだ。

尚美は背中を丸め、その場で立ち尽くした。一度に十歳ほど歳《とし》を取ったように見えた。反論する気力を失ったように見える。

高野が逮捕状を尚美の眼前に示した。

吉岡記念病院に対する威力業務妨害容疑だ。ほかの病院における犯行とその詳細も今後、次々と明らかになるはずで、併合すればかなり重い罪になるだろう。

柴崎は厳粛な面持ちで現在時間を告げ、尚美の手に手錠をかけるのを見つめる。

ふたりの捜査員が抱きかかえるように尚美を外に連れ出していくのを見守ると、高野は柴崎を一瞥《いちべつ》してからエレベーターホールを出た。

セダンに乗り込んでも、高野は前に停まっているミニバンに乗り込む尚美を目で追いかけていた。ミニバンが走り去ると、ようやく解放されたように肩で息をつき、背もたれに上体を預けた。

柴崎はクルマから降りて、運転席のドアを開いた。

「ご苦労だったな。代わるぞ」

高野は興奮のさめやらない顔で、すみませんとつぶやき、助手席側に回る。

歩行者、自転車の動きに目を配りつつ、ゆっくりとクルマを出す。

「どうした？」

「……まだやり残したことがあるような気がして」

どこか釈然としないという声で洩らす。

「そんなものだよ」

ハンドルを切りながら声をかけたが、緊張の色を強く残した高野は、聞こえなかったように押し黙り車窓に目をやった。

署の駐車場にクルマを停めてほっと息を吐く。

となりにいたパトカーから望月《もちづき》地域課長が降りてきた。期待のこもった顔で外に出た高野に歩み寄ってくる。きょうの逮捕は高野がやるぞと署内に情報を流した張本人だ。

「首尾はどうだった？」

望月に訊かれ、高野は柴崎を窺《うかが》うように、視線を送ってきた。

「認めましたよ。降参しました」

柴崎が言うと望月は破顔し、「そうか、そうか、やったな」とひとりごちるように言いながら、パトカーに戻っていった。

署の幹部たちは、今朝の引致を気にかけていたのだ。

「今度一杯、つき合え」

動き出したパトカーの後部座席の窓が開くと、望月が高野に声をかけた。

「ありがとうございます」

高野の声が届くか届かぬうちに、パトカーは走り去っていった。

ふたりして署の裏手に回る。

ドアが勢いよく開いて、中から刑事課の若手が三人、飛び出してきた。組織犯罪対策係の連中だ。張り込みに向かうらしく、ひとりのデイパックから望遠鏡が飛び出ている。

すれ違いざま、班長格の塩原《しおばら》巡査部長が高野をみとめて立ち止まった。

「今夜、幹部の女《バシタ》の行確《こうかく》をしなきゃならん。つきあってくれるか？」

あてにしているぞと言いたげな顔だ。

「わたしでよければ。でも……」

「課長の了解はとっておく。頼むぞ」

そう言うと、塩原は高野に向けて指で鉄砲の形を作り、足早に歩いていった。

高野は笑みを浮かべ、裏口のドアノブに手をかけた。まんざらでもないようだった。

柴崎も一歩遅れて、署に入った。

「いいのか？　安請け合いして」

「何事も経験ですから」

神妙な口ぶりで言うと、晴れやかな色を浮かべて前を向いた。

狭い廊下を進んでゆく高野朋美の後ろ姿には、それまでにない張りのようなものが感じられた。

伴連れ

1

ノックをすると病室の中から、か細い女の声で返事があった。なめらかにスライドした戸の向こうで、モール生地のカーディガンを着た小柄な老婦人が深々と頭を下げている。長めの白髪をきれいにとかし、品のある顔立ち。華奢《きやしや》な体格をしている。曲がりかけた腰がその印象を際立《きわだ》たせている。右手には痛々しい包帯。先に入室した高野朋美に続いて、柴崎も部屋の外から丁寧にお辞儀をして中に入った。

左手にトイレとユニットバス。そこそこに広い部屋だ。窓際に寄せたベッドの上で、半ば禿《は》げた頭が午前の明るい日差しに照らされていた。細かく縦じわの寄った顔がこちらを向き、何事かを発するように口を開きかける。

それを遮るように、高野がベッドの横についた。

「あ、どうぞ、お楽になさってくださいね」

高野が手のひらを向けると、大原雅之《おおはらまさゆき》は警戒するような目を瞬《しばた》かせて口を閉じた。八十二歳。元裁判官だという。

用件は電話で伝えてあるが、柴崎は改めて自己紹介をすませ、

「このたびは本当に大変な目に遭われまして、お見舞いの言葉もございません」

そう口にしながら、高野共々もう一度頭を下げる。

しわがれた声が雅之の喉元《のどもと》から洩《も》れたが、よく聞き取れなかった。

脇《わき》に並んだ倫代《みちよ》に、見舞いに持ってきたガーベラの花束を手渡す。

「怪我《けが》のほうはいかがですか？」

と高野が倫代に小声で訊《き》く。

それを聞いた雅之が、

「ああ……もう、だいぶ……」

と胸に手をやり、苦しげに応《こた》えはじめた。

「あ、大原さん、お返事は結構ですから」

と高野がその答えを遮る。

雅之は少し表情をゆるめてうなずくと、妻に視線を投げかけた。

倫代がまごついた感じでいるので、

「お……椅子《いす》」

　と指示する。

　大原倫代はようやく気づいたとばかり、パイプ椅子をふたつ用意して座るように促した。

　立ったまま礼を伝え、あらためて雅之の顔に見入った。頬のあたりに赤みが差している。鼻筋の通った威厳のある顔は意志が強そうで、怒らせればとたんに強面《こわもて》な面構《つらがま》えに変わるだろう。

　肩口まで引き上げられた毛布の下にある胸は、包帯でぐるぐる巻きにされているはずだ。左乳首あたりの第四肋間《ろっかん》付近に集中する三カ所の刺し傷は、どれも深さ三センチから四センチに達している。心臓まで届かなかったので、かろうじて死を免れた格好だ。

　マンション住まいの大原宅に強盗が入ったのは、三日前の十二月七日土曜日、夜の十一時半だ。

　ベランダに面した和室のベッドで寝ていた雅之が物音に気づいて大声を上げると、強盗は台所の引き出しから包丁を持ちだし、雅之の胸を何度も突いた。隣室で横になっていた倫代が物音に気づいて襖《ふすま》を開け、止めに入った。犯人は倫代にも切りかかると、そのまま玄関から逃れていった。倫代は手のひらに大怪我を負いながらも、一一九番通報を行った。現金、預金通帳、キャッシュカード、ネックレス、指輪——金目のものはすべて持ち去られたという。

「お、あれ」

雅之はろれつの回りきらない舌でつぶやきながら、コントローラーを右手で探り当てスイッチを押した。

電動ベッドがゆっくり起き上がり、顔が柴崎に向く。

「点滴は外れたんですね」

高野が倫代に声をかける。

きょうの高野は、リボンのついた白いブラウスの上に、グレーのツーボタンジャケットとパンツ。腰のあたりがくびれたデザインのため、スタイルを良く見せている。

「あ、はあ、きょうの朝から」

倫代がおどおどした声で答える。

心房細動による脳梗塞《のうこうそく》を起こして雅之の左半身がまひし、車椅子生活を余儀なくされたのは二年前の春だ。週二回のデイサービスの日以外は、七十六歳になる妻の倫代がひとりで二十四時間の介護をしている。互いに離婚歴があり、大恋愛の末、再婚したと聞く。それぞれもうけた子どもも独立してふたりから遠ざかっていた。ままならない体に受けた傷は雅之に二重の責め苦を負わせているのだ。

顔見知りの病院長に個室を空けさせ、差額代が一日五千円以下に収まるように計らった。そうした手配を柴崎が行ったのには理由がある。

三カ月前にも、同じマンションに侵入盗が入った。そのときの犯人もまだつかまっていない。屋上への侵入経路は不明だが、屋上からロープを垂らしてベランダに降り、焼き破りでガラス戸を開けて侵入するという手口は今回と共通している。味をしめた同じホシによる犯行と見て間違いなかろう。

物的証拠がほとんど残されていないという事情もあったが、二度目の犯行を防げなかった警察に対するマスコミの風当たりは強い。本部の捜査一課の刑事が加わった捜査本部を立ち上げたばかりで、ホシの目星さえついていないのが現状だ。

犯罪被害者の支援は警務課の本務であり、課長代理を務める柴崎が署を代表して謝罪に訪れた。捜査のもたつきを報道機関に強調されないように、先手を打つという意味もある。

「似顔絵、できましたぁ」

空気が漏れたように語尾を引きながら、雅之が高野を見やった。

高野があわててショルダーバッグの中に手を突っ込み、フォルダを引き抜く。

渡された似顔絵をじっと眺めていた雅之は、しばらくして顔を上げた。

「うん、似てるよ」

枕元《まくらもと》に回り込んだ高野は、

「そうですか、よかったです」

と、とりあえず絵を見ながら安心した顔で何度もうなずく。

気丈にも倫代は、暗がりで凶行に及んだ犯人ともみ合って傷を負った直後、リビングの照明をつけたと聞いている。驚いた犯人は包丁を持ったまま棒立ちになって和室をふりむいた。そのとき、明かりに照らされて浮かび上がった顔をふたりは目撃したと調書にある。

マスクをつけているものの、大きめの一重まぶたの目と長髪、そして飛びだした喉仏は覚えていて、それが絵にも表現されていた。機敏な動きから、三十前に違いないと雅之は証言している。

「大原さん」高野が覗《のぞ》き込みながら声をかける。「今度こそきっちり捕まえますからね」

うんうんと、孫からプレゼントをもらったような顔で、雅之はしきりとうなずく。

そんな安請け合いをして大丈夫なのだろうか。

マンションの防犯カメラにホシらしき姿は残っていない。唯一《ゆいいつ》、ベランダに大原夫妻ではない足跡が残っている以外、遺留品もない。似顔絵ひとつでこの事案を解決に導くのは困難だ。先行きが思いやられる。

壁に立てかけられた折りたたみ式の簡易ベッドの脇で、倫代はぼんやりと佇《たたず》んでいる。入院して以降、ずっと泊まり込みで看病に当たっていると聞いているが、疲労が蓄積しているのだろう。

柴崎は倫代に声をかけ、何か必要な物があればご用意させていただきますがと伝えた。

はっとした様子で老妻は頭を下げ、

「あ、はあ、ここには主人の主治医もいますので、病気の心配はしないですみます」

とだけ応じた。

以前から脳梗塞の治療をこちらで受けているのだ。

「それから、盗まれたキャッシュカードの件です。銀行のほうへの盗難届はしばらく出さないでいてくださるとお伺いしていますが、それでよろしいでしょうか？」

また倫代は頭を下げる。「主人も承知していますから」

犯人がＡＴＭを使って金を引き出した場合、捜査の糸口とできる可能性があるからだ。

一日の引き出し限度額は五十万円。その程度の損失なら被《こうむ》ってもいいと雅之は応えてくれた。確認のために改めて尋ねてみたのだ。

「息子さんにお伝えすべきことはありますか？」

横から高野が口をはさむ。

余計なことをと思ったが、倫代は無表情で首を横にふり、「ありません」とだけつぶやいた。

そろそろお暇《いとま》しようと高野を促し、挨拶《あいさつ》をすませて部屋を出る。

廊下で花束を持った五十がらみの男と向き合い、高野が声をかけた。「大原さんのお見舞いですね？」

男は心配げに、

「どうですか？　容態は」

と訊《き》いてきた。

「快方に向かわれていますよ」

「そうですか、よかった、じゃ」

男は柴崎にも挨拶して、すれ違っていった。

「マンションの管理組合の理事長さんです」

高野が教えてくれた。

「理事長じきじきに見舞いか」

「大原さんが前の理事長でしたからね」

「あの人、理事長だったのか」

「ええ、六年間も。マンションの改修や組合費の滞納整理を陣頭指揮していて、すっごく住民の信頼が厚かったみたいですよ。倒れられなかったら、いまでも続けられていたはずです」

「さすがに元裁判官だけあるな」

「人望があるんだと思いますよ。聞き込みだって、住民はすごく協力的だし」

「それはいいけど、確実性のないことを言わないでくれよ」

病院を出たところで柴崎は言った。

「ホシを捕まえると昨日も約束しましたし」高野はあっけらかんと返す。「うちの係長も今度こそはって、意気込んでいますから」

「それで」

捕まえられるのか、と言いたかったがやめた。

三カ月前のヤマも、高野が所属する盗犯第二係が担当していたのだ。係長の古橋警部補は警備畑出身でまじめを絵に描いたような人物である。仕事熱心だが、盗犯捜査の経験はほとんどない。要所要所の判断は、部下で中堅の松本巡査部長に頼っているのが実情だ。加えて駆け出しの高野朋美巡査。その三名の小所帯に任せきりにしていた刑事課長の責任も問われている。

高野が運転するクルマは署には戻らず、事件現場になったマンションに向かった。

そっちに用事はないと言いかけたが、「代理も一度現場を見ておいてください」と押し切られた。

仕方なく病院にいる大原夫婦に電話を入れ、マンションに出向きますのでと伝える。途中、倫代の話になった。気弱そうに見えてもいざとなったら強いんですねと高野は感心している。同感だった。包丁を持った犯人に果敢にも抵抗したのだから。病室で見たぼんやりした顔がよぎる。正直言って、想像がつかない。

弘道《こうどう》交番のある四家《よつや》の変則交差点を西に向かった。戸建て住宅と大小様々な集合住宅が建ち並ぶ雑然とした町並みだ。都立高校手前の角に、七階建てのマンションが建っている。大原夫婦が住むロイヤル五反野だ。

更地になって間もないらしい正面の空き地にクルマを停める。

道路に沿ってL字型に建つマンションだ。総タイル張りの外壁が高級感を醸《かも》し出している。総戸数は百戸強。歩道の脇には植え込みがめぐらされ、右端にある店舗用スペースは空いていた。その前方にはマーカーコーンと黄色いグランドロープで仕切りが作られている。高野に訊いてみると、「夜になると不良のたまり場になるんですよ」と教えられた。

「ひどいのか？」

「コンビニがあったころから、爆竹を鳴らしたり、改造バイクをふかしたりして。去年なんか、ボヤ騒ぎまで起こして大騒ぎになったそうです」

「住民はたまらないな」

「ええ、その連中、うちもマークしていますけどね」

エントランスのインターホンに高野が番号を打ち込む。オートロック式だ。高野に続いて入る。管理人の姿は見えない。

広々とした玄関ホールの左手に受付があり、手前の一段低くなったスペースに応接セットがある。右手の壁にはずらりとダイヤル式の集合郵便ポストが並んでいた。

しばらくしてエレベーターホールの奥から、紺の作業着を着た五十がらみの男が近づいてきた。

管理人のようだ。手にほうきとちりとりを持っている。小柄で髪が濃く、狭い額、頬のこけた細長い顔だ。作業着の胸元に、管理会社らしい名称の刺繍《ししゅう》が施されていた。

「田尻《たじり》さん、お仕事中でしたか？」

高野が声をかけると、管理人は陰気そうな顔でうなずき、

「また現場を見るんですね？」

といきなり訊いてきた。

「はい、大原さんの了解はいただいていますので。お願いできますか？」

「いいですよ。鍵《かぎ》、借りてきましたから」

と返事をして、エレベーターホールに歩いて行く。

合鍵は二階に住む大家しか持っていないようだ。それを取りに行ったので、時間がかかったのだろう。エレベーターに乗り込むと無言で七階のボタンを押す。

「いつもお掃除大変ですね」

高野が声をかける。

「清掃清掃また清掃です」

気難しげに答える。

聞き込みのために連日通っていて慣れっこになっているのか、高野は嫌な顔ひとつしない。

「最近、表にヤンキーたち、集まってます？」

「三日前の事件の後はこないね」

「屋上に出たいのですが」

思い立ち、田尻に要請した。

ちょうど七階に停まったところで、田尻はエレベーターの操作パネルの扉を開き、ロックを解除してRボタンを押した。扉が閉まりエレベーターが上昇する。通常はRボタンを押しても屋上には上がれないようだ。

扉が開いた左手に七階から続く階段がある。正面にある鉄製のドアのロックを外してもらった。四十メートル近い奥行きのある縦長の屋上に出る。手すりはなく、外周部は二十センチほどの高さの低い立ち上がり壁に囲われている。受水槽とパラボラアンテナが設置されているだけで、他の構造物はない。

先を歩く高野についてゆく。風が吹いており、少しばかり寒い。

コンクリートの床は染《し》みだらけで、細い亀裂《きれつ》が入っている部分もある。

マンションの端に至ると、高野は立ち上がり壁の前にしゃがみ込んだ。手すりがないので心細い限りだ。

高野は、立ち上がり壁の下側に鉄の金具で取り付けられた丸い鉄の輪を手に取っている。「ホシはこの丸環《まるかん》にロープを結わえて下に垂らし、それを伝って七階にある大原家のベランダに降りたはずです」

おそるおそる首を外に出した。マンション前の空き地と道路が見える。無理すれば七階のベランダまで視界に収められそうだが、気分が悪くなってきたのでやめた。

「ここにロープの繊維が引っかかっていて」

と高野に丸環の上側にある白い部分を示された。防水のために塗られたモルタルは均一ではなく、凹凸がある。立ち上がり壁との境が硬く尖《とが》っており、そこに繊維が付着していたらしい。

「三カ月前のときもここに？」

高野は神妙にうなずく。「そうです。まったく同じ繊維が引っかかっていました」

家人が留守のあいだに六階の６０９号室に空巣が侵入し、現金や通帳を奪っている。夜八時過ぎの犯行だった。

高野は身を乗り出して上半身を宙にさらす。「二階下の六階までロープを伝って下りて、そこからベランダ沿いに横の部屋に移動したんです」

柴崎もこわごわ下を覗き込んだ。ベランダがかろうじて見える。あそこにたどり着ければ、平行に移動するのは簡単かもしれない。自分にはとてもやれる気はしないが。

「609号も、焼き破りでガラス窓を壊したんだな？」

「そうです。金目の物だけを盗んでいきました」

指紋などの有力な遺留物はなく、防犯カメラにも怪しい人物は映っていなかったらしい。

今回とまったく同じだ。

「ホシは〝伴連《ともづ》れ〟でマンションに入り、夜になるまでどこかに隠れていたというのが、捜査本部の見立てですけどね」

伴連れは、暗証番号を押した住人のうしろについてマンションに侵入する手口だ。

「開いてから、何秒で閉まる設定にしてある？」

「全開してから、三秒後」

「二秒くらいに設定してあるところが多いんじゃないか？」

「そうですね。ちょっと長いかも。でも、入居者の中に車椅子の方が何人かいるらしくて」

すぐに閉まると差し障《さわ》りがあるのだろう。

「三カ月前のヤマのとき、それらしい人物は防犯カメラに映っていなかったのか？」

ふたたび柴崎は訊いた。

「たまたま、その日の深夜帯に自動で防犯カメラの映像が上書きされて、消えてしまったそうなんです。その後は設定を変更していますけどね」

柴崎は改めて屋上を見渡した。「ふだん、ここに人の出入りはあるの？」

「ないようです。防犯カメラもついていません。このマンションの防犯カメラはダミーが多くて」高野は身を引いた。「ほかにも隠れられる場所は地下駐車場とかゴミ置き場の物置とか、けっこうありますし。犯行日は天気も良かったんですよ」

「オートロックでシリンダーキーなら防犯は万全。住民のほとんどはそう思っていたんだろう。ベランダは盲点だな」

「はい。でも今回は、一階の非常階段の人の出入りをとらえる防犯カメラに、ちょっとだけですけど、男の映像が残っていて」

初耳だ。

「犯行時間帯に？」

「そうです。古橋係長が見つけたんです。あやうく見落とすところでした」

屋上の様子を確認して階下に戻った。階段で七階まで下りて、開放廊下を歩く。

エレベーター近くの廊下の天井に、赤く点滅する丸形の防犯カメラが取り付けられている。点滅しているのはすべてダミーだと高野は言った。

大原の部屋は西の突き当たりにある。合鍵を使って管理人にドアを開けてもらった。田尻には玄関で待機してもらい、高野が先に靴を脱いで部屋に上がった。

手すりが付いた廊下を歩き、リビングに入る。

現場の保存が解除されていないので、床にはまだガラスが残っている。ベランダに面したサッシ窓が外から焼き破りの手口で開けられ、クレセント錠近くのガラスが床に落ちたのだ。

血痕《けっこん》の付着している箇所やベランダで見つかった足跡に鑑識用の番号札が置かれている。

右手の和室をふりかえると、どす黒いものが目に飛び込んできた。雅之が使用している介護ベッドだ。枕元のシーツから掛け布団《ぶとん》まで、べったりと彼の血で染められている。

その枕元あたりを、高野は腰をかがめて覗き込んでいる。

ここから眺めるだけで十分だ。とても近づいて見る気にはなれない。

何事かひとりごちているので、柴崎もそれにつられて脇に立った。

おそるおそるベッドに目をやる。高野が注視しているのはシーツ部分だ。血痕が飛び散っていた。丸い形や片流れの楕円《だえん》のものまで、様々な形をしている。

「この飛沫《ひまつ》血痕は、犯人がガイ者を刺したときに包丁から飛び散った血だと思いますけど」

高野は細長く点々とついている血痕を指してつぶやく。

「雅之さんの血？」

柴崎が訊いた。

「ええ。一度雅之さんを刺して、そのときについた血液が包丁を振り上げたときに散ったんだと思います」

そうかもしれない。シーツの手前についた円形の血痕を指した。「こっちは何だ？」

「えっと、それは滴下《てきか》血痕ですね。低い位置から垂直に落ちたのだと思います」

「包丁の先からか？」

高野はその場でひざまずき、

「うーん、どうでしょう……犯行中、包丁は止まることなく動いていたはずですから」

と周りをはばかるような口調で答える。

「返り血を浴びたホシの手や服から落ちたんじゃないのか？」

「パジャマの上から刺していますから、返り血はそれほど浴びていないと思うんですよ」高野は探るような目を光らせる。「……もしかしたら、奥さんの血かなあ」

「大原倫代の血痕がどうしてこんなところにつく？」

「怪我をして血だらけになった手で、雅之さんを介抱したと調書にありましたよね。そのときについたのかもしれません。手のひらの静脈を切って七針も縫う傷を負ってますから」

柴崎は納得がいかず、血に染められた布団を指した。「でも、ガイ者は三回も刺されたんだぞ。その傷口から流れ出た血のほうが多いんじゃないか？」

「……ですよね、そう思います」

「ホシはどうやって刺した？」

「たぶん、こんな感じです」高野はベッドサイドに立ち、握りしめた右手と左手を上下に重ね、包丁の柄を持つ格好をした。「刃は手前側に向けていたはずです」

そう言うと、血染めの布団に向けて両手を落とし込んだ。

最も力が入る姿勢だ。

第四肋間付近に集中していた刺創《しそう》は、いずれも包丁の刃が骨と平行に刺さった形になっていたはずだ。犯人はいま高野が示したように、両手で包丁の柄を持ち、犯行に及んだのだろうか。

凶行を演じて見せた高野は浮かない顔をしている。「こうやって両手で真上から突けば、案外簡単に心臓まで突き刺さったんじゃないかな」

「致命傷になり得たと言いたい？」

「ええ。でも、三つの傷はぜんぶ、肋間の途中で止まっていますよね」

「両手ではなく片手で刺したんじゃないか？」柴崎は言った。「犯人だって動揺してたんだろうし」

妻に見つけられた以上、一刻も早く逃げ去りたかったに違いない。

ベッドのまわりをゆっくり回りながら、検死官さながらに見分している。ドロ刑に成り立ての高野だが、ベテラン刑事のような周到さが感じられた。生まれつきの性質とするなら、この職業に向いているのかもしれない。

枕元に戻って来た高野がふたたびシーツのあたりに目を落とした。

「まだ何か気になるのか？」

柴崎は訊いた。

「布団はともかく、枕元に倫代さんの擦過《さっか》血痕がついていてもおかしくないんだけどなぁ」

と高野は洩らす。

「擦過血痕？」

「ええ。擦《こす》れて線状に伸びた血痕ですけど」

また関心が移ったらしく、うしろをふりむいた。

盗犯係所属の高野だが、傷害に関わる専門知識も身につけているようだ。

「奥さんが犯人ともみ合ったのは、そのあたりです」高野は和室とリビングの境を指さす。「そして、リビングの明かりをつけた。犯人は包丁を持っていたと言ってますけど、どうしてこんなところに落ちていたんでしょう？」

柴崎はベッドの下に置かれた番号札に目をやった。包丁が落ちていた場所をマークしている。

「格闘したところはそこに決まったわけじゃないだろ。鑑定が出たらはっきりするよ」

堂々巡りの議論を打ち切るように和室を出る。

盗まれた現金や通帳の入っていた引き出しを教えてもらった。玄関から入ってすぐ右手にある書斎だ。年季の入った木製の本棚には、使い古された法律関係書がびっしりと埋め込まれている。

高野が机と本棚のあいだにあるチェストの一番下の引き出しを開ける。現金の入った封筒と雅之と倫代名義の三冊の預金通帳が入っていたとされる場所だ。書斎の対面の部屋に倫代の化粧台があり、そこに収められていた指輪とネックレスもごっそり盗まれた。リビングのテーブルに置いたハンドバッグに入っていた財布も持っていかれたという。

リビングに戻り、柴崎は思いついたことを口にする。「書斎はあまり使っていないんだろ?」

「そうですね。デスクは雅之さんが元気だったころに使っていたものですし、倫代さんはふだんの書きものをリビングでするそうですから」

「一千万円も入った通帳を置くには書斎は不用心だな」

「風水の本を読んで、お金を置くにはあの場所がいいなんて考えたみたいですよ」

注意深く探るような目で部屋を見回しながら答える。

「風水ね……」

——あの、戻ってもいいでしょうか。

田尻の声がしたので、高野とともに玄関口まで戻った。

「もうじき消火器の点検業者が来るもんですから」

田尻は腕時計を気にしながらつぶやく。

「わかりました。もう出ますよ」

ふたりで部屋をあとにする。

「田尻さん、騒音の件はいかがでしたか？」

高野が前をゆく管理人に質問を投げかける。

「ああ、わかりました」

「確認させていただけます？」

「では受付のほうで」

エレベーターで共に降りると、そわそわした様子で田尻は正面扉の右手にある管理人室に入った。

壁に火災報知器や非常連絡ボタンが並んでいる。顔写真と田尻守という姓名が記された身分証明書のようなものが貼《は》られていた。もうひとつドアがあり、そちらは住み込み用の部屋になっているようだ。小さなデスクの上には、印鑑箱やペンケース、オペラグラスなどが置かれている。脇に立てかけられたファイルのうちから一冊を引き抜いて頁《ページ》をめくり、開いたところを高野に見せた。管理日誌のようだ。

「ありがとうございます」

高野は礼を言ってファイルを受け取る。

「たぶん、それだと思うんですけどね」

田尻が言う。

柴崎も横から覗いた。半年前の日誌だ。

中ごろに、〝大原家より相談〟の文字が見える。

郵便受けに『ゴムの防音材を使っていますか？』と書かれた手紙。差出人は608号の佐久間《さくま》さん。

捜査報告書の記述を思い出した。捜査員が行った聞き込みで、大原倫代とつきあいのあるマンションの住民から、〝倫代さんは下に住んでいる人から、騒音につき苦情を言われて困っている〟という情報を得ていた。それについて調べてもらっていたのだろう。事件とは直接関わりはないが、問題があれば解消しておくべきだろうと思った。

田尻は机の引き出しの中から、五センチ四方、厚さ一センチほどの白い板状のものを取り出して、柴崎に寄こした。

「この手紙の前に、それが郵便受けに入っていたそうです」田尻が言った。「防音材だと思います」

家具などの下に張りつけて、音を立てないようにするための部材だ。

「差出人の名前はあったんですか？」

高野が訊いた。

「いえ、ただそれだけが入っていたらしくて」

「名無しで入れられたとしたら、気味悪かったでしょうね」

「倫代さんご本人もそう仰《おつしや》っていました」

「佐久間さんは何と言っているんですか？」

柴崎が割り込んだ。

「入れたのを認められたので、倫代さんにご報告しました」

「倫代さんは何か言っていましたか？」

ふたたび柴崎は訊いた。

「特に感想はおっしゃってなかったと思うんですが」田尻は高野をふりむく。「細かなことは記憶になくて。……じゃ、よろしいですかね？」

ふたつの世帯のあいだに入り仲裁をしなかったのだろうか。

約束の時間になったらしく、田尻はふたりとともに管理人室から出た。

その背中を見送りながら、愛想のないやつだなと柴崎はつぶやいた。

「ああ見えても、けっこう男気があるみたいですよ。表にヤンキーたちが集まってくると、ひとりで注意しに行くとか聞きました」

「常駐だからな」

いやいやでも、やらざるを得ないのだろう。

「若いころに結婚して、子どももいたみたいですけどね」

マンション内の聞き込みを改めて行なう高野と別れ、柴崎は一足先に署に戻った。

2

署長室のドアは閉ざされている。中から複数の話し声が洩れてきたので、柴崎は軽くノックしてドアを細めに開いた。ソファに座る坂元署長と目が合うと、室内に入るよう目で促される。

坂元の横で、助川が刑事課長の浅井から熱心に報告を聞いていた。テーブルに複数の写真が並べられている。

隣に腰を下ろしたとたん、浅井に告げられた。「大原雅之名義のキャッシュカードを使って金を引き出した野郎だ」

驚いた。写真に見入る。

灰色のニット帽を目深《まぶか》にかぶり、濃いサングラスをかけている。黒いフリースを鼻の下まで上げているため、顔全体の輪郭はわからない。三角で幅広の鼻だけが露出している。

ホシだ。

「いつ?」

小声で訊いた。

「昨夜の十時四十分。日暮里《にっぽり》駅近くのコンビニで」

浅井が答える。

助川が身を起こした。「すぱっと五十万抜かれた」

ATMの引き出し限度額だ。

「通帳の最後の頁に暗証番号がうっすら鉛筆でメモされていたようだな」浅井が言う。

「口座にはまだ八百万ほど残っているよ」

盗まれた現金は十万円弱。それだけでは満足できず、一か八かで、犯人はATMに向かったのだ。

坂元が議論を遮るように口にする。「支援センターの応援を仰がなくてもいいのですか?」

防犯カメラの映像の収集や分析を迅速に実施する警視庁の新組織だ。正式名称は捜査支援分析センター。現場に来るのは、そこの分析捜査班になる。綾瀬署の捜査員たちはいま、預金が引き出されたコンビニ付近の聞き込みと防犯カメラの映像の収集に奔走している。

浅井はしばらく間を置いてから、

「それなりの人員を確保していますから、十分ではないかと思います」

と答える。

捜査本部と言っても、捜査一課の刑事がふたりと綾瀬署の刑事課と地域課からの寄せ集めだ。とても足りていないのではないかと思ったが、口にするのはためらわれた。

「午前中でそこそこ集められたんだろ?」

助川がつけ加える。

「二十カ所ほど集まっています」

浅井が答える。

「きょういっぱいやれば、その倍ぐらいはいくと思います。当面はそれを見てみるというのでどうでしょうね？」助川が坂元に打診する。

支援センターの部員は専門的なスキルを有しており、一般の捜査員より役立つのは明白だ。特に早急な犯人の割り出しが必要になる今回のような場合は。三カ月前にも同じマンションで犯行が行われたのだ。今度こそ確捕しなければ、マスコミの集中砲火を浴びかねない。

「とりあえずはそうしてみましょう」

案外簡単に折れたのが意外だった。副署長の顔を立てているような雰囲気もあるし、刑事課長にはそれなりの信頼を寄せているふうにも感じられた。柴崎もそれ以上の口出しはしなかった。昨日、古橋係長が防犯カメラに映っている犯人らしき人物を見つけたからかもしれない。

それについて水を向けてみると、浅井が柴崎をふりむいた。「見てきたのか？」

「いえ、まだ見ていませんが」

「ほんのちらっとだ」浅井は後頭部のあたりに手をやり、そのまま下げた。「頭のうしろから背中のあたりだけが映っている。人相風体ともに不定だ」

「柴崎、非常階段の出入口扉について、聞いていないか？」

助川の質問に、いえと答える。

「鍵付きだがときどき開放状態になっていたそうだ。それから、一階の住居の専用庭も、垣根を越えれば、とりあえずは敷地内に侵入できる状態になっている」

「……そうだったんですか」

防犯上、重大な欠陥を有する建物のようだ。

「ロープを使った屋上からの侵入、それに続いての焼き破り」浅井に訊いた。「このふたつの手口から、犯人を絞り込めませんか？」

「データベースで洗ったよ。ロープ侵入を得意にする泥棒は都内で三十名弱、うち服役中が九人、焼き破りは中国人も含めて七十六人。うち四十三人が服役中だ。ふたつの手口を同時に使うホシはいない」

「そっちはもういい」助川が言った。「それより赤池《あかいけ》はどうなんだ？」

浅井はいまいましそうな顔で、硬い髪に手を当てる。

「……所在はつかみ切れていません」

話の中身がわからず柴崎は訊いてみた。

「マンション前でたむろする連中の話、聞いたろ」

浅井が口にする。

「一階の空き店舗の前ですね?」

以前コンビニが入っていた空き店舗の前にはスペースがあり、深夜になると近場の不良たちのたまり場になっている。高野はそう言っていた。捜査員たちも当然彼らに当たっている。

「ああ。不良らのリーダー格で過去に傷害事件を起こしている赤池聖也《せいや》っていう二十二歳の男がいてな。そいつの所在が三日前からつかめない」

浅井から、二年前、傷害容疑で逮捕したときの写真を見せられた。

悪賢そうな細くて鋭い目だ。鼻がそこそこに大きい。コンビニで預金を引き出した犯人の顔と似ていなくもない。

「赤池については、いましがたの聞き込みでわかったばかりです」坂元が柴崎のほうを向いて言った。「大原夫妻に写真を見てもらうために、捜査員を病院に向かわせました」

夫妻に見せれば、犯人であるかどうかはすぐにわかるだろう。

「それより柴崎」助川が口を開いた。「大原さんたちの様子はどうだった?」

助川はそれを一番気にかけていたのだ。

「はい、特別恨みがましい言葉は出ませんでした」

「本当か？　マスコミにチクられて、警察の怠慢だなんてしゃべられたらやばいぞ」

「病室はマスコミに知られていませんし、ご夫妻のほうから接触するようなこともないと思います」

「それより、これ以上の捜査協力は必要ないから、銀行にキャッシュカードの盗難届を出せって伝えろよ」

「あ、わかりました。すぐ伝えます。それと、ちょっと気にかかる件があって……」

柴崎は大原夫妻が、騒音問題で階下の住民とトラブルになっている話を披露した。

「寝たきり老人がいる世帯で騒音？　どういうことだ？」

助川に訊《き》かれる。

「はっきりしないのですが、下に住んでいる住民の神経に障るらしいんです」

「騒音くらい、どこにでもある話だぞ」

「わたしもそう思うのですが」

「柴崎代理、その佐久間さんに会って、事情を聞いたほうがいいかもしれません」坂元が口を開いた。「犯罪被害者を守るという見地から、大原夫妻にも声をかけて、必要に応じて両者のあいだを調整してください」

夫妻の心証を良くし、捜査への批判をかわすために尽力せよという意味だ。その程度の力添えならたやすいだろう。

「心得ました」

事務仕事を部下に任せ、柴崎は改めてマンションに出向いた。

608号の佐久間宅を訪ねる。

なで肩のほっそりした女が玄関先に現れた。四十前後だろう。色白で寝不足のように目を赤く腫《は》らしている。氏名と所属を名乗ると、佐久間の家内の葉子《ようこ》と申しますと答えた。

「お忙しいところ恐縮ですが、強盗事件とは別に、少しお話をお伺いできないかと思いまして参りました」

と丁重に切り出してみる。

葉子は不安そうな顔で、

「何でしょうか？」

と小声で答えた。

柴崎は、上のお宅に申し入れをされましたねと尋ねた。

葉子は困惑した顔で、

「ああっ、そのことですか」

と言うなり黙り込んだ。

「ゴムの防音材を大原家のポストに入れました?」

ひ弱そうな肩をさらにすぼめて、「前々から困っておりましたので」と口にする。

「よろしければ、少々お話を聞かせていただけませんか」やんわりと頼んでみる。

「具体的にはどのような音がお気に障ったんでしょう?」

「あの……管理人さんからですか?」

いきなり話題を変えられたので即答できなかった。

「そうですね。ちょっと耳に入ったものですから」柴崎は言った。「ご承知のように、ご夫妻は深刻な被害にあわれていますので、ご負担を軽減する意味からもお邪魔させていただいた次第なんですよ。どうでしょう? 具体的にはどのような音が気にかかったんですか?」

葉子は視線をそらした。

「スリッパで歩く音ですか?」

「かどうか、わかりませんけど……」葉子は間を置きながら続ける。「家具が倒れたりもするので」

そんなことはめったに起きないはずだが。

「ほかに何かありませんか？ テレビをつけっぱなしにしてらっしゃるとか」

「それもありますけど、夜中の二時や三時に、車椅子のタイヤ？ ごろごろと移動する音が響くんです……気になって目が覚めたりして」

うるさいには違いなかろうが、常時発生しているわけでもあるまい。

「悪いようには致しませんので、この際ですから、詳細を教えていただけませんか？」

強く出てみた。

葉子は意を決したように、少しお待ちくださいと言って居間に入っていった。

一分もかからず戻ってくると、パソコンで作成された表の束を寄こした。

11月3日　21時　テーブルをずらす音
11月7日　20時　風呂《ふろ》の音
11月11日　7時　まな板を包丁で叩《たた》く音
……

騒音が発生した日時と具体的な音がずらりと記されている。表をめくると十月分、九月分と遡《さかのぼ》ってゆく。テレビの騒音についてはご丁寧に番組名まで記載されていた。挑むような目でこちらを見つめている。表を返すと、持っていってもらって構わないと言われた。丁重に断る。

「失礼ですけれども、ご家族は何人いらっしゃいますか？」

柴崎はさりげない風を装《よそお》って訊いた。

「主人と幼稚園に通う女の子がひとり」

「音が気になっているのは、奥さんだけですか？」

「主人とわたしです」

「わかりました。この件については、必ず先方にお伝えいたしますので、しばらく様子を見ていただくわけにはいきませんでしょうか？」

「田尻さんと同じようなことを」

洩《も》らした言葉の意味がわからなかった。

「田尻さんというと管理人さん？」

深々とうなずき、

「あの人、いっつも、理事長の肩ばっかり持つから」

と憤然とした口調で言った。

「理事長……大原さんですか？」

葉子は額に青筋を立ててうなずいた。「デイサービスの送迎が来るたび、部屋まで行って車椅子を押してあげてるし。奥さんの買い物にも付き合ったりもするし」

田尻はそのようなことは言っていなかったが、前理事長ではあるし、介護を必要としている世帯でもある。管理人として、その程度の助力はしていてもおかしくはない。

いくら騒音被害を受けているといっても、過敏に反応しすぎているような気がする。

「その表を田尻さんに見せましたか？」

「お渡ししてありますけど、何も言ってきませんよ。それに……」

言い淀《よど》んだので、何ですかと尋ねた。

「毎月、ポストにお入れしています」

きっぱりと葉子は言う。

「こちらの表を？」

葉子はこっくりとうなずいた。

質問を続けてもむだかもしれない。

この問題は一朝一夕には片づかないような気がする。

承りましたと伝え、佐久間家を辞した。

エレベーターに戻るあいだに疑念が芽生えた。上階の物音はたしかに気になるだろう。だからといって、そのたびに記録して、それを相手方の郵便ポストに投げ込むという行為を続けるのは、異様な気がする。

ひょっとして、強盗事件に関係でも……。

さすがにそこまでは考えすぎだろうと思っているうちに、一階に着いた。

階段から下りて来た高野と鉢合わせした。

驚いた様子の彼女に、どうして戻ってきたのですかと訊かれたので、署で得た情報も含めて事情を話した。

「そんなことを、奥さんは言ってたんですか」

高野は息を少し吐き、落胆したように言った。

「相当根深いみたいだぞ。あの家にも聞き込みに行ったんだろ？」

「はい。でも、わたしが行ったときは表のことなんてちっとも言ってなかったのになあ」

「相手は殺されかけたんだから、さすがに遠慮していたんじゃないか」

「……でしょうね」

納得できかねるという表情だ。

「おれはもう一度病院に寄ってみるよ。高野はどうする?」

「まだ聞き込みがありますから」また視線を合わせてくる。「同じ世帯に、二度目三度目の聞き込みをしているんです」

「誰がそんな指示を出した?」

げんなりした表情をする。「古橋係長に決まってるじゃありませんか。あの人、捜査本部長みたいな態度で命令ばかりするんですから。自分はちっとも動かないくせに」

エントランスの隅に高野を誘《いざ》なった。

「そんなことは人前で話すなよ」

「代理にしか話しませんよ」

やや迷惑げな面持ちだ。

「いいか、高野、おまえの仕事の査定はな」

柴崎が言い切る前に高野が、「係長がするんですよね」と口にした。

「それもそうだし、警察社会っていうのは」

「上司の命令は絶対……ですよね」

またしても先んじて言うと、ぺろりと舌を出す。

少しは成長したのではないかと思っていたが。

「でも、おかげで面白いネタも上がって」高野がしゃらりとした顔で続ける。「泥棒に入られた可能性のある部屋が、ほかにもあるようなんです」

聞き捨てならない話だ。

「その家はどこなんだ？」

「二世帯あるらしくて。一軒は六階の６０４号室。もう一軒はいま調べています」

「たしかなのか？」

高野は厳しい顔でうなずいた。「６０４号は夫妻と中学三年生になる男の子がいます。母親の話では、息子が勝手に財布から金を持ち出したと思い込んでいたので警察に被害届を出さなかったとのことです。でも、そのあと、親が息子さんを問い詰めたところ、身に覚えがないと言い張っているみたいで」

「……微妙だな」

「わたしもそう思いましたけど、現金以外に母親のジュエリーボックスから真珠とオパールのネックレスがなくなっているらしくて。それで息子さんの犯行ではないかもしれないと考えるようになったと言うんです」

「報告は入れたのか？」

「まだです」

「ただちに入れて、応援要請しろ」

「そうですね。そうします」

スマホを取りだした高野とともに外に出た。

人気《ひとけ》のないところで連絡しているのを見届け、柴崎はクルマに戻った。

憤《いきどお》りを抑えきれない様子の佐久間葉子の顔と声が頭から離れなかった。


書類仕事を終えて帰宅すると、午後七時半を回っていた。夕餉《ゆうげ》の食卓に手作りのシフォンケーキが並んでいて、息子の克己《かつみ》の誕生日だったのをすっかり忘れていたことに気づいた。克己が好物にしている手巻き寿司《ずし》を共に食べながら、何か欲しいものでもあるかと尋ねた。

「え、いいの？」

ぱっと目を輝かせる。

「ああ」

「えっとねえ、スマホ。でかい画面のやつ」

「ちょっと早くないか。来年くらいだな」

「来年かあ」

やや不服そうに克己は刺身をほお張る。

「スキーの板と靴は？　冬休みに苗場へ行くんだろ？」

学校のスキー教室があるはずだ。初心者向けのセットなら廉価《れんか》だろう。

「宿が取れなくて中止になったのよ」

雪乃《ゆきの》が口をはさんだ。

「そうか、残念だな」

携帯型の音楽プレーヤー名を口にしてみたが、さほど乗り気ではなさそうだ。

残った刺身を平らげ、ケーキを食べ終えると、克己はさっさと自分の部屋に引き上げていった。

食事を済ませ、紅茶をいれてもらい、ケーキに手をつける。つい、大原夫妻の事件と佐久間葉子についての概略を洩《も》らしていた。

「本務となると、もう一筋ね」

雪乃に言われた。

犯罪被害者の支援は警務課の仕事に含まれる。

「それによって評価が変わるんだから、おろそかにできないぞ」

「でも、大原さんは快方に向かっているんでしょ？」

雪乃は体重を気にする風もなく、ケーキにたっぷりとホイップクリームをつけてほおばる。

「まあ、そうだが」

「奥さんのほうが気になるわ」

「かなりの亭主関白みたいだからな」

「やっぱり？」雪乃は紅茶を口に含む。

柴崎もケーキを口にする。「そんな感じにしか見えないよ」

「ふーん、それから、階下の佐久間さんて奥さん、くせ者よね」

「そうだな」

「騒音を出すたび、いちいちメモしてるなんて、偏執狂みたい」そう言って、ケーキを口に入れる。「たまったもんじゃないわ」

一口ケーキを食べてみたが、物足りなかったのでホイップクリームをつける。

「ああ、管理人も頼りにならないみたいだし」

「その人もちょっとおかしいんじゃない?」

「管理人が?」

「だって、ずっと騒音でもめていたのを黙って見てたんでしょ。あなたが報告するまで捜査本部も知らなかった」雪乃は柴崎の顔を見た。「それって、おかしくない?」

「何が? 事件には関係ないだろ」

「それはそうだけど」

「片方の当事者が管理組合の前理事長だから、言いにくかったんだろう」

「長いものには巻かれろっていうわけね」

おどけたような感じで雪乃は言うと、またケーキを口に放り込む。

「それとこれとは違うよ」

「でもそんな風に聞こえたけど」

事件について話していたのが、いつのまにか人生観について責められているような気がして、それ以上続けるのはやめた。

3

二日後。午後四時。

「だから勝手に入るわけ、ないじゃないですか」

耳につけたピアスを光らせながら、赤池聖也は低い声で抗弁する。隣り合わせた取調監視室に取り付けられたマジックミラーの向こうで話している。

室に入ってから、赤池はずっと否認を続けていた。

ヴィンテージ加工したデニムパンツを腰穿《ば》きにし、黒シャツの下にピンクのTシャツ。ヒョウ柄の靴で苛立《いらだ》たしげに床を打っている。

「誰も勝手に入ったなんて言ってないだろ」

取調官が同じことを繰り返す。

「じゃあ、どこから入ったなんて訊かないでくださいよ。ったく、やんなっちゃうなあ」

ぼさぼさの髪をかき上げながら赤池が答える。

「でも、マンションに入ったことがあるんだろ？　そう言ったじゃないか」

「だから、ダチのダチが住んでいたときに呼ばれて入ったんですよ」

「何ていう名前だよ、そいつは」

「覚えてませんよ、そんなこといちいち」

「いいかげんにしろよ。調べりゃすぐにわかるんだから」

取調官が呆《あき》れたように言うと、ふたりして黙り込んだ。

西新井にある友人のアパートに赤池が潜伏している、との情報を得たのは昨夜の八時過ぎ。逮捕令状を取り、今朝になってアパートを急襲し、身柄を確保したのだ。

「どう思いますか?」

坂元が隣にいる助川に訊いた。

「九分九厘《くぶくりん》、ホシですよ」

じっと赤池の顔を見つめながら助川が答える。

「足のサイズはだいたい同じですよね」

坂元は言う。

犯行現場のベランダで見つかった大原夫妻以外の人物の足跡とほぼ同じサイズの靴を履いている。しかし、潜伏先に大原夫妻の預金通帳その他諸々《もろもろ》の盗品はなかった。住んでいるアパートにある靴も、足跡と同一のものはない。

加えて、犯人を目撃した大原夫妻も、赤池が犯人であると確信が持てないでいるのだ。実際、眼前の赤池は目が細く喉仏《のどぼとけ》も飛び出していない。ヘアスタイルも長髪と言えるほどの長さでもなかった。

「こいつ以外にホシはあり得ません」

断固とした口調で言う浅井に坂元は反論しない。

柴崎も同感だった。

ATM付近の映像を集めた中に、日暮里駅前の舎人《とねり》ライナーの出入り口に設置されたカメラの映像があった。そこに、現金を引き出した時間の十分後、赤池と思われる男が鮮明に映っていたのだ。

その時点で舎人ライナーに乗り、潜伏先の友人宅に出向いたと考えられる。

「アリバイはどうなんですか？」柴崎が口を開いた。「犯行時間帯のアリバイをたしかめないと、公判は維持できないと思いますが」

浅井が顔をしかめた。判明していないようだ。

ふと思い出したように坂元が言う。「三カ月前の犯行時のアリバイはどうなんでしょう？」

助川と浅井は、そんなところまで手はつけられないという風で、答えもしなかった。

捜査本部の係員がやって来て、赤池のスマホの通信記録を示した。

犯行当日の夜から翌日にかけて五人と通話した記録が残っている。

田尻守という名前を見つけた。

マンションの管理人？　それを柴崎が口にすると、浅井に意外そうな顔をされた。

「たしかか？」

「ええ、間違いありません」

田尻が赤池に架電したのは、事件翌日の午後六時十分。

あらためて通信記録を確認した。今年の元日から昨日までの記録だ。事件以前にも、合計四回ほど田尻が赤池に電話をした記録が残っている。

助川は首をひねりながら浅井をふりかえった。「まさか、共犯ってことはないよな？」

「その可能性も視野に入れないといけませんね」

坂元が割り込んだが、それには構わず助川がふたたび言った。「管理人は不良の連中と顔見知りだったな？」

「ことあるごとに叱《しか》りつけていたみたいです。赤池の携帯番号を知っていた可能性はありますね」と浅井。

「騒ぎを抑えるために、連絡を取ったりもしたかな？」

「その可能性はあります」

「事件の翌日はどうだった？　不良が集まってきてたか？」

「野次馬がけっこう集まってきていましたね。騒いだりはしませんでしたが」

「それで、管理人が連絡を取ったかもしれんな」

管理人の田尻は「三日前の事件からは来ていない」と言っていたが、どうだろう。

助川が続ける。「田尻に当たってみるか」

「そうですね」

浅井が応じた。

「ちょっといいですか」柴崎が小さく手を挙げた。「万一、共犯関係にあるとしたら、三カ月前の犯行もふたりによる犯行になりますか？」

「それだけじゃない」助川が押し殺した声で言う。「ほかにもある」

「604号？」

高野がつかんだ情報だ。再度の聞き込みの結果、今年の四月から五月にかけて、604号だけでなく、301号室からも現金と高級腕時計を盗まれたというネタが浮上している。

「どちらも侵入盗とは断定し切れません」柴崎は言った。「両家とも子どもがいて、彼らが親の目を盗んで現金や貴金属を持ち出した可能性がありますから」

「604号はそうかもしれんが、301号は小六の女の子なんだろ」

「年齢は関係ないように思うのですが」柴崎は続ける。「それに両方とも、ベランダからの侵入ではありません。ガラス窓も割られていない」

「金が盗まれたのに変わりはないぞ」

助川が答える。

「預金通帳とキャッシュカードは手つかずでしたよ。その二件を赤池の犯行と決めつけるのは早いんじゃないですか？」

「時間がなかったんだろう」浅井が言う。「考えてもみろ。管理人が共犯者だったとしたら、わざわざベランダなんかから侵入しなくたって、マスターキーで堂々と玄関から入れる」

「ですが」

今回の犯行はどうなのだ？　屋上からロープを垂らし、ベランダから入っているではないか。

それに合鍵《あいかぎ》は大家しか持ってないのだ。

「とにかく、被害状況を一から洗い直すしかありません」坂元が声を荒らげた。「604と301号以外にも侵入盗に入られたお宅があるかもしれないし」

「可能性はありますが、いまは手が回らないですね」

浅井が突き放したように言う。

それに反発した様子で坂元が、

「最優先してください。もう一度、マンションの各戸を訪ねて、じっくり聞き込みを行うべきです。赤池と田尻の関係についても詳しく調べるように」と命じ、柴崎をふりかえった。「いつ退院されてもいいよう、騒音トラブルの件も含めて、代理はきちんと大原さんをケアしてください」

簡潔だが当を得た指示だ。

助川と目が合った。「柴崎、大原さんには、盗難届の提出を遅らせてもらった礼も言ってないだろ。明日、報告かたがた高野と行ってよく話を聞いてこい。その帰りに、もう一度、管理人の田尻に当たってみろ」

「田尻もわたしが？」

柴崎は訊いた。

「強面《こわもて》より、おまえのほうがいい。探りを入れてみるぐらいできるだろ」

犯罪被害者のケアは自分の職務範囲内だが、マンションの聞き込みは刑事課の仕事ではないか。異動以来、いつも都合のよいように使われている。それでも坂元の視線があるので、つい、

「……わかりました」

と答えてしまった。

4

大原雅之の病室は見舞いの品々であふれていた。三人の見舞客が雅之のベッドを取り囲み、管理組合の臨時総会について語り合っている。話題は修繕積立金のようだ。現理事長が来年から二割アップしたいと提案して、総会は紛糾したと六十がらみの女性が不満を漏らしている。

「電気や排水管の設備系、あるでしょ」ぼそぼそと話す雅之の声がする。「更新時期を迎えるからね」

三日前より言葉遣いがはっきりしている。具合はよくなっているようだ。

警察官が二名現れたので話をやめ、三人はそそくさと病室を出て行った。

窓際《まどぎわ》のパイプ椅子《いす》にぽつねんと妻の倫代が座っている。ひどく疲れている様子だ。

「おい」

叱りつけるように雅之に声をかけられると、倫代ははっとした顔で立ち上がり、パイプ椅子を用意する。

「どうぞおかまいなく」

高野が声をかける。

「まったく、気のきかんやつだな」

ベッドの雅之が吐き捨てるように言う。

すみませんとつぶやきながら、頭を低くして、いましがたいたところに引き下がる。

柴崎はベッドサイドにつき、ご報告が遅れて申し訳ありませんでしたがと前置きしてから、大原の口座から五十万円が下ろされていることを話した。

雅之は重たげに手を上げ、

「いいんですよ」

と力なく応える。

「おかげさまで被疑者が捕まりまして、ただいま取調中ですので。追ってご報告をさせていただきます」

柴崎のうしろにいる高野が、倫代に佐久間家との騒音問題について尋ねはじめていた。

「ああ、すみません」いまにも起き上がらんばかりに雅之が高野を見やり、「その話は家内にはちょっと荷が重いですから」と苦しげに声をかける。

「高野、きょうはそのくらいにしておけ」

声をかけて、早々に病室を出た。

「……わたしの言い方が雅之さんの気に障《さわ》ったんでしょうか」

沈んだ表情で高野が言う。

「そんなことはないと思うけど」

「よっぽど話がこじれているのかな」

「さあ、どうだろう」

ナースステーションで、大原雅之の病室を尋ねている小柄でずんぐりした男がいた。

横を通り過ぎたとき、倫代の息子ですという声が聞こえた。

話を終えた男に自己紹介して、廊下の端に誘った。

丸顔で頰がたるんでいる。目元が倫代とよく似ていた。黒のベストの上にブルゾンを着込み、年季の入ったナイロン製靴を履いている。四十四、五だろうか。直毛の髪が額に垂れている。手ぶらで来たようだ。

「大原倫代さんの息子さんでいらっしゃいますか？」

柴崎が問いかけると、男はかしこまった顔でうなずきながら、

「井原尚史《いはらひさし》と申します。母がお世話になっております」

とうやうやしく頭を下げた。

倫代が商社員だった前夫とのあいだにもうけた子どもだ。たしか浦和在住で、行政書士の事務所に勤めているはずだ。この男にも、好印象を残しておかなければならない。

「いえいえ、こちらこそ」柴崎は続ける。「雅之さんはだいぶ、楽になられたようですが、お母さんはかなりお疲れのご様子ですので、くれぐれもいたわってあげてください」

男は警戒するような目で、「あ、そうですか、そんなに……」と洩らした。

「きょうがはじめてですか?」

横からストレートに高野が切りこんだ。

「そうですね。はじめてになりますけど」井原はちらっと高野を見る。「またあの人、母に強く当たってます?」

雅之を指しているらしい。

「お気にかかることがありますか?」

柴崎はやんわりと訊いた。

「こんなことになって、また母も大変だなと思いまして」

「またとおっしゃいますと介護の件ですか？」

高野がずけずけと尋ねる。

「そうなんですよ。介護が大変だって母はよく電話で洩らしてますから。歩行訓練も毎日欠かせないみたいだし。重い体を支えて、廊下を行ったり来たりしなきゃならないって」

あの手すりはそのためだったのか。

適当に調子を合わせる。歩行訓練も騒音源になっていたのだろう。

「汚い話ですが、あの人便意を催す時間がまちまちみたいで。そのたびに母がトイレに連れて行くでしょ。座ったって思うように便は出ないから、三十分も一時間もトイレの前で待たせるし、ちょっとでも離れると叱られるそうなんですよ。朝飯だってパンがいいとかご飯がいいとか、わがままを言う。そのあげく、ご飯やおかずをこぼすから、つきっきりでいなくちゃならないと。食後だって五種類もクスリを飲ませたあとで、温かいタオルで体を拭《ふ》いてあげなきゃ機嫌が悪くなるって……ひどいもんですよ」

違和感を覚えた。

「マンションにはちょくちょく顔を出されているのですか?」

柴崎は訊いた。

井原は軽く首を横にふる。「何年か前、母親が肺炎で寝込んだときに一度だけかな。なにしろ、あの人は、『おれと結婚したんだからうちのことだけすればいい』ってうちの母に言っているんですよ。息子の家にさえ来させないんだから。怒ると手がつけられないみたいで。二年前に亡くなった父は優しかったですけどね」

このままでは延々と不満を聞かされかねないので、辞去の挨拶《あいさつ》をしてその場を離れた。

病棟を出たところで、高野が口にする。「息子さん、お見舞いじゃなくて、母親の様子を見に来たんでしょうね」

「ああ」

「入居してから倫代さんが親しくつきあっている女性に聞いたんですけどね」高野が続ける。「カラオケ好きで、旦那《だんな》さんが倒れる前は、よく仲間とカラオケボックスに通っていたけど、それも禁止されたらしくて」

「それくらい仕方がないだろ。病気が病気なんだし」

「その奥さんが言うには、『夫の状態は少しもよくならないし、介護はわたしにしかさせない。子どもたちには頼れないし、もうどうにもならない』ってこぼしているそうで」

「それでも何とか踏ん張っているんだ。おれたちも早くホシを捕まえて、奥さんの苦労に報いないとな」

「はい」

真顔になると、高野はぐっと歯をかみしめた。

病院をあとにして、高野の運転でロイヤル五反野に向かった。

「倫代さんの息子さん、気にかかりませんか?」

「義理の父親を嫌っていることが、か?」

「井原さんがおっしゃったとおりなら、嫌って当然のような気がしますけどね。実の父親でもない男に、自分の母親をこき使われているんですから」

「夫婦なんだから、しょうがないじゃないか」

「それでいいんですかね」

「被害者の家庭に口をはさむのがサツカンの仕事じゃないだろ。それより、おまえのほうこそ古橋係長から言われていないか?」

高野がルームミラーで柴崎の顔をちらっと見た。

「今度のヤマについてですか？　ご指示通りに動いているだけですけど」

「それでも、盗犯係は三人もホシを抱えてるじゃないか。ぜんぶ松本さんの負担になってるんだろ。調書類の作成ぐらい手伝ってやれよ」

「でも、係長からは何も言われてないし」高野はひと息つき、思い直したように続ける。「そうですね。わたしのほうから申し出てみます」

殊勝な物言いに、少しばかり拍子抜けした。

「直属の上司は大事にしておけ。損はないから」

「それはそう思います。でもウマが合わなかったらどうすればいいんですか？」

そんなことまで教えなければならないのか。舌打ちが出そうになった。

弘道交番の変則交差点の信号が赤になった。

ゆっくりと高野はクルマを停止させる。

「代理はこれまで、そんな上司と一緒になった経験はありませんでしたか？」

同じ内容を繰り返し訊かれて、つい「あったよ、あった」と返してしまった。

高野が横をむき、ぱっと目を輝かせる。「いつですか？」

そんなことを口にできるはずがない。

信号が青になり、高野がクルマを発進させる。

「署長に直訴《じきそ》してもいいですか」

イタズラっぽく高野が口にする。

「止めはしないが、討ち死に覚悟でな」

一介の捜査員が、上司が気に入らないから部署を変えてくれなどと署長に申し出た日には、確実にマイナスポイントがつく。それくらいは高野もわかっている。

「やっぱり、昇任試験に受かるしかないのかなあ」

やはりそうなるかと思った。

昇任試験に合格すれば、他部署へ配置転換となる。

手っ取り早く、いまの職場から離れたければ、それがいちばん確実な方法だ。

もちろん上司から文句も言われない。

じっさい、柴崎もはじめて配属された北沢署の地域課で、似たような考えを抱いたものだ。当時、直属の係長だった細川《ほそかわ》とまったくそりが合わず、辟易《へきえき》していたのだ。こんな人間の下ではとても働けないから、さっさと巡査部長になっておさらばしたいと。それがバネになって試験勉強に熱が入り、めでたく一発合格できたのだ。しかし、目の前の後輩にだけは口が裂けても言えない。

「実績を積めば必ず認めてくれるからな」柴崎は言った。「少しずつだけど、いい方には向かっていると思うぞ」

「そうでしょうか」

「彼氏は何て言ってる？　悩みを打ち明けているんじゃないのか？」

建設会社社長の御曹司が恋人のはずだ。

「ひとつも話していませんから」

きっぱりと高野は言った。

それほどの深い仲ではないのだろうか。

ロイヤル五反野に着いた。

高野が客用の駐車場にクルマを停めた。正面玄関に向かう。

管理人室の受付の小窓から、田尻の姿が見える。机に座り仕事をしているようだ。

マンション内の聞き込みに行くはずの高野が柴崎から離れなかった。

「ご一緒させてください」

高野は言った。

「だめだ」柴崎は告げる。「おれひとりのほうがいい」

「お願いします」

ひたむきな目で迫られたので、柴崎はつい、

「おまえは何も話すなよ」

と許してしまった。

管理人室にノックして入った。田尻守はしかめっ面《つら》で事務机に台帳を広げ、電卓を打っている。片方の手で繰《く》っているのは、電気料金の伝票のようだ。

柴崎が少し話を伺いたいと言うと、腰も上げずに迷惑げに、

「今日中に取りまとめないといけないんですよ」

と台帳にボールペンを走らせながら答えた。

「いいです、いいです。続けながらで」

深刻ぶらずに調子を合わせる。

高野は柴崎を一瞥《いちべつ》してから、田尻のうしろに立った。

一向に手を止める気配はない。小窓からは出入りする住民たちが見える。

本物の刑事なら、このあたりで少し脅しをかけて、こちらに向き直させるだろう。そのタイミングさえつかめないまま、柴崎は口を開いた。「こちらで働き出したのはいつからになります？」

「四年前ですかね」

伝票をめくり、片方の手で台帳に記入しながら答える。田尻の正式な身分は、複数

のマンション管理を請け負うマンション管理会社の社員だ。

前を通りかかる住民が挨拶すると、田尻は「へい」と応じた。

柴崎は続ける。「その前はどちらに？」

「町屋に」

「同じ系列のマンションですか？」

「ええ」

「ご家族はいらっしゃらない？」

「いたら、こんなとこには住んでませんわな」

自嘲《じちよう》気味に田尻は言うと、口の端にひきつったような笑みを浮かべた。

「604号と301号の住民の方から、盗難にあったという話は聞いていませんか？」

「噂《うわさ》はちょっと耳にしましたが」

声色は変わらないが、窓に映る額に、葉脈のような細かなシワが寄るのが見えた。

高野がじっと様子を窺《うかが》っている。

「両家ともお子さんがいますが、ご存じですか？」

「中学生の男の子と小学生の女の子でしょ」

四年もいれば、それぐらいは覚えるのだろう。

「田尻さん、マンションの前で若い連中が騒いだりすると、注意するために出てゆくんですって？」

やや、声の調子を抑えて訊いた。

「まぁときどきは」

「怖くないですか？」

「仕事と思えば、そうでもないな」

そう言うと、伝票を繰る手を止め、しばらく窓の外を眺めてから、また作業に戻った。

「ご熱心ですね。たむろするメンバーはだいたい決まっている？」

田尻は伝票をめくる手を止めない。「そうですね。まあ、だいたいは」

「知り合いになったやつはいますか？」

「知り合いって言うほどじゃないけど、顔くらいはわかりますよ」

「赤池聖也」

紙を繰る手がまた止まった。

「知っていますね？」

高野が田尻の顔を覗《のぞ》き込む。

「まあ」田尻は首をかしげた。「だいたい、いつもいるし」

「六日前の事件があった翌日の夜。その晩もいましたか？」

「覚えてねえなあ」

下手《したて》に出るのはもう十分だろう。

昨日の取り調べで、騒いでいる仲間を赤池になだめさせるために、田尻が金を渡すのが慣例になっていたという事実が判明した。一回につき、五千円ほど握らせていたという。

伝票の上に静かに手を置く。すると田尻は忌々《いまいま》しげな顔で、柴崎をにらみつけた。

「その日、赤池の携帯に電話したよね？」

田尻がはっと息を呑む。

「だから、覚えていないって言ったでしょ」

煙たそうな様子でそう言い返すと、伝票をずらして、またためくりはじめた。

「あなたから赤池に電話がかかってきたのを見たって不良連中が言っているんですよ。あなたの携帯の通信記録にも、それが残っている」

田尻はようやく柴崎に向き直り、疎《うと》ましげに言った。

「そりゃね、あいつにかけたことはありますよ。なんてったって、このあたりのボス猿だから」

柴崎は高野が何か言いたげなのを制して、口にする。「電話して何を話したの？」

「そりゃ、静かにしろとか」

「金を渡す話もしたよね？」

柴崎の言葉に、田尻は首を上下に動かした。

田尻の表情が徐々に冷めていき、諦《あきら》めに似た気配が浮かんだ。

「そりゃね、どうやったって、だめなときはだめなんだ」田尻が続ける。「わたしの一存でやってるわけじゃないんですよ。この件はきちんと理事会に通していますから」

意外な答えに高野と顔を見合わせた。

「管理組合が支出を認めているんですか？」

田尻は口の端に笑みを浮かべる。

「疑うんなら、理事長に訊《き》いてみていただけませんかね」

それだけ言うと、用件はすんだとばかりに転記作業に戻った。

簡単に辞去を告げ、管理人室を出る。

足下をすくわれたような気持ちだった。

高野はさほど気にはしていないらしく、しきりと管理人室の窓越しに田尻の頭を見ている。

「何が引っかかるんだ？」

柴崎が訊くと高野は、「少し」とだけ答えた。

「だから何だ」

声をかけたが、理事長のお宅に確認に行ってきますと言って背を向けた。

柴崎は署にどう報告したものかと肩を落としながら、マンションを出た。

田尻との会話を反芻《はんすう》しながら、どうにも腑《ふ》に落ちないものを感じていた。それが何なのかははっきりしない。

ふと雪乃が洩《も》らした言葉がよぎった。

——その人、ちょっとおかしいんじゃない？

管理人の田尻について、妻が抱いた感想だ。

トラブルをおさめるため、それを起こしている当事者に現金をあてがう。管理組合の了解を得ていると主張しているが、発案したのは田尻自身ではないだろうか。田尻は赤池の携帯に事件翌日、電話をかけているが、それについては警察に話さなかった。

きょう見聞きしたことを雪乃に話せば、きっとこう言うだろう。

「田尻守を徹底的に洗ってみるべきだわ」

このままでは署に帰れないと思った。

向かうべきところがいくつか浮かび、スマートホンで検索してみた。

すぐに表示された。電話をかけ、用件を伝えて切る。

行き先は駒込《こまごめ》だ。クルマは高野のために置いていくことにした。

電車でも三十分あれば着けるだろう。

5

署に戻った。午後三時を回っている。署長室は空で副署長もいない。三階に設けられた捜査本部を覗いてみると、捜査員に混じって幹部たちが顔をそろえていた。

ドア近くの席にいた浅井と目が合い、身を滑り込ませる。

「三カ月前のマンション侵入盗な」浅井が声をかけてきた。「赤池にはアリバイがあった」

「たしかですか？」

「女と西新井のラブホテルにしけ込んでいる。ホテルの防犯カメラにやつが乗るクルマが映っているんだよ」

「知り合いに運転させて行かせたとか……」柴崎は声を低めた。「偽装工作ではないのですか？」

「顔は映っていないから確証は持てないが、女のほうは一緒に行ったと言っている。ホテルに入ったのは夜の八時前だ」

やって来た助川に「管理人のほうはどうだった？」と訊かれた。

署長も横に並んだ。

柴崎は立ったまま、管理人の田尻守がマンションの管理組合の了解を得た上で、騒ぎを静めるために、赤池聖也へ何度も金を渡していたことを話した。

「組合の了解があったの？」

坂元が言った。

「現理事長に確認しました。前理事長の代からはじまった慣習だそうです」

高野から報告があったのだ。

「大原さんから？」

助川が口をはさんだ。

「三年前からのようです」

「裁判官まで務めた人が」坂元が腕を組んで慨嘆する。「こっそり金で解決するなんて」

「そんな行為が許されるのかよ」

助川がつぶやく。

「わたしもそう思ったんです」柴崎は答える。「田尻の雇用主の管理会社が承知しているかどうかが気になって、駒込にある本社に行ってきました」

「ほう」と助川。

「二十箇所ほどの管理委託を受けている会社です。総務部長と会って話を聞いてきました。田尻は入社十五年目になりますね」

「ベテランの部類だろ?」

浅井に訊かれる。

「まあ、中堅です。赤池に金を渡していた件については初耳だと言っています。事実だとすれば、決して許されるものではない、と」

「……ロイヤル五反野の管理組合のほうも、正式な科目で計上はしていないでしょうね」坂元が言う。「雑費かなんかに入れてしまっているはずです」

「その通りです」柴崎は言う。「それからもうひとつ。田尻はいまのマンションに来る前、町屋のマンションに常駐していたんですが、そこでトラブルを起こしています」

三人が耳を澄ませる気配を感じた。

「ごく小さなフィットネスジムとゲストルームが共用施設になっていて、住民から利用するごとに金を取って管理していたんですが、この金の一部をどうも懐《ふところ》に入れたらしくて」

ゲストルームは入居者の親族などが訪問する際に宿泊する部屋だ。

「いくらぐらいだ？」

助川が訊いてくる。

「正確な額はわからないのですが、十万から二十万円のあいだ。住民のあいだで噂に上ったので、管理会社のほうも異動させざるを得なくなったようです」

「辞めさせなかったの？」

坂元が不審な表情で言う。

「突つかれたとき、すぐ返金したようです。急に要り用だったので借りたが、すぐ返すつもりだったとか。仕事はきちっとこなしていたもんですから、そのときは言い分を認めたそうです」

考え込んでいた浅井が、署長と副署長を見上げる。「どうですかね、この男は……」

「マークすべきでしょう」

坂元が言うと助川もうなずいた。

「ところで代理、大原さんと佐久間さんのあいだの騒音問題は解決しましたか？」

「いえ……両家ともナーバスになっている感じで、少々困っています」

病室で大原倫代に佐久間葉子からの苦情について話そうとしたが、雅之に止められたことを告げた。

「佐久間葉子って女、意外と難物かもしれないぞ」

浅井が言った。

「難物といいますと？」

「去年あたりから夫と離婚するしないで、家庭内別居状態みたいでな」

「穏やかじゃありませんね」

「もともと体が弱いし、子どもさんは喘息《ぜんそく》持ちだそうだ。夏以降、葉子本人も心療内科に通い出している」

「それはマンションの聞き込みで？」

「ああ、同じ幼稚園に通っている子どもがいる母親から」

懐《ふところ》の携帯が震えた。高野からだ。

窓際に寄る。

「オペラグラス」高野が切り出した。囁《ささや》くような小さな声だ。「ありましたよね？」

しばらく考えた末、ようやく思い出した。

「管理人の机の上にあったやつか？」

「はい。使っているところを見てしまって」

「……のぞきでもしてたか？」

「いいえ、あの席から集合郵便ポストを見ていました」

どういう意味だ。高野が続けた。

「入って来た住民がナンバー錠を回して開けるところをです」

「郵便物を取る瞬間？」

「聞いてください」さらに声を低める。「エントランスの応接セットの壁側に立って張り込んでたんです。ぎりぎり住民の死角に入るところです。三十分ほど前、入って来た住民がポストのナンバー錠を回したとき、管理人室の田尻がオペラグラスを上げるのが見えました」

「それで？」

「その住民はポストを開けてから、中に置いてあった鍵を取りだしてふたを閉めました。そのあとナンバー錠を回してロックをかけ、エレベーターで上がっていきました」

「……〝置き鍵〟をしていたわけだ」

部屋の鍵を持ち出すのが面倒なので、あらかじめ郵便ポストの中に鍵を置いておくのだ。家族のために予備の鍵を入れておく者もいる。

「そうです。ほんの十分前にも417号室の人が同じようにポストから鍵を持ち出して上がって行ったんですよ」

高野が連絡してきた意味がわかりかけてきた。

「田尻は置き鍵をしている住民のナンバー錠の暗証番号を読み取るために、オペラグラスを使っていたのか？」

ナンバー錠は住民が設定した番号を回せばロックが解除される。注意深く見れば読み取れるはずだ。

住民が外出しているときに、そうやって知った暗証番号を回して郵便ポストの中の鍵を取り、こっそりと部屋に侵入した……？

「その可能性があると思います」

「いまも田尻は管理人室にいるか？」

「はい」

「引き続き同じ場所で張り込んでくれ」

「了解しました」

通話を切りかけると、「待ってください」という声が洩れてきた。改めて携帯を耳に押しつける。

「代理、ありがとうございました。尋問を黙って見ていろとアドバイスして下さって」

それがどうした？

「おかげでじっくりと様子を観察できました。途中で、ちらっと田尻が郵便ポストに目を向けたのにお気づきでしたか？」

「いや、気づかなかった」

「ありがとうございました。では」

通話を切ると、幹部たちに高野からの電話の内容を披露した。

「そこまでのワルなのかな？」

浅井が何とも言えないという口調で言った。

「ここまで悪材料が出てきたんですから、徹底的に洗うしかないですね」坂元が告げる。「田尻はおそらく、赤池と共犯関係にあります」

助川にも異存はないようだ。

坂元は続ける。「高野さん、なかなかやるじゃない」

「代理、どうかしたか？」

浅井に訊かれた。考えを巡らしていたのだ。

管理人室で事情を聞いたときの田尻の様子が、しつこく頭にこびりついていた。管理するマンションの住民の部屋に共犯者を忍び込ませ、殺人未遂まで犯させた。それにしては、妙にあっけらかんとしていたような気がしてならないのだ。警察に捕まったとしても、自分まで累《るい》は及ばないと高をくくっているのだろうか。

その疑問については言及せず、「屋上からロープを使って侵入したのは、赤池ですよね？」と浅井に訊いてみた。

「もちろんそうだ。田尻がやっていたら、すぐに大原さんが気づく」

「ちょっと待ってください」坂元が言う。「大原夫妻が置き鍵をしていた可能性はありませんか？」

「訊いてみないといけませんが、おそらくしていないと思いますよ」浅井が言う。

「おふたりに対する事情聴取で、鍵については何度も確認をとっているはずですから」

「でも、何で屋上からわざわざロープを使って侵入したりしたんでしょう？」

改めて柴崎は問いかけた。

「偽装じゃありませんか？」と坂元。

その可能性はあるかもしれない。

安易に盗みを働けば、すぐに内部犯行を疑われるからだ。そのために、わざわざ屋上の丸環にロープの繊維を引っかけたり、ベランダの鍵を焼き破りで壊した……。

助川は頭をかいた。「301号と604号のときは、それをしなかったわけか」

「やりはじめだから、油断していたのかもしれないですよ」

浅井が補足する。

「そうだな」助川が引き取った。「管理組合の理事たちからじっくり話を聞かなきゃならん。全戸に再度、その線で徹底的な聞き込みもしなくてはいかんな」

「前理事長だった大原さんから、赤池に金を渡すようになった経緯を聞く必要もあります」

柴崎が割り込む。

「頼むぞ。柴崎に事情を訊かれたことで、ひょっとしたら田尻は動くかもしれん」

「二十四時間張りつきましょう」

浅井が言う。

「そうですね」坂元が続ける。「高野さんには引き続き、田尻の周辺を洗うよう指示してください」

「心得ました」

「彼女、見直したわ」

坂元はそう言いながら柴崎を見た。

「けっこう、刑事にむいているかもしれません」

と柴崎は口を添える。

「この調子でフォローしてあげて」

「わかりました」

助川と浅井が今後の段取りについて、矢継ぎ早に話し出した。

検証令状を取り、田尻に気づかれないように郵便ポストの指紋採取を行うことになった。ほかにも、調べるべき事項が次から次と出てきた。

それが一段落すると、坂元は靴音を立てて部屋から出て行った。

6

三日後。

病室はきれいに片づいていた。大原雅之は可動式ベッドを半分ほど起こして、冬枯れの景色を眺めている。部屋の隅にはマンションから持ち込まれた車椅子が置かれてあった。

高野を伴って柴崎が挨拶すると、雅之は小声で返事をした。表情が硬い。ベッドサイドから、「明日、ご退院だそうですね。おめでとうございます」と言葉をかける。

「いろいろとお世話になりました」

外に目を向けたまま、抑揚のない声で答える。

「退院したあとも、あのマンションにお住まいになりますか？」

柴崎が発した質問に、雅之は得心がいかないような顔で体をよじる。「ほかに住む所なんてないじゃないですか」

「他意はありません。事件のことを思い出されてしまうのでは、と思いまして」

雅之は憮然《ぶぜん》とした顔で、「まあ、それはそうですが」と車椅子に目を落とす。

「週に二度のデイサービスだけでは、奥さんのご負担が重すぎませんか?」

その件かと言わんばかりにため息をついた。「週三回に増やしてもらうように頼むつもりでいますよ」

「この際、手厚い介護サービスを受けられる有料老人ホームへの入居をご検討されてはいかがですか?」

柴崎の横から、高野が声をかける。

「そんな金、どこにもないですよ」

言い終えると、これまでとは違うふたりの態度に気づいたらしく雅之は顔をそむけた。

「被疑者について、ご興味はありませんか?」

さらに柴崎は問いかける。

「そりゃあるよ、こんなにされたんだから」

ぶすっと洩らした。

「被疑者の赤池はご存じですよね?」

「ここらへんの不良でしょ」

「マンションの前でたむろしていた連中のリーダー格です」

うるさいと言わんばかりの表情でうなずく。

「……実はマンションの住民に共犯者がいるようなんですよ」

柴崎が耳元で囁くと、雅之の顔にさっと暗い影が走った。

「まだ内偵中なので、はっきりと申し上げることはできないのですが、管理人の田尻さんはよくご存じですよね？」

黒目を左右に動かしながら「もちろん」とだけ答える。

「マンション前で不良たちが騒ぐのを収めるために、彼が赤池に金を与えていたのは知っていますか？」

「金を？　知らんな」

「妙ですね」柴崎は雅之の横顔を窺う。「現理事長の清水《しみず》さんは、三年前、あなたが理事長をされていたときに支出を了承したと言っていますよ」

「さあ」言葉を濁した。「この二年間でひどくなったんじゃないか」

柴崎はもう一度口にする。「赤池に金を渡す話を持ち出したのは、あなたご自身じゃないのですか？」

雅之は目を見開き、柴崎をにらみつけた。

「金で解決するか、話をしてみたまえとあなたから提案されたと田尻さんは言っているようです」

眉をぴくっと上げた。「田尻が」

柴崎は毛布の上から雅之の腰のあたりに手をあてた。「実はいま、今回の事件を最初から調べ直しています。いろいろと腑に落ちない点が出てきてしまって……。事件当日、犯人が動き回る音を聞きつけて、あなたは大声を上げたという。そのとき、犯人はどこにいました？」

「書斎を物色していたんだ」

「そう仰っていましたね。でも書斎は離れている。廊下のずっと先だ。よく音が聞こえましたね」

「うちのマンションの廊下は音が伝わりやすいんだよ。和室の戸も開いていたし」

「書斎にいたとしたら和室に来るまで、けっこう時間がかかりますよ」

雅之は顔をそむける。「だから、途中で台所に寄って包丁を持ちだしてきたんだ」

「わたしが犯人なら、そんな面倒なことをせずにさっさと玄関から逃げます。まだ金目の物を探し続けたかったら、和室に走り込んでタオルであなたの顔を押さえつけるなりして、声を出すのをやめさせますけどね。そもそも室内を物色していたとき、犯人はあなたの寝ていたベッドを目にしたはずです。介護用のものだから、部屋の主の体が不自由で簡単に起き出せないとわかっていたはずだ。包丁を使って、手荒なまねはしなくても抵抗を止められる」

雅之は柴崎の顔を見ずにつぶやいた。「犯人もあせっていたんだろ」

「起きてこられた奥さんは、ひどく驚いたでしょう。でも、悲鳴は上げなかった」

興奮して唇を舌でなめ、柴崎を睨んだ。「大声を上げましたとも。警察の方にもそう話した」

「階下の住民は気づきませんでしたよ」

「えっ……」

わけがわからないといった顔でつぶやく。

「佐久間葉子さんです。そのような音は聞かなかったと証言しています」

「どうでもよかろう。ひどくやられたんだ。きょうはそれくらいにしてくれないか」

迷惑そうに柴崎を見る。「あなた方は一体何をしに来たんだ?」

「事実を確認するために来ました。もう少しおつきあいいただけませんか」

雅之は神経質そうにパジャマの袖口《そでぐち》をめくり、腕をさすりだした。

「先ほどの続きになりますが、あなたの胸の傷です」柴崎は自らの胸元に手をあてがった。「犯人は真上から包丁を刺し込んだのに、三つの傷はすべて肋間《ろっかん》の途中で止まっている」

「腰が引けていたんだよ」

繰り出される柴崎の言葉を受け止める余裕ができてきたように淡々と言った。裁判官時代を彷彿《ほうふつ》とさせるように。

「もうひとつ」柴崎は息を切らずに続ける。「あなたの枕元《まくらもと》のシーツには、あなたの血痕《けっこん》以外に奥さんの血痕が付着していた。しかもかなりの量の」

「ベッドの横で犯人と格闘したとき、女房はひどい傷を負ったんだよ。血が飛び散って当たり前だろうが」

雅之は感情的に返答した。

「倫代さんは怪我《けが》をして血だらけになった手で、あなたを介抱したんですよね？」

助け船を出すようにすっと高野が声をかける。

「ああ」

「そうだとしたら、枕元には倫代さんの擦過《さっか》血痕がつくはずなんですよ」高野は続ける。「でも、その痕跡はなかった。見方によったら介抱しなかったということになりませんか？」

「偶然に過ぎん」

「奥さんが犯人ともみ合ったのは和室とリビングの境あたりだと調書にあります。奥さんはリビングの明かりをつけた。そのとき、犯人は包丁を持っていたとあなた方は証言しています。そこから玄関へ逃れたとも」

「現にそうだった」

「包丁は、どうしてあなたのベッドの脇《わき》に落ちていたんですか？」

雅之は唾《つば》を飲み込んだが、すぐに言葉を吐いた。「混乱していたんだよ、きみ。犯人はあちこち動き回ったんだ」

「では包丁を握った犯人を見たのはリビングではなくて和室？」

ふてくされた顔で高野をにらんだ。「何度も言っているよ。混乱の極致にあったわけだから、我々の証言にも多少のぶれは当然ある。不思議でも何でもなかろう」

裁判官然とした断言に、高野は気圧《けお》されたように一歩しりぞいた。

代わりに柴崎が口を開く。「奥さんは心底お疲れのようですね」

話題が変わったので、緊張をゆるめた顔でうなずいた。「看病し通しだったから疲れたんだと思う。しかし、あいつ、どこへ行ったのかな」

部屋に姿が見えないのが気になりだした様子だ。

柴崎は続ける。「もうご自宅の見分も終わって片づいています。ここは完全看護だし、ご自宅に帰られたほうがよろしかったのではないですか？」

「そう言ったんだが、家内が帰らなくてね」

「あなたに気がねしていらっしゃるんじゃないですか？」

意外そうな顔でこちらを見た。「どうして？」

柴崎はベッドのヘッドボードに手を乗せ、雅之を見つめた。

「ご自宅でのあなたの介護は大変だったようですね。排泄《はいせつ》も食事もクスリを飲ませるのも、つきっきりで介助されていたんですから」

雅之は口を半分ほど開けると、口惜しそうに柴崎を見つめた。

気にせずに続ける。「歩行訓練は毎日欠かせないし、夜中だって、尿瓶《しびん》を使うから、そのたびに起きなくてはいけない。奥さんは二十四時間あなたにつきっきりで、熟睡できた日はなかった」

苦い薬でも飲んだような顔で柴崎をにらみつけた。

「……どこでそんなことを？」

柴崎はその質問を無視する。「浦和の息子さんのお宅にも、行かせてあげなかったそうじゃないですか」

急所を突かれたように顔をしかめ、視線を外す。

「おれの妻になったんだから家のことだけすればいいと、あなたは言っていたそうですね。怒りっぽいし、口答えしても弁が立つからとても抵抗できないと言っていますよ、倫代さんは。あなたに対して相当溜めていた想《おも》いがあったみたいですね」

雅之は柴崎を見返した。「誰がそんなこと言っているんだ？」

「あなたに関わりのある人物です」

「……田尻だな？」

柴崎はうなずいた。「彼だけではなく、奥さんにも署に来ていただいて、詳しく伺っている最中です」

雅之は目を見開いた。「女房が警察にいる？　なぜだ」

「今回の事件については女性による犯行の線も浮上してきているんですよ」

雅之の首がぬうっと伸びる。「……倫代だと言いたいのか」

「あの日、奥さんは意を決して、寝ていたあなたの胸に包丁を突き立てた」柴崎はついに口にした。「自然と手心が加わってしまったのかもしれない。あなたは必死で抵抗し、奥さんも手のひらに傷を負った。そのとき、包丁がベッドの下に落ちた。そう解釈するのが最も自然なんですよ」

驚きで肩をぶるっと震わせた。声を出そうにも口が動かない様子で、しばらく柴崎を見つめていた。

「でたらめを」

「事実ではないのですか？」

「犯人は外から侵入してきたんだ」雅之はベッドから背中を離した。「ロープを伝ってベランダまで降りてきたんだぞ。窓を焼き破って入って来やがったんだ」

「そう言っていましたね」

「そう言っていましただと？　三カ月前にも同じ手口でやられてるじゃないか」口調の激しさがエスカレートしていく。「だいたい警察がたるんでいるんだ。そこへもってきて、家内が犯人だと？　いい加減にしろ！　ほかにも二軒、泥棒に入られた家があるじゃないか」

「よくご存じですね。どちらのお宅ですか？」

「604号と301号室だろ」こめかみに血管を浮かばせて言う。「これだけ好き放題やられているのに、おまえら警察はいったい何をしている？」

「その情報はどちらからお聞きになりました？」

「家内に決まっているだろうが。これだけ証拠がそろっていて、何を言い出すかと思えば……」

雅之はそこまで言い終えると、息をついてベッドにもたれかかった。

柴崎は高野にちらりと目を移してから、ベッドの鉄枠に手を添える。「三カ月前の事件。協力者がいたとしたらどうですか？　あのときをまねて、屋上の丸環にロープの繊維をつけさせ、ベランダの窓ガラスに焼き破りの痕跡を作らせた。たとえば管理人の田尻さん。ずいぶん、あなた方とおつきあいが深かったようですから」

「……やつがそう言っているのか？」

返事をせず話を進める。「彼がいまのマンションに来たのは四年前ですね。あなたは理事長を務めていた。町屋のマンションにいたころの田尻さんの行状についてはご存じですか？」

「知らない」

「彼が着任して丸一年過ぎたとき、まだ一階にはコンビニが入っていましたよね？」

「そうだったかもしれん」

落ち着かない様子で視線を動かす。

「店の前が地元の不良たちのたまり場になっていて、住民たちからはひっきりなしに苦情が出ていた。でも、簡単には退去させられない。理事会では、いつも話題に上がっていた。プライドの高いあなたは、何とかすると請け合ったらしいですね。裏で不良たちのリーダー格の赤池に金を与えることで騒ぎを収拾しようと考え、それはある程度成功していた。あなたと田尻の深い関係がはじまったのは、そのときからだ。それは認めますね？」

雅之はたいぎそうにうなずいた。

「田尻がいまのマンションに着任して丸二年過ぎようとしていた二年前の三月、あなたは、会計担当の理事から奇妙な支出が見つかったという報告を受けた。外壁タイルの洗浄代として十八万円が支出されているが、洗浄を行った形跡が見当たらない、と。あなたは驚いて管理人の田尻に問い合わせた。彼から案内された場所は、たしかにほかのところよりはきれいになっていたが、ひどく狭いエリアに限られていた。覚えていらっしゃいますね？」

会話に集中できないといった様子で窓の外を眺めながら、

「あまり覚えていないな」

と雅之は答えた。

「不思議ですね。あなたはそれが気になって、ご自身で洗浄を請け負った業者に電話を入れたじゃありませんか。業者からはそんな洗浄は請け負っていないと言われたでしょう？　あなたは考えをめぐらして、結論を導き出した。……田尻が洗浄費を架空請求し、マンション管理組合の口座から着服したのではないかと」

「誰がそんな無責任な話を」

投げやりに答える。

「証拠を集めないといけないと思い、田尻がいないときにこっそりと帳簿をめくったり、関係する場所を調べた。すると換気設備のダクト内清掃やマンション内のアンテナの同軸ケーブルの更新などについても行われた形跡がないことがわかった。違いますか?」

「理事長はそんな細かい仕事をしないよ」

柴崎は大原雅之の様子を見守りながら、ベッドの反対側に歩いた。

「いま担当部署で詳しく調べていますが、架空請求の額は、四百万円近くに上りそうですよ。しかしこれまで露見しなかった。……あなたがその端緒をつかんだその月の終わりに脳梗塞《のうこうそく》で倒れたからではないかと考えています」

雅之の表情が翳《かげ》った。平静を装《よそお》うように、「推測で話をされては困る」と抗議する。

「入院直後、田尻はたびたびあなたを病院に見舞っていますね。あなたがどこまで気づいているか見極めたかったんでしょう。脳梗塞のために、忘れ去ってしまったのではないかと期待したかもしれない。でも、あなたははっきりと記憶していた。二カ月後に退院してマンションに戻ってから、あなたは彼に証拠を突きつけた」

「証拠……？」

「カラーコピーを使って偽造した組合の口座の残高証明書が、お住まいから見つかっています」

血の気が引いた唇を固く結んだ。

「以降、あなたは用事にかこつけて、たびたび田尻を部屋に呼びつけるようになった。器用な彼に歩行練習用の手すりをつけさせ、部屋のリフォームを命じた。それがこうじて、奥さんの買い物にまでつきあわせる始末だ」

雅之は冗談じゃないという顔で柴崎を見る。

「あいつのほうから提案してきたんだ。こちらの意志ではない」

と突っぱねた。

「この春先から、立て続けにマンション内で盗難事件が起きましたよね。その噂は住民のあいだでも少しずつ広まっていった。もちろん奥さんもあなたも知っている。そこに持ってきて、三カ月前には例の屋上から侵入者がベランダに降りてくる盗難事件も発生した」柴崎は一呼吸置いて続ける。「九月のはじめです。倫代さんはマンションのエレベーターから出てきて、エントランスに入ったとき、奇妙な光景を目にした。

「管理人の田尻が郵便ポストからこっそりと置き鍵《かぎ》を抜き取っていた」

不意打ちにあったような驚愕《きょうがく》の色が顔に広がった。

その様子を高野がじっと見守っている。

「奥さんから聞かされたあなたは、一連の犯行が田尻によるものだと悟った」

雅之は首まで紅潮させ、息苦しそうに身をよじった。

郵便ポスト全体から指紋採取をした結果、置き鍵をしていた五軒のポストから田尻の指紋が検出されたのだ。

「そして十二月七日の晩。あなたは自宅で寝ているときに胸を刺された」柴崎はそう突きつける。「ほかでもない自分の妻に」

雅之は呆然《ぼうぜん》と口を開いたまま答えようとはしなかった。

「倫代さんが親しくつきあっている方から聞きました。あなたは『他人には介護してもらいたくない』って倫代さんに言っていたそうですね。夫の状態は一向によくならないし、子どもたちにも頼れない。夫はひとりでは生きていけないし、わたしも死にたいと、倫代さんはこぼしていた……あの晩、奥さんはあなたを殺して無理心中するつもりだった……」

冷笑に似た奇妙な笑みが雅之の唇の端に浮かんだ。

「面白いことを言うな、きみは。噂話なんぞを真に受けて。倫代が包丁でわたしを刺す？　そんなことができる女だと思いますか？」

「普通の精神状態だったらできなかったかもしれない。でも、あの晩は違った。階下の佐久間葉子さんの苦情の件はよくご存じですよね？」

仕方なさそうにうなずいた。

「ゴムの防音材をポストに入れたのは？」

「ああ」

「それならば早い。旦那《だんな》さんの不倫が発覚し、家庭内で夫妻が口もきかないような状態だったことはご存じでしたか？」

雅之は柴崎を見ると、首を力なく横にふった。

「奥さんは体が弱いうえに、子どもさんの喘息も重くぴりぴりしていた。そこにもってきて、上階からはたびたび耳障《みみざわ》りな音が伝わってくる。通常の神経なら、気にしないで住んでいられたかもしれないが、彼女はそうではない。夏以降、精神状態が不安定になって心療内科に通うようになった。軽い音でも耳を押さえたくなるほど苦しかったといいます。耐えきれなくなって、彼女はあらゆる防御方法を実行に移した。ゴムの防音材くらいでは収まらず、お宅で立てた音はすべて表に記録して送りつけるようになった。……常軌を逸してはいますが、本人としてはやむにやまれぬ気持ちでやっている。そして七日土曜日の晩が訪れる……」

柴崎は雅之を見据えた。「十時過ぎです。寝つけなかったあなたは、書斎にある本を読めば気が紛れると思って、床についていた倫代さんを起こして車椅子《くるまいす》に乗せろと命じた。彼女は言われたとおり、あなたを車椅子に乗せようとしたが、うまくいかなかったそうですね？」

そのときを思い出すように雅之は目を細める。

「乗り移るときに、ベッドから畳に落ちてしまった」

問いかけると、単純なうそを見破られた小学生のように神妙にうなずいた。

「どうにか車椅子に乗ったあなたは、廊下を行ったり来たりしはじめた。イラついて壁を叩《たた》いたりもした。階下にいる葉子さんは耐えきれなくなった。それで、彼女は突発的に電話を取り、お宅に電話をかけた。出たのは倫代さんだ。佐久間葉子さんから罵詈《ばり》雑言を浴びせられた。切っても切ってもまたかかってくる。結局、十分近く苦情を聞かされたそうですね。……その電話が倫代さんの背中を押した」

「……あの女、勝手なことばかりほざきやがって」

雅之もまたも憤《いきどお》ったように吐いた。

「気分転換させてもらったおかげで、あなたはようやく落ち着いて横になれた。しかし、そのときにはもう、かろうじて保たれていた倫代さんの心の均衡が崩れてしまっていた。衝動的に包丁を取り、寝入っていたあなたの胸めがけて、突き刺した。『死んでください。わたしもあなたのお伴をして、飛び降ります』と叫びながら」

真空状態に放り込まれたように雅之が動かなくなった。はにかんだように唇をゆがめている。事件の起きた晩の一部始終を思い起こしているようだ。やがて、酔いが醒《さ》めたような表情で、

「家内が言ったのか？」

と苦々しそうにつぶやいた。

柴崎はうなずいた。「心底辛《つら》かったのだと思います。取調室に入ってすぐにそう口にされました」

「それだけ？」

「いまのところ。それ以上は詳しく話されてはいません」

荒々しく息を吸い、体を柴崎に向けた。

何でも訊《き》けという態度に見える。

「奥さんに刺され、あなたは目が覚めた」柴崎は言う。「必死で抵抗して、彼女が持

っている包丁をたたき落とした。そのとき、彼女も手に受傷をした。その痛みとあなたの苦しがる声で倫代さんも我に返ったんじゃありませんか？」

もみ合いの際に倫代の傷口から血がシーツに落ちたのだ。

雅之は柴崎の言葉を肯定するようにうなずいた。

柴崎は続ける。「そして、彼女は恐ろしくなってその場から離れた……」

手当てもせずに。

雅之は付近にあったタオルを取り、胸元にあてて止血をした。

「介護に疲れ切っていた倫代さんの心中は、あなたにも察しがついていた。刺されたのは仕方ないと思った。そのとき、三カ月前に起きたベランダ侵入盗事件が脳裏をよぎる。以前に起きた二件の盗難と同じく、犯人は田尻に違いないと考えていた。ひょっとして、あなたは事件前、彼に確認していた？」

雅之は反応しなかった。管理人と顔を合わせる機会は多い。盗難事件の犯人はおまえだなと雅之は詰め寄り、田尻は認めたのだろう。

「リビングで呆然としている倫代さんにあなたは玄関のロックを外せと命令した。そして、管理人室に電話をかけ、田尻にすぐ来るように伝えろと言い放った。部屋に入ってきた田尻は惨状に驚いたはずだ。しかし、放心する倫代さんを見て、部屋で起きた出来事をすぐ理解した」柴崎は雅之を見つめた。「……あなたは彼にベランダ侵入強盗犯の犯行と見せかけるように偽装しろと命じた。念のために、犯人の姿も防犯カメラに残しておけと。防犯カメラの位置と死角を熟知している田尻にとっては朝飯前だ。金や預金通帳なども一切合切、持っていかせた。その後、倫代さんに一一九番通報させた……」

雅之は聞くにたえないとばかり、背中を向けた。

柴崎は続ける。「偽装を命じられた田尻は協力的だった。いっそのこと、キャッシュカードを赤池に渡して、あいつにカネを引き出させたらどうかと申し出る。一種の報酬として。それについては、あなたもふたつ返事で同意したんじゃないですか？赤池だって馬鹿《ばか》じゃない。ＡＴＭから金を引き出すときは顔ぐらいは当然隠すだろうから、ベランダ侵入盗の犯人としては逮捕されない。そう判断した……」

「それは……田尻が言い出したんだ」

あたりをはばかるような声で言った。

どちらでもいいと柴崎は思った。

「殺されそうになったのに、どうして、奥さんをかばったんですか？」

雅之は仰向《あおむ》きになり、片腕を額にあてがった。

「……あんたにゃ、わからん」

ぽつりとつぶやく。

「あなたは奥さんをとことん追い込んでしまったのを反省したとわたしは見ている」

柴崎は続ける。「それ以上に、奥さんを失うのが怖かったのではないですか？　不自由な身にさらに大怪我を負ったあなただ。これから先、自分ひとりでは生きていけないと思った……だから、かばったんだ」

「わかっていたなら」喉元《のどもと》を震わせながら言った。「何でいまになって……」

「田尻ですよ。やつがポストの置鍵を取っていたことにうちの捜査員が気付いた。それがなかったら、事件の真犯人は永遠に闇《やみ》の中へ隠れてしまったはずだ」

柴崎の声はもはや届かず、雅之は放心したように虚《うつ》ろな顔で窓の外の風景を見やっている。

「独りでは、便所さえ使えん」ぽつりと雅之は洩《も》らした。「病気はどんどん進行していくし、じきに寝たきりになるのは目に見えていた。……どんなに恐ろしいことか、あんたにわかるか？」

柴崎は生気の抜け落ちた男の言葉を待った。

「下手をすればこれから先、何年も何年もベッドに縛り付けられる。それだけは……」

それだけは絶対に避けたかった」

「お気持ちはわかりますが」

「去年の暮れだ。意識が混濁して三日三晩、起きられなくなった。回復したがもうこりごりだと思った。そのあと家内に頼んだんだ。寝たきりになってしまったらどんな方法でもいいから、おれを殺してくれって……」

「……それは」

柴崎はそこから先を呑《の》み込んだ。

もはや返すべき言葉は見つからない。孤独きわまりないふたりの生活の先には、蠟《ろう》燭《そく》の灯火《ともしび》ほどの明るさすら見えなかったのかもしれない。

ぐったりした様子で雅之は頭をベッドに倒した。

禿《は》げ上がった額のあたりに、びっしりと汗が浮かんでいた。その表情からは、一仕事終えたような充足感すら窺《うかが》えた。

こちらもひどく疲れていた。高野が小さくうなずく。ようやく終わったと感じた。

退院したらすぐ大原雅之に対して、犯人蔵匿《ぞうとく》の罪で逮捕状が出されるだろう。刑の執行は猶予《ゆうよ》されるに違いない。倫代だけがこの先、相当期間拘置所にとどめ置かれる。半年、いや一年……。どのくらいの長さになるのか、柴崎には想像がつかなかった。

7

大原倫代が署に到着したという知らせを受けたのは、柴崎が午後一番で行っている留置場の巡回を終えたときだった。綾瀬署には女性被疑者を留置する施設がないので、北区にある警視庁留置管理課西ガ丘分室に勾留《こうりゆう》されていたのだ。

一週間前、殺人未遂容疑で逮捕されて以降、午前中に移送して取り調べを行い、昼前には分室に戻すというパターンとなっていたが、きょうに限って午後になったのは何か理由があるのだろうか。

署長を交え、薬物濫用《らんよう》防止に関する条例改正に伴う準備を行い、書類作りに精を出しているうちに、気がつけば三時を回っていた。高野が関わった事件の調書が手元に来ている。同一犯による余罪がかなりあるらしく、そのうちの三件について高野が証拠品目をそろえ調書を作っていた。根気と時間のかかる仕事だが、一日一件の確実なペースでこなしている。それなりに責務を果たしているようだ。ふと思い立って、受話器を取り上げ、刑事課長席の内線番号を押す。相手はすぐ出た。大原雅之殺人未遂事件に関わる被疑者たちの取り調べ状況について訊いてみる。

「もう出尽くしたぞ」

面倒そうに浅井は言った。

「赤池もですか？」

田尻も逮捕され、綾瀬署に留置されている。共犯関係にある赤池聖也は、留置場で口裏を合わせられないよう西新井署に留置されているのだ。その赤池は、ずっと否認し続けていたはずだが。

「完落ちしてる。あとは引き当たりに連れ出すだけだ」

「そうですか」

大原雅之のキャッシュカードを使い、五十万円を引き出した日暮里《にっぽり》駅近くのコンビニに出向いて、公判用の写真撮影をしてくるという。

大原倫代の体調について訊いてみた。

「三食きっちり食べるようになった。風呂《ふろ》にも入るようになったから心配いらんぞ」

「そうですか。よかった」

勾留当初は体調がすぐれず、ほとんど食事をとれなかったのだ。

「ここ三、四日で、取り調べにも素直に応じるようになったしな」

「そちらも完落ちですか？」

「完落ちどころか、取り調べはきょうで終わりだ。いまごろ供述調書の読み上げをはじめているだろうな」

だから、きょうは時間の取れる午後になったのか。

「それより柴崎、旦那のほうはどうだ?」浅井に訊かれた。「おまえ、見舞いに行ってるそうじゃないか」

大原雅之は北千住の老人保健施設に一時入所して、回復に向けたリハビリに励んでいる。

「順調に回復していますよ」

「そっちじゃなくて、何か言ってるんだろ?」

「そうですね」相手が刑事課長であり、柴崎は慎重に言葉を選んだ。「この二年間生きてこられたのは妻の介護のおかげだと言ってます」

「こっちでも聞いてる。ほかに聞いてないか?」

ずばり切り込まれて、話すしかないだろうと腹を決めた。

「雅之さんは、妻の心情をくみ取ることをおろそかにしたために結果的に罪を犯させてしまった。悪いのはわたしであり妻に罪はない、と言っています」

電話口の浅井はしばらく沈黙した。

そのあと、わかったとだけ言うと電話は切れた。

雅之の心情は公判にも届くはずだ。高齢女性がたったひとりで問題を抱え込んでしまったのが事件の主因であり、情状酌量の余地は大きいとされて、執行猶予付きの判決が下されるだろう。

取調室にいる倫代がまだ気にかかっている。

三時半、書類を整理してから二階に上がった。刑事課のドアを開け、浅井に断りを入れてから、奥まった場所にあるドアを開け、取調室が続く廊下に入った。

大原倫代がいる三号取調室に隣り合わせた監視室に足を踏み入れる。

マジックミラー越しに取調室が見える。

取調官上原裕之《うえはらひろゆき》巡査部長がワープロで打ち出した供述調書を読み上げている最中だった。

スチール机をはさんで、小柄な倫代がさらに身を縮めるようにして聞き入っている。はじめて会ったときと同じモール生地のカーディガンを羽織っていた。沈んだ顔つきだ。長い白髪がほつれて額にかかり、顔のシワが前より深くなっているように見える。右手に巻いた包帯は取れていない。

上原の野太い声がスピーカーを通じて聞こえてくる。

犯行前の佐久間葉子との電話のやりとりのあたりだ。葉子の事情聴取も行われているため、精密なやりとりが続く。ようやく電話攻勢が終わり、雅之をベッドに戻してリビングで暗澹《あんたん》たる気持ちで煩悶《はんもん》を繰り返したときの心情が綴《つづ》られている。いよいよ犯行の場面が訪れた。上原の声に耳を澄ませる。

「……わたしは覚悟を決めて、包丁の刃が自分に向くよう柄を両手で握りしめ、雅之の心臓の上二十センチのところから、下に落として刺しました。刃先がパジャマを貫いて雅之の硬い胸に当たりました。それからもう一度ふりあげて、同じ高さから刺しました。雅之はぱっと目を開けて『痛い、何だ』と声を上げました。わたしは、『死んでください。あなたにお伴して、わたしもベランダから飛び降りますから』と声をかけました。そのあとも、同じようにもう一度、包丁をふりあげて、雅之の胸を刺しました。もう一度、ふりかぶろうとしたとき、雅之がわたしの左腕を取って引き寄せました。包丁を落としそうになったので、あわててわたしは抵抗しました。雅之の力が勝って、包丁の柄を雅之が握りしめました。わたしは……」

倫代から小さな声が出た。

上原は読み上げをやめて、倫代を注視している。「えっと、どこか違うところあったかな?」

はい、という倫代の小さな返事。

「じゃ、もう一度読むからね」

包丁を雅之の胸めがけて落とすところから読み上げをはじめた。

「……『死んでください。あなたにお伴して、わたしもベランダから飛び降りますから』と声をかけました。そのあとも、同じように……」

倫代が包帯が巻かれている右手を前に出したので、上原は調書から目を外した。

「いまのところ？」

倫代は温和そうな顔を厳粛に曇らせてうなずいた。様子がおかしい。

上原も気づいたらしく、

「どうしたのかな？」

と気づかうように言った。

「違うんです」

倫代から言葉が洩れる。

「どこ？」

差しだした調書には見向きもせず、倫代はせつなそうに言葉を発した。「あなたにお伴して、わたしもベランダから飛び降りますと言ったあとです。夫から、『生きろ』

って声をかけられました」

上原は驚き、「えっ？」と返した。

柴崎は思わず身を乗り出す。

「おまえは生きろって一喝されたんです」

思いがけない言葉に、上原があわてて供述調書を取り上げた。

「でもさ、そのあと包丁を奪い合ったりしたんだよね？」

「三度目に刺したあと、夫が包丁を横に払って、わたしの手のひらに当たりました。

それで怪我をしてしまって」

「包丁は落としたんじゃないの？」

「まだ握っていました。そのとき、夫から言われたんです。『生きろ』って。力が抜けてしまって、包丁が下に落ちました」

柴崎は立ち上がっていた。

本当なのか？

いま、倫代が言ったのが事実なのか？

いま、まさに殺されようとしているその瞬間、雅之は反射的に諭すような言葉を投げかけたのか。それとも妻への愛情が言わせたのか。犯行の途中で傷を負い、自らの成そうとしている行為の恐ろしさに気づいて、倫代が犯行を中断したのではなかったのか？

夫からの一喝で犯行を中断した？

夫の言葉がなければ、とどめを刺していたというのか？

疑ってもみなかった核心部分が音を立てて崩れてゆく。

「ちょっといいかな」上原があせっていた。「仮にだよ、仮に、旦那さんの一喝がなかったら、さらに深く刺していた？」

倫代はまっすぐ上原の顔を見つめてゆっくりうなずいた。「とどめを刺していたと思います」

馬鹿な！

倫代は強固な殺意を持って犯行に及んだことになる。これまでの供述にあったような、衝動的に刺したという様態ではなくなるのだ。

事実としたら公判での心証は悪くなる。実刑は免れまい。それでもあえて、倫代は真相めいたものを告白したのだ。

なぜだ？

いまの告白がなければ、裁判を経て、早ければ半年で夫の元に帰ることができるのに。

雅之の供述が空々しいものに映る。

――どんな方法でもいいから、殺してくれ

そんなうそをついてまで夫はかばってくれたのに、この時点になって、どうして告白などする必要がある？……良心の呵責《かしやく》か。はっと思い至った。夫の顔など二度と見たくない。あの男の介護など一日たりともしたくない。

実刑になっても構わない。

夫と離れたい。

その一念で告白に及んだのか。

これまで精魂こめて積み上げてきたものが、音を立てて崩れてゆく。

呆然としたまま、黙り込むふたりをマジックミラー越しに見つめるしかなかった。

参考文献

井垣康弘『少年裁判官ノオト』日本評論社（二〇〇六年）
小早川明子『こういう男とつきあってはいけない――危ない「ストーカー男」の見抜き方』マガジンハウス（二〇〇一年）
日経アーキテクチュア編『すぐに役立つマンション管理ガイド　運営から修繕、建替えまで』日経BPムック（二〇〇五年）
村木厚子・秋山訓子編『女性官僚という生き方』岩波書店（二〇一五年）
吉田太一『遺品整理屋は見た！　孤独死、自殺、殺人……あなたの隣の「現実にある出来事」』扶桑社（二〇〇六年）

その他、新聞雑誌などを参考にさせていただきました。

（著者）

この作品は yomyom pocket 二〇一四年十月十四日〜一六年一月二十八日連載に加筆訂正を行なったものです。

安東能明著
強奪　箱根駅伝

生中継がジャックされた――。ハイテクを駆使して箱根駅伝を狙った、空前絶後の大犯罪。一気読み間違いなし傑作サスペンス巨編。

安東能明著
撃てない警官
日本推理作家協会賞短編部門受賞

部下の拳銃自殺が全ての始まりだった。警視庁管理部門でエリート街道を歩んでいた若き警部は、左遷先の所轄署で捜査の現場に立つ。

安東能明著
出署せず

新署長は女性キャリア！　混乱する所轄署で本庁から左遷された若き警部が難事件に挑む。人間ドラマ×推理の興奮。本格警察小説集。

有栖川有栖著
絶叫城殺人事件

「黒鳥亭」「壺中庵」「月宮殿」「雪華楼」「紅雨荘」「絶叫城」――底知れぬ恐怖を孕んで闇に聳える六つの館に火村とアリスが挑む。

有栖川有栖著
乱鴉の島

無数の鴉が舞い飛ぶ絶海の孤島で、火村英生と有栖川有栖は「魔」に出遭う――。精緻な推理、瞠目の真実。著者会心の本格ミステリ。

大沢在昌著
冬芽の人

「わたしは外さない」。同僚の重大事故の責を負い警視庁捜査一課を辞した、牧しずり。愛する青年と真実のため、彼女は再び銃を握る。

奥田英朗著

噂の女

男たちを虜にすることで、欲望の階段を登ってゆく〝毒婦〟ミユキ。ユーモラス&ダークなノンストップ・エンタテインメント！

垣根涼介著

ワイルド・ソウル（上・下）

大藪春彦賞・吉川英治文学新人賞・日本推理作家協会賞受賞

戦後日本の〝棄民政策〟の犠牲となった南米移民たち。その息子ケイらは日本政府相手に大胆な復讐劇を計画する。三冠に輝く傑作小説。

海堂尊著

ジーン・ワルツ

生命の尊厳とは何か。産婦人科医が今、なすべきこととは？ 冷徹な魔女《クール・ウィッチ》・曾根崎理恵と清川吾郎准教授、それぞれの闘いが始まる。

海堂尊著

ナニワ・モンスター

インフルエンザ・パニックの裏で蠢く霞が関の陰謀。浪速府知事《ドラゴン》&特捜部《カマイタチ》vs厚労省を描く新時代メディカル・エンターテインメント！

北森鴻著

凶笑面

―蓮丈那智フィールドファイルⅠ―

封じられた怨念は、新たな血を求め甦る――。異端の民俗学者・蓮丈那智の赴く所、怪奇な事件が起こる。本邦初、民俗学ミステリ。

喜多喜久著

創薬探偵から祝福を

「もし、あなたの大切な人が、私たちの作った新薬で救えるとしたら――」。男女ペアの創薬チームが、奇病や難病に化学で挑む！

佐々木譲著
制服捜査
十三年前、夏祭の夜に起きてしまった少女失踪事件。新任の駐在警官は封印された禁忌に迫ってゆく――。絶賛を浴びた警察小説集。

佐々木譲著
警官の血（上・下）
初代・清二の断ち切られた志。二代・民雄を蝕み続けた任務。そして、三代・和也が拓く新たな道。ミステリ史に輝く、大河警察小説。

佐々木譲著
警官の条件
覚醒剤流通ルート解明を焦る若き警部・安城和也の犯した失策。追放された〝悪徳警官〟加賀谷、異例の復職。『警官の血』沸騰の続篇。

島田荘司著
写楽　閉じた国の幻（上・下）
「写楽」とは誰か――。美術史上最大の「迷宮事件」を、構想20年のロジックが打ち破る！　現実を超越する、究極のミステリ小説。

島田荘司著
ロシア幽霊軍艦事件
―名探偵　御手洗潔―
箱根・芦ノ湖にロシア軍艦が突如現れ、一夜で消えた。そこに隠されたロマノフ朝の謎……。御手洗潔が解き明かす世紀のミステリー。

志水辰夫著
行きずりの街
失踪した教え子を捜しに、苦い思い出の街・東京へ足を踏み入れた塾講師。十数年分の過去を清算すべく、孤独な闘いを挑むが……。

白川道著
流星たちの宴
時はバブル期。梨田は極秘情報を元に一か八かの仕手戦に出た……。危ない夢を追い求める男達を骨太に描くハードボイルド傑作長編。

白川道著
終着駅
〈死神〉と恐れられたアウトロー、視力を失いながら健気に生きる娘。命を賭けた恋が始まる。『天国への階段』を越えた純愛巨編！

須賀しのぶ著
神の棘（I・II）
苦悩しつつも修道士となった男。ナチス親衛隊に属し冷徹な殺戮者と化した男。旧友ふたりが火花を散らす。壮大な歴史オデッセイ。

仙川環著
隔離島
―フェーズ0―
離島に赴任した若き女医は、相次ぐ不審死や陰鬱な事件にしだいに包囲されてゆく。医療サスペンスの新女王が描く、戦慄の長編。

髙村薫著
マークスの山（上・下）
直木賞受賞
マークス――。運命の名を得た男が開いた扉の先に、血塗られた道が続いていた。合田雄一郎警部補の眼前に立ち塞がる、黒一色の山。

髙村薫著
レディ・ジョーカー（上・中・下）
毎日出版文化賞受賞
巨大ビール会社を標的とした空前絶後の犯罪計画。合田雄一郎警部補の眼前に広がる、深い霧。伝説の長篇、改訂を経て文庫化！

高田崇史著
パンドラの鳥籠
—毒草師—

浦島太郎伝説が連続殺人を解く鍵に？ 名探偵・御名形史紋登場！ 200万部突破「QED」シリーズ著者が放つ歴史民俗ミステリ。

津原泰水著
ブラバン

一九八〇。吹奏楽部に入った僕は、音楽の喜び、忘れえぬ男女と出会った。二十五年後、再結成話が持ち上がって。胸を熱くする青春組曲。

手嶋龍一著
ウルトラ・ダラー

拉致問題の謎、ハイテク企業の陥穽、外交官の暗闘。真実は超精巧なニセ百ドル札に刻み込まれた。本邦初のインテリジェンス小説。

手嶋龍一著
スギハラ・サバイバル

英国情報部員スティーブン・ブラッドレーは、国際金融市場に起きている巨大な異変に気づく——。全ての鍵は外交官・杉原千畝にあり。

天童荒太著
孤独の歌声
日本推理サスペンス大賞優秀作

さぁ、さぁ、よく見て。ぼくは、次に、どこを刺すと思う？ 孤独を抱える男と女のせつない愛と暴力が渦巻く戦慄のサイコホラー。

天童荒太著
幻世《まぼろよ》の祈《いの》り
家族狩り 第一部

高校教師・巣藤浚介、馬見原光毅警部補、児童心理に携わる氷崎游子。三つの生が交錯したとき、哀しき惨劇に続く階段が姿を現わす。

貫井徳郎著

灰色の虹

冤罪で人生の全てを失った男は、復讐を誓った。次々と殺される刑事、検事、弁護士……。復讐は許されざる罪か。長編ミステリー。

乃南アサ著

凍える牙

女刑事音道貴子

直木賞受賞

凶悪な獣の牙――。警視庁機動捜査隊員・音道貴子が連続殺人事件に挑む。女性刑事の孤独な闘いが圧倒的共感を集めた超ベストセラー。

原田マハ著

楽園のカンヴァス

山本周五郎賞受賞

ルソーの名画に酷似した一枚の絵。秘められた真実の究明に、二人の男女が挑む！　興奮と感動のアートミステリ。

船戸与一著

風の払暁

―満州国演義一―

外交官、馬賊、関東軍将校、左翼学生。異なる個性を放つ四兄弟が激動の時代を生きる。満州国と日本の戦争を描き切る大河オデッセイ。

誉田哲也著

ドルチェ

元捜査一課、今は練馬署強行犯係の魚住久江、42歳。所轄に出て十年、彼女が一課に戻らぬ理由とは。誉田哲也の警察小説新シリーズ！

道尾秀介著

ノエル

―a story of stories―

暴力に苦しむ圭介は、級友の弥生と絵本作りを始める。切実に紡ぐ〈物語〉は現実を、世界を変え――。極上の技が輝く長編ミステリー。

伴《とも》連《づ》れ

新潮文庫　あ-55-4

平成二十八年五月一日発行

著者　安《あん》東《どう》能《よし》明《あき》

発行者　佐藤隆信

発行所　株式会社 新潮社

郵便番号　一六二―八七一一
東京都新宿区矢来町七一
電話　編集部(〇三)三二六六―五四四〇
　　　読者係(〇三)三二六六―五一一一
http://www.shinchosha.co.jp

価格はカバーに表示してあります。

乱丁・落丁本は、ご面倒ですが小社読者係宛ご送付ください。送料小社負担にてお取替えいたします。

印刷・二光印刷株式会社　製本・憲専堂製本株式会社

ISBN978-4-10-130154-9 C0193